にゃんやかんやで

傘寿になって

増田智子

文芸社

亡き母にささぐ

もくじ

Ⅰ　なにげない日々　9

Ⅱ　行き当たりばったり　私の大阪弁　39

Ⅰ　なにげない日々

心

〝人生は心一つの置きどころ〟

よく言われる言葉である。この言葉にかなうもの？　は、あるだろうか。

少し以前の新聞で、絵本作家の永田萠さんが、住井すゑさんに教えられたとして、〝「子育て」でなく「子育ち」〟のタイトルで、短いエッセイを書いておられた。即ち——子供は自分で育つもの。伸びる力を親は邪魔せず、見てるのが仕事。だから子育てというのは間違い。子育ちなのだ。逆に子供は親も育ててくれるもの——という内容であった。心に残っている。

六人の子供が幼い頃、（理想の子育てって）と時々心に掛かって。でも考えるたび、答えは？　全員成人した今も時に？　で悩むが、目から鱗が落ちたよう。いくら親が育てよう意識で背負い込んででも、何もかもが親の思い通りになるわけがない。子育ちを見てるのが子育ての極意。究極の答えはともかく、長年の？の置きどころが一つ定まり、嬉しく思っている。

鍵とシッポ

「キャー、こわい。ネコがいる」

知人宅の広い応接間で、お茶を運んできたその家のお手伝いさんが大声をあげた。

「あっ、すみません」

あわてて革張りのソファに置いていた、私の車のキーを引き寄せる。長さ三〇センチ強、太くて白い孤のシッポ付き。

「あーびっくりした。キーホルダーですか」

いやいや、申し訳ありません。でもこのシッポ、仕事現役の時からとても重宝しているのです。はじめ車のキーだけだったが、朝、家のカギを閉め、車のドアを開けて、会社のシャッターを開ける。それから事務室の扉を開けて、机の引出しと書庫も開ける。みんなこのシッポ一つで事足りる。さすがに今でも金庫の鍵だけはまだ付けてないが、生来の不束者。鍵の置き場もすぐ忘れるので、近々、「お母さん、シッポ貸してんか」と、息子に言われて金庫を開けてもらう様が目に浮かぶ。鍵とシッポ、とうに十年を越す大事な私の連れ合いです。

ネクタイ

「エッ、あいつオレの一番高いネクタイしてやがる」

「アレ、これもオレが好きで、長いことしてたやつやないか」

夫が大阪府知事より、産業功労賞を頂いた祝賀パーティで、家族全員で写した記念写真が出来上がってきた。それを見ながら夫が素っ頓狂な声をあげる。夫はと見ると濃紺のダブルに、少し明るい紺地に白の水玉もようのネクタイ。その時の総理大臣が、水玉もようが好きとかで、流行《はや》っていたのだ。

オヤジのネクタイを失敬して写真に納まっているのは、まだ大学生だった二人の息子。そう言えば、ああでもないこうでもないと、夫の洋服ダンスの前で品定めをしていたのを思い出した。そうよ、ネクタイを買うのが趣味で、いっぱい吊ってある夫のタンス。親爺も定年の年齢を過ぎた。レトロなものから最新のもの、いろいろあるけれど、これからはあなたたちのもの。充分活用してくださいね。

異国の人と出会って

以前、アメリカ西海岸、ロスアンゼルス近くのアナハイムで、国際的な女性の奉仕団体、国際ソロプチミストのアメリカ連盟大会があって、お仲間五人と出席をした。

アメリカ全土はもちろん、フィリピン、台湾、韓国と、約一千人以上の会員が集った。大きな何とかホテルがほとんど貸し切りで、その夜は親睦晩餐会。自国の民族衣装で出席を、との要望だが、始まる前にホテルの廊下を歩いていると防音完備のはずなのに、どの室からもキャッキャッと笑いころげる声が、洩れ響く。

会場に入ると、地元アメリカやカナダの人たちは、頭に鳥の羽根をつけたり、派手な衣装で着飾って、そっくり映画の場面から抜け出たような華やかさ。宴もたけなわになると、会場全体輪になって陽気に歌い踊り、底抜けに明るい。

志を同じうする者の集まりでは、たとえ初対面で、異国の言葉がわからなくとも、酒と歌と踊りと笑顔、これだけあれば、何の障壁にもならないことと思った。

ゴルフ

たまにお誘いを受けてゴルフを楽しむ。始めた頃は、とりあえずコースへ出られたら嬉しかった。お仲間は誰でも、コースが難でも、雨が降っても、遠くても。しばらくすると、やっぱり女どうしがペースも合って楽しい。所属する女性ばかりのゴルフ同好会で、楽しませてもらった。

近年は、夏のリゾート地で、夫と共にゆったりとゴルフを楽しむ。

ただ、いつのゴルフ行も、やり始めの無我夢中の頃から、ずっと自分の心に問いかけてる。ティーグランドに立つ資格を。古今よりゴルフ場は、バリバリと社会の第一線で活躍する男性のストレス解消、社交の場の色合いも強い。その方たちと同じグランドへ立たせてもらう。自ずと自らに、せめて己れの身じまいくらいきちんと出来ているか、問わずにはいられない。テニスに比べて、今一つ、私がゴルフに夢中になり切れないのは、趣味とはいえ、そんな厳しさを問われるからに違いない。

祭りのあとで

「せめてお酒とタバコの臭いが部屋から抜けた頃にせえへん？」

婦人会の役員が集まって、祭りの後の大そうじの打ち合せをしている。

私はその年、町内の婦人会長の役が当たった。町に住んで三十年。子供たちもみな社会人になったしと、ご近所は観察鋭く、私も逃げ口上はない。どうせなら一年お役を楽しんで、と覚悟を決めた。

岸和田祭りは勇壮な男祭り。だんじり小屋や隣接の町会館は、町内にこんなに勇ましい男がたくさんいたのか、と思うほどふくれ上がる。

育成会や青年団、各団体、かなり行儀が良くなったとはいえ、まーァ、祭りの後の会館は、しばらく熱気と臭いが残ったまま。

そうよ。だんじりは小屋へ納まっても、あと湯呑みや灰皿、コップ。これら小物もピカピカにして食器棚へ納めねばならぬ。祭りの後は婦人会の出番だ。家事のエキスパートの心意気を！　と、張り切ろう。

セミの声

「ミーン、ミンミンミンミン、ジー」

今年も庭のセミが本格的に鳴き出した。

七月の半ば。

朝まだ寝床の中で聞く鳴き声は、目覚し時計よりもけたたましい。横の夫が寝そべったまま、「セミの声に負けんようにお経をあげなアカンなあ」

夫は最近高野山で得度をして、お坊さんの資格をもらった。事業一筋に四十五年。徐々に後を息子に譲ってやっと一息。来し方、事業に人生に。またこの先の自分、子供たちの将来に深く何かを期することもあるのだろう。元々信心深い人であるが、最近は毎朝一段と熱心にお経をあげている。

「シュワ、シュワ、シュワ、シュワ、ジー」

鳴き出したばかりの朝のセミは、何種類もいるのか、違った鳴き声が勢いよく混じってくる。夫の声も悪くはないが、多勢に無勢。どうやらセミのコーラスには負けそうかな。

月

「お父さん、お月さんをよく見るの？」

「オレは毎晩見てるで」

「直《なお》くんは？」

「オレも見てる。今日の月齢も言えるで」

「母さんは？」

「エッ、ほとんど見たことないねん」

「………」

先日ある会合で、世の中には「月見る族」と「月見ぬ族」があるという話が出た。言い出しっぺは若い女の子だが、メールで月情報を交換し合う「月見る族芦屋支部」を結成したのだという。さしずめ我が家では夫と長男が月見る族、私は見ぬ族かと思っていたら、その彼女が「忙しい」が口癖の彼氏に話したら、オレは超多忙で「月見れぬ族」だと言ったという。

私も夜は帰りが遅い息子たちの食事に合わせて相変わらず忙しい。月見ぬ族とは無粋、無風流でいやだなと思っていたが、「月見れぬ族」だったと思うと少し気持ちがおさまった。

蓼科の夏

二階の、道に面した広い窓から、道の向こう側の金網のフェンスに沿って、コスモスが見える。ピンク、白、濃いピンク、オレンジ（これは花の形はよく似ているが、葉が水菜のようで違うので、あるいは他の花かもしれぬ）。同じくフェンス際。三メートル間隔ぐらいの大きな白樺の木に細いロープを渡して、コスモスが道側に倒れない予防もしてある。フェンスの向こう側は、四面のテニスコート。白樺の梢越しに拡がる空はどこまでも碧い。

家を出る時、我が家の庭で昨年の種が散って、てんでばらばらに咲き出していたコスモスを目にうかべる。いや、庭のコスモスが初めて咲いた時、今年の蓼科のコスモスはどうかなあ、もう咲いているかなあ、と先にこちらのほうが気になっていたのだ。

蓼科の民宿「白ゆり荘」で夏を過ごすのは今年で五年目。いつも同じ二階十畳の部屋。道に面した広縁の大きな座敷机から、コスモスの見える部屋で、夫と二人、夏の八日間ほどを過ごす。

きっかけは五年前の夏。夫に過労から黄疸が出た時、夫の高校時代の同級生の主治医が、「入院いうてもうっとうしいやろから、いっぺんどっか涼しいとこへ行って、のんびりしてきたらどうや。ゴルフはゆっくりと、ハーフくらいやったら廻ってもかめへんで」

このアドバイスで、夫が学生時代に訪れて涼しくていい印象を持っていた蓼科を選んだ。宿は二人共アットホームな民宿が好き。

我が家の民宿歴は長い。私が学生時代通いつめた、白馬八方のおばさんちには、子育て時代一家でずっとお世話になっていたが、長野オリンピックを機に、ホテルに建て替えられてしまった。以来白馬に行くには少し気が重たくなっていた。

ここは電話でのとび込みだが、標高一三五〇メートル。昼でもひんやりとした空気。周りを夏しか使われない別荘に囲まれて、すぐ近くに郵便局やコンビニもある。バス停もほんの一、二分。バス道より内に入った白樺林の真ん中で騒音も少ない。そして何よりも同世代のおばさん手作りの野菜をふんだんに使ったサラダや煮物、スリゴマもいっぱいの白あえなどが格別に美味しい。幼い頃、田舎のおばあちゃんが作ってくれたような正味の味で、ホテルや料亭のプロの味よりもどれだけ嬉しいことか。長逗留にもちっとも飽きることがない。

八日間の滞在のうち、予定は二回、近くの蓼科高原カントリークラブでのゴルフだけ。夫は今、月例競技Aクラス入りが目標で頑張っている。私もゴルフはテニス友達と気分転換に始めて二十年。夫にもさほど迷惑をかけずにラウンドを楽しむ。が、まだスコアメイクに血道をあげる贅沢には浴していない。

それよりも私は、今年も宅急便で送ったダンボール箱の荷物の中の原稿用紙が気になっている。去年はここに田辺聖子さんの『新訳源氏物語』の分厚い本も入れていたが、やはりここでも昼間に本を読むのはどうも気が落ち着かない。今年はやっぱりトイレや乗物内でも扱いやすい文庫本だけにした。これなら夜寝床で、寝入り前に寝そべって本を読む、と、家では味わったことのない極上の倖せも味わうことができるのだ。

「昼間オレが留守のほうがええやろ」と、夫はゴルフの谷間の日は、朝から時刻表片手に、上高地や長野の善光寺まで足をのばすつもりで、別行動も楽しもうとしている。近くの山や渓谷は、昨年一昨年と何度か足を運んで、格別に心ひかれるところはない。

今年はなぜか例年より人が少ない。目の前のテニスコートも、去年一昨年とけっこう人がいたから、ヘンなフォームを見ていたら、「若いのにそんな先に遊んだらアカン。もっと素振りせな！」とか、つい一人でイライラしてしまったが、今年は誰も使っていないから、イライラもしない。原稿用紙を前にして書くことに詰まると、目をあげて青空に映える白樺の梢と、高原の色鮮やかなコスモスをながめていた。

主婦の定年

「栗茹でてあるから食べる？」

「今やったらまな板空いてて切りやすいんやけど……」

「………」

誰も返事をしない。秋晴れの日曜午後の昼下がり。家族みんながテレビの画面に釘付けになっている。

　やっとしてから娘が、「栗ゴハン炊いたら？」と言う。

「えっ、ええけど誰が皮むくのン？」

「主婦や」

「主婦て誰やのン？」

「えっ、あんたとちゃうか」

「えっ、母さんが主婦？」

「そうやろが……」

「そうやろか……？」


　ワタシはかねがね提唱したいと思ってる。主婦の定年を！

　会社勤めは六十歳で定年を迎える。そうだよ、主婦だって、六十歳で「定年だぁ」と高らかに叫んで、家事一切から解放されてみたいと思うけど、これはいったいどうだろか。

　以前、二十八歳の独身の息子に言ってみたことがあった。

「ねえ、母さんももう六十歳で会社も引退してて、定年の年齢やねんから、これからはみんなの食事や家事は定年ということで、めいめい好きにして、と言うたらどうなるやろな。かめへんか？」

　かなり話せて物わかりのいい方だと思っていた息子が、

「そらあかん。そんなことあるか！」

と、直ちに反対した。まだ私の食事を喜んでくれているのだと、少し嬉しくもあったが、これっぽちの理解も示してくれなかったのは、今さらながら大事に育て過ぎたのかなあ、と反省もしていた。

夫にも言ってみたいが、

「そらあかんゾ。ほんでオマエはナニすんねん？　今まで何かで稼いでオレにメシ食わしてくれたことあるんかい！」

と言うのが目に見えている。

ホンマに男女共同参画社会と、自治体などでも盛んに言っているが、家庭内でも六十歳以上になったら、夫婦も子供も、諸々の家事一切共同参画。互いに自立した一個人として生きたいなあ、と思うのはきっとワタシばかりではないハズと思えるが……。

いや、こう言うと天性の家事大好き主婦からは反撥をくらうのかな？

夕方買い物にスーパーへ出かけた。栗ゴハン用のむき栗を売っている。包丁できれいにむいた生栗で、ヘンにだし汁なんか付いてないのがいい。大きなパックを二つ買う。

効率よく手間を省ける買い物をする。これも主婦の大きな仕事のはずだ。やっぱりどんなに意気込んでても、食べることも家事も一生ついてまわることだから、やめることはできない。たとえ自分ひとりのための買い物に出かけたとしても、きっと習い性で、家族みんなのアレコレが先に気になるんだ、やっぱりね。

ほんならいっそ、六十歳定年やからと、ことさらに波風立てず、みんなの点数しっかり稼いどいたほうがエエわなあ。

「やっぱり母さんが主婦やったわ」

トホホ……、オホホ……。

３B体操

「あした、母さんは3ブーの発表会やねん」

（注、サンブーとは、３B体操のこと。我が家では、私の体型をもじって子供たちがこう言っている）

「フーン」と息子。

「レオタード穿くねん」

「モー、何すんねん。やめなさい！」

朝起きると夫が、

「お前らおばはんは、ホンマにかなわんなあ。亭主にせんどえらそうに言いたい事言うて、行きたいとこ行って、美味いもんたらふく食って、勝手にブーブー太っときながら、体操しよう言うノンはエエけども、何やて、ナンバの体育館借り切って、レオタード穿いて、それをまだ他人に見せよう、言うんか。げにおばはんはおそろしいものよのう」

と、からからと哂《わら》う。

体育館に着くと、メインアリーナの観客席が参加者でほぼいっぱい。私と同世代、いや、むしろ年上の方々もたくさんと見受けられる。ボール、ベルト、ベルターという小さな浮き輪のような、三つのBのつく道具の力を借りて、すべて音楽に合わせて身体を動かす。誰でも自分の体力で無理なく始められて、全身が柔軟になるようで気持ちがいい。

私はテニスとゴルフのストレッチと心得ているが、お金もあまりかからぬし、一度始めると、たしかにやめる理由があまりないのだろう。先年町内の婦人会の会長を引き受けた時、体験講習を企画したのがきっかけで、始めて日は浅いが、十人ほどのグループで参加した。

着替えをする地下の更衣室は、ものすごい熱気とボリューム。真っ赤はもちろん、ショッキングピンクや若草色、あざやかなブルーのレオタードに、その豊満な身体を包み込まんと、みな必死。演技種目によっては、そのレオタードの腰に、同色のうすいジョーゼットの大きなスカーフを巻きつけてる。そんな集団が五、六十人単位でかたまっているのだから、まあそのサマたるや！　本当に嬉々として堂々としているのだから立派なものだ。

新米の私たちのグループは、遠慮がちに地味な色でいたが、帰りがけには、

「今度はあの若草色にしようよ」

「あのショッキングピンクもきれいねえ」

と、みんな我を忘れてる。私も内心きれいな深紅のレオタードが目に焼きついて離れない。

「モー、何すんねん……」

昨夜の息子の勢い込んだ声が、一瞬私の耳によみがえったが、どうやら朱に交わって赤く熱くなった私の身体をごく自然にすり抜けていくみたい。げにおばちゃんは恐ろしい。

何か食うモン

「今ナンバやけど、何か食うモンあるんか」

夕方七時過ぎ、リリリンと電話の向こうで夫の声。

「食うモンて、そら何なとありますよ」

「ほな七時二〇分のラピート（岸和田駅に停車する関西空港行き特急）に乗るわ」

二〇分後に駅のいつもの車の止めやすい場所へ迎えに来てほしい、ということなのだ。久しぶりに大阪へ出た夫の帰りは遅いかも、と、ちょうど仕事から帰った娘と二人、箸を持ったばかりである。

エエ、私もよく駅まで迎えにきてもらうし、食べ始めたからいうて、車で五分の駅へ行くぐらい何でもおまへん。けど、

「ほんまに母さんは、この『何か食うモンあるんか』言われるのんが、メチャ腹立つんやわ。毎日買いモンはしてるし、今までただの一度でもうちに食うモンなかったことなんてあった？ ホンマに失礼な。冷蔵車は家の内と外に三つ。買い置きの根菜やら乾物、冷凍庫まで空っぽにするつもりやった

ら、三日や四日、一歩も家から外へ出らんでも、その気になったらとびっきりのご馳走、何ぼでも作れるわ！」

と、めずらしく娘にぼやいてしまう。

夫は大した意味もなく、「なんぞ美味いモンはあるんかな。（昼間は私が何だかんだと留守にすることが多いが）ちっとは手間ヒマかけて、オレの食べるモン作ってくれてるんかいな」と訊きたいのだろう。

いくら自分のしたいことに熱中していても、私だって大事な家族の夕食には、その時々にかけられる時間と相談して、精いっぱいの工夫と手間は惜しむはずもない。夫の電話の口ぐせにいつもいい気はしていなかった。が、たいがい一人で家にいる時間帯。受話器を置くとすぐに愚痴りたくても誰もいない。

いつもは親父贔屓で、私の一言には必ず三言や四言のまぜっかえしで皮肉る娘が、揚げたての海老の天ぷらを口に運びながら、「ウンウン」とうなずいている。

六人兄弟で男五人の中の紅一点。料理に関しては女どうし。何やらの居ぬ間に、すんなり本音トークで通じ合えたのである。

「あっ、もう五分前やで」と娘。

「ほんなら行ってくるわ」

もうさっきの愚痴などどこへいったか、ごくおだやかな自然体の私。チラッと、モー、これって何やのん？　とか思ったが、長年のなにげない我が家の日常……でした。

着物

この夏外国で、着物を着るハメになった。自分だけならまだいいが、他人様の着付けまで手伝うことになりそうだ。私は還暦を過ぎた今も、一人で着物を着ることができない。着付け教室にも通ったが、普段着ることはないので、何も頭に残っていない。大変だ。着慣れが一番。週に何回かのテニスの日以外は着物で過ごす決心をした。

まず、長年タンスのこやしになっているウールやちょっとした小紋の着物に、結びやすそうな帯を取り出した。外出のない日は、ＤＶＤ付きの着付けの本を広げて、映像を頼りに、何度も一時停止を押しながら、隣の部屋の鏡の前へ走っている。

婦人会の集まりや文化教室への行き帰り、もちろん着物で出かける。とりあえず着て歩く、を心掛ける。帯結びなど少々ヘンかなと思っていても、行く先々で誰か着物通の人がいるので、そのアドバイスもあてにして。

本日も一日外出の予定はない。ようし、帯を変えて挑戦だ、とＤＶＤをつけかけたら、夫が、

「今日はどこ行きでっか?」

「どっこも行けへんから、着物着る練習するんやないの」と。

すかさず夫は「たいしたもんだ」。

おや、珍しくほめてもらえた、と、素直に嬉しくなりかけたとき、

「なんべん練習しても覚えへんというのも、たいしたもんだ」だと。

「夕焼けエッセー」産経新聞（大阪本社夕刊）平成十八（二〇〇六）年四月十九日掲載

へにゃ煮

「アカン、そんなへにゃっとしか折れてないモン。もっとパリッと堅い、ホンマの釘煮作ってんか」

砂糖、しょうゆ、みりん、生姜の煮詰まった濃い匂いのこもる夕方の台所に入ってきた、会社帰りの娘が言う。

三月初旬、泉州岸和田では、とれたての生のいかなごが出回る。炊き上がった釘煮も店頭に並ぶ。深いあめ色に光って、細い腹がパキッと九十度近く折れ曲がって、いかにも折れ釘の形容がふさわしく、美味しそう。

が、我が家は料理一切、砂糖はぐっと控えめなので、甘さがこわくて出来上がり品を買うことはない。台所仕事は得意ではないが、毎年時間と気持ちにゆとりのある日に、気合を入れていっきに三キロばかりを炊き上げる。砂糖を標準レシピの半分しか使わないせいか、少しやわらかめの炊き上がりで、八十五歳の母の歯にもやさしい。親しい知人にも配って喜ばれているつもり……。

「そんなへにゃ煮、札幌のアッコちゃん（札幌の友人。一人暮らしをしている）にまで送ったら犯罪やで。釘煮いうたらこんなもんかと思われたらえらいこっちゃ」と、娘は重ねて手厳しい。

へっ、へにゃ煮やて？　ええやないの。生姜はたっぷり、山椒の実も入って甘さ控えめ。腹の折れ加減は約三十度。やさしいて、やわらこうて、市販品の艶っぽさはないけれど、これが我が家の釘煮、いえ、へにゃ煮です。

「夕焼けエッセー」産経新聞（大阪本社夕刊）平成十七（二〇〇五）年三月三十一日掲載

がくあじさい

朝の犬の散歩道に、淡いブルーのがくあじさいが満開だ。五月の半ば頃から咲き始めるが、普通のあじさいよりもボリューム少なく、楚々と儚げで、真ん中の小さなつぶつぶも、なぜか周りの花弁をよけいきれいに見せつける。

この花を見ると決まって北アルプスの山の登り口を思い出す。白馬岳大雪渓へのバス道や、新穂高温泉から双六岳への登り口を。

学生時代、毎年梅雨が明けてお盆までの山の天気の安定期に登っていたから、山のがくあじさいは大阪よりはふた月も遅れて咲いていたことになる。夜行列車を降りて、朝一番の登山口行きのバスが、細い山道を対向車とすれ違う時、バスの窓から遠慮なく山側の崖に咲いてるがくあじさいが入ってくる。朝の冷気とともに、ああ、今年も山に来た、の実感を肌で感じる一瞬だった。

バスを降りて灌木の多い登り口近くには、一層澄んだ色のがくあじさいが顔を出す。歩き出して小気味よい足のリズム。背中のリュックもまだ肩に食い込むこともない。がくあじさいとの出会いはそんな時。

「ねえ、今年あたりどう？」「行こ行こ！」

古稀の夫と還暦を過ぎた私は、毎年夏前には盛り上がる。が、すぐ後に、「いま腰がなあ……」とか、「膝がちょっと……」とか、どちらかが言い出して、ここ何年も山のがくあじさいはおあずけのままだ。

へちまどす

「あてら、帯枕はへちまをガーゼでくるんで作るんどす。大きさもええし、汗かいてもすぐ吸うてくれて、ええのんどっせ」

京都の老舗の料理屋さんへ着物で出かけた。その時居合わせた芸妓さんと、着こなしの話で盛り上がって、お姐さんがこう教えてくれた。

「へーえ、そうなの」

尊敬する恩師も一緒の席だったし、「よし、私もへちまの帯枕を作ってみよう」と、その夏、庭にへちまの苗を植えて園芸書と首っ引き。おかげでたくさん収穫できて、恩師にも送り、へちま水も今年の分までとれた。

ところでこのへちま、なぜか絶妙に話の中へ割り込んでくる。「猫の手も借りたいぐらい忙しいのに、昼飯もへちまもあるかいな」とか、「理想もへちまもおまへん」などなど。

おおむね、極端に憤慨している時や、あきれてモノが言えないような時、すらっと入ってくる。

辞書によると、つまらないものや役に立たないものの意味もあるらしい。どの単語に引っ付けても何の役にも立ちません、を地でいって、堂々と入っているのかな。いえいえ、この絶妙のポジション、しっかり役に立っている。

「うちらも、上手にへちまを話の中に入れ込んでしまうんでっせ。帯枕みたいに」

またお姐さんと出会う折があったら言うてみよッ。


「夕焼けエッセー」産経新聞（大阪本社夕刊）平成十九（二〇〇七）年七月二十日掲載

水

我が家に深山の岩を特殊加工して水を通すセントラル型の活水器を取り付けた。いっぺんに水がきめ細かく、まろやかになって、抜群に美味しい。舌への当たり、唇への当たりも今までとはまるで違って、舌の上をまあるく、つるつるとすべるように喉に入る。

水が美味しくなったので、喉が渇くと、冷蔵庫の飲み物より水が欲しくなる。昨夜一番風呂に入ったら、湯はやわらかく、艶やかで、岩水のように透明に澄んでいた。こんな美味しいものにどっぷりと浸かっているんだと思ったとたん、思わず手で掬って飲んでしまった。四〇度前後。これがまたあやしく美味しい。

この水でコーヒーをいれたり、水割りを作ると、めっちゃ美味しいで、と、コーヒー好きが言ったが、さもありなん。我が家にはコーヒーの習慣はなく、ルイボスティーを沸かしているが、今までのと全然違う。

この活水器は、早くに知人に薦められていたのだが、費用もかかるし、話半分にしか聞いていなかった。身辺少し落ち着いて思い立って取り付けたのだが、市の普通の水道水も一手間かければこんなになるのだ。

では、市場に出回る「六甲の水」だとか「〇〇温泉の水」「深海の水」なんて、どんなんかな、と興味がわいてきた。もともと感覚の鈍い私は、たかが水、と、買う気にならなかったのだが、されど水。これからはホテルやレストランでも、まず水が美味しくなければ、と、いの一番にこだわってしまいそう。

三十路クラブ

二月二日。朝、ラジオが夫婦の日、だと。おや、縁起がいい。その日、東京から五男一女の末息子が、婚約者と一緒に帰ってきた。遠方に住む長男、次男夫婦はだめだが、近くの三、四男夫婦とまだ独身の娘、夫と私の九人で歓迎の夕食会。

末息子は三十二歳。初対面の彼女は誕生日が来ると三十歳だと聞いて、「ようこそ三十路クラブへ」と、三十ン歳の娘が、陽気に乾杯の音頭、一同が盛り上がった。そう、近年結婚した三、四男の嫁も、共に三十路半ば。

いいよねえ、三十路クラブ。この先は、その時々、あちらこちらで三十路クラブを開いて美味しいお酒を飲みましょうね、と。

夏には、結婚半年の三男の嫁が、まだ出産を予定していないのか、「お母さん、ネイティブアメリカン居留地の、キャンプツアーに参加しましょう」と誘ってくれている。そうね、向こうでも三十路クラブを開催。あちらの料理ってどんなんかな。

そうなると、その次の年は、娘が、過去何度か文化交流で訪問をした、オランダへ、もう一度一緒に行けたらなあ、と。娘のなじみのホテルでゆったりして……。ええなあ。息子たちは休暇がとれないし、夫も目下は、ひたすらゴルフに熱く燃えている。気立ての良い嫁や娘たちと、異国でも気ままに三十路クラブ。想像するだけでも心うきうき。えっ、私の年齢は、三十路が二人分、で、おつりがまだたっぷりなのですから。

峠の釜飯

「おい、どっちにする？　一時間ほどの違いや」

時刻表を見ながら夫が言う。

「そら新幹線より在来線のほうがええわ。横川駅の『峠の釜飯』食べてみたいねん」と私。

夫も私も六十歳代の時、子供たちもそれぞれ独立して、夏の休暇は決まって八日ほどを蓼科で過ごしていた。が今年は、東京の歌舞伎座で納涼歌舞伎を観て、あと東京からだと足の便もいいので、軽井沢に行こうという計画。

八月も盆過ぎの日曜日、上野発、朝九時過ぎの高崎線前橋行きに乗る。乗ったとたんローカル線独特の、長年の煙草のけむりが染みついたような臭いと、土の香が混じり合ったような懐かしい匂い。

高崎駅で独身時代より気になっていた信越本線横川駅行きに乗り換える。峠の釜飯の横川を通るんだと思うと、胸がワクワク。若い時、大阪駅から夏山、スキーで中央本線と大糸線に乗らぬ年はなかったから、塩尻駅の釜飯は欠かさずに食べていた。そしてそのたび、当時すでに有名であった峠の釜飯って、どんなんかな、あちらが本家なら、いっぺん食べてみたいな、と、大阪からは縁遠く感じた信越本線に思いを馳せていた。

学生時代の乏しい小遣いを、すべて山、スキーにつぎ込んで、篠ノ井線、長野電鉄、小海線、上越線などに乗ることはあっても、東京駅からさらに乗り継ぐ信越本線に乗る贅沢には浴していなかった。

車中、一番よく乗った大糸線の思い出に浸っていたら、あれあれ、進行方向左側に、なんだこりゃ。へんなギザギザの、思いっきり不規則な鋸の刃のような山が見えるではないか。そしてそんなヘンな山が、遠近幾重にも重なっている。いっぺんに大糸線への懐かしい思いから引き戻されて、次に止まった駅名を見ると、松井田駅とあった。ホームの名所案内板に、妙義山。上毛三山の一つ、とか書いてあって、もっとしっかり読みたかったが、発車が早く、すぐに案内板は見えなくなった。しまった。このたびの信越本線は、釜飯ばかりに気を取られて、車窓にどんな山が見えるのか、案内書も読んでいなかった。ここからは、いかにも珍しい山容に眼を奪われっぱなし。ほどなく横川駅に到着した。

駅内も駅前もオレンジ色の「峠の釜飯」の旗一色。やっと来たぞと、いそいそと九〇〇円也を二つ買いこむ。ここ横川駅の空気の中で食べたかったが、軽井沢行きのバスがすぐに発車する。車中また左右まことにけったいな山容にきょろきょろしているうちに、昼過ぎ軽井沢に到着した。

駅前広場の分厚い木のベンチで釜飯の蓋を取ると、予想を裏切らず、薄茶色の茶飯の上に、鶏肉、牛蒡、筍、椎茸、鶏卵、えんどう豆、栗、杏が盛り上がっている。

思わぬ妙義山の山容と、ひんやりと光る軽井沢の風を薬味に加えた、長年のあこがれを口にして、しばし幸せな時だった。

遠い日

おやっ、熊が出たんだって？　その夏、知床半島で、〝ひぐまウオッチングツアー〟に参加して、船の上から半島の海岸線に目をこらして、双眼鏡で熊とにらめっこしていた私は、すぐにリビングのテレビを覗き込んだ。

長野県と岐阜県境の乗鞍岳の頂上近くのバス停が映っている。幅の広いアスファルト道路。広い駐車場。停留所前には、赤い屋根、茶色の梁も縦横斜めにあざやかな、とんがり屋根のお土産屋さんだって映っている。

そう、もう今は乗鞍もこんなになっているんだ。そりゃそうだ。格安のツアーバスなどもどんどん観光客を運んでいるし、このバス停は、頂上の下の「肩の小屋」よりもまだ上で、もう三〇二六メートルの乗鞍岳頂上まで、目と鼻の距離だというではないか。元々、高山から平湯温泉までは道も良かったし、昔から肩の小屋の少し下までバスは来ていた。そこから先も岩場のある山でなし、頂上からの景色も、まわりの三〇〇〇メートル級の北アルプスの山がぐるっと見渡せて悪くない。今のバス停は、肩の小屋よりまだ上だというから、すこし歩けば難なく頂上だもの、お土産屋さんの盛業もさもありなん、と感慨にふけりながら、もう四十数年昔のことがふと頭をよぎった。

その年私は大学四年生。夏休みはことに忙しかった。卒論をかかえて、テニス部の合宿。新聞部の合宿。自治会の合宿。ゼミの合宿。そこにどうしても自分の旅行、山行きを加えねば落ち着かないので、欲張った大きな縦走は避けて、ちょこっとの労力で山気分の味わえる、乗鞍岳を選んでいた。同行は同級生のタミちゃん。新聞部で一緒の友だったが、無口でマイペース。たまにフッとつぶやく言葉が、エエッと面白いことも多かった。何の負担にもならずにただそばにいる、格別に好きでもないが、嫌いでもない、そんな肩のこらない友だった。

当時のバス停から肩の小屋までの登りは、ジグザグのガレ場で、三歩あるいて二歩下がるような効率の悪い路。曇り空。八月も終わり近くだったから、そのわりに人も多くはなかった。

雨でなくとも肩の小屋は深い霧にまかれていて、その夜の布団は、湿気で冷たく重かった。それにどうやら南海上で熱帯低気圧だったものが、台風になって、進路も長野県を向いているらしい。山は遠くの台風の影響ももろに受けてしまう。案の定、明くる日はひどい雨。今なら大事を取って一泊でも二泊でものんびりしてと思えるが、学生時代は時間のゆとりがあっても、先立つもののゆとりがない。この先何日も山小屋に閉じ込められてはかなわない。ちょうど男女四人の会社員らしいグループが出発するという。

「えらい雨やし、ついて行こか、タミちゃん」

「そうやねえ」と、相変わらずどちらともとれる返事。が私たちも後について降りることにした。

視界は前四人を見るだけで精いっぱい。私の後ろのタミちゃんも、ただ黙々と歩いている。雨は風とともに音をたててぐるぐると廻っていた。もとより傘など出番はない。頼りはポンチョだが、当時の、リュックごと一緒に覆うワンピース型は、裾は引き絞ってはいても、稜線の下から吹き上げる雨で、まくれあがって役立たず。靴も足元のこまかいガレ土に沈み込んで、足さばきの効率は悪い。だが、一歩足を踏み出すともう半歩おまけで降りられるようで、登りほどイライラすることはない。しっかりと道なりに足を運べば、バス停着は約束されている。うろたえる気持ちは毛頭なかった。

ゴー、ヒュウッ、ヒュウッ、と、風に乗って前後左右上下から容赦なく打ち付ける大粒の雨。後ろを歩くタミちゃんなど、風にさらわれたごとく、私の中では無になっている。その雨の中、わずかな間だが、まるで塵芥すべて洗い流されて、いらぬものすっかり削ぎ落とされたようなさっぱり感。妙に落ち着いて、滝に打たれてる行者さんてこんなんかしら、と思っている私がいた。

あの時の、あの余裕……は、やはり若さの贅沢？

熊出没！　で、久しぶりの鮮やかな乗鞍岳頂上近くをテレビ画面に見て、遠い日を想った。

朗読の会

平成二十八年七月二十四日（日曜日）。私にとって小さな記念すべき日であった。『若竹家族』（文芸社、一九九九年刊）の中から「わたいは猫でおます」の一部が朗読披露された日。

会場は滋賀県近江八幡市の「安土西の湖ステーション」。そこの小ホールでの「パリャーソの音楽と朗読の世界」という催し。約百五十人くらいの客席がほぼ満席で、主催は、地元の朗読サークル「ひだまりの会」。入場券は二五〇〇円。

さて、パリャーソとは？「ポルトガル語でピエロ、道化師の意味。ジャズにしっかりと軸足を置きつつも、ポップスから童謡、ラテンまでジャンルにとらわれず、古今東西の名曲をピアノとハーモニカで演奏する二人組。ピアノは、詩人谷川俊太郎の息子さんの谷川賢作氏。ハーモニカは欧州各国で活躍の続木力氏。結成一五年目」と、プログラムで紹介されている。

谷川賢作氏は人なつっこい感じがして愛嬌がある。続木氏も小柄な方だが、ハーモニカ一本で世界を股にかけての活躍だそうだ。「各地で多くのファンを魅了」とも紹介されているが、まあ、演奏の合間のトークも軽妙でサラリと。エエ中年のおっちゃんダブルス。

朗読のプロは、フリーアナウンサーの北村妙子氏。この催しの主催「ひだまりの会」の講師を務められる方。恰幅よくバランスのとれた美人で、ロングの白黒縞柄の朗読ドレスがよく似合う。

午後二時開演。第一部は氏が指導される生徒さんが主役。みな中高年の男女だが、『生きる』（作・

谷川俊太郎)、『一〇〇万回生きたねこ』(作・佐野洋子)、『耳なし芳一』(作・小泉八雲)などの一部分を代わる代わる朗読される。

さあ、そこに「わたいはネコでおます」（作・増田智子『若竹家族』より）と司会者の紹介があって。私と同世代、薄い水色の絽の和服も涼し気な、山本あささんがマイクの前に立たれた。

少しドキドキ。ふと以前、産経新聞夕刊に掲載された私のエッセーが、ラジオで声優さんに朗読されたことが頭をよぎった。あの時はバックに流れる静かな音楽で、自分の文章が独り歩きをしている心地よさだったのだ。

今。電波でなく、私の目の前で。気恥ずかしさとどこか肩のあたりが張る緊張も感じたが、三分間はあっという間。しっくりと、よく大阪弁の雰囲気を出されていて、会場からは他よりもひときわ大きな拍手、と感じたのは、いささか私のひいき目も、かな。

さてそのあと、司会の方が、「エー、本日は作者の増田智子先生が、岸和田市からお越しくださっています」と、客席半ばにいた私を紹介してくださった。まあ、先生だ、と……。何とも落ち着かないことこの上なかった。

少し休憩をはさんで、第二部はいよいよ真打。北村妙子先生が、夏目漱石の『夢十夜』からその第一夜を朗読された。Ａ４見開きのプログラムの、夏目漱石や小泉八雲の名につらなって、増田智子の名前がある。この、摩訶不思議なものを見る面はゆさ。

あと「パリャーソ」の演奏で大いに盛り上がって、終了後はぜひパーティにも、と言われていたので、乗りかかった船と出席をさせてもらった。

もしや谷川賢作氏と同席なんてことになったら、と懸念もしていたので、大慌てで事前に、谷川俊太郎氏の詩集など目を通したりしていたが、幸い気楽な席で、朗読をしてくださった山本あささんとそのお仲間で、お料理を楽しませてもらった。

北村妙子先生が、伊丹市でも教室を持っておられるそうで、そこの生徒さんも何人か参加されていたよう。宴の始め、そのうちの一人が「実は今度伊丹の発表会で、先生の〝わたいはネコでおます〟を朗読させていただきます」と挨拶に来られた。

伊丹の図書館でもあの本が順番待ちだと聞いて、あれあれ、テニスにうつつを抜かす日常を、少しは文章修行への軌道修正も、とか、帰りのＪＲ車中で反省をしたのだった。

Ⅱ　行き当たりばったり　私の大阪弁

けったいな、えげつない、しぶちん、あかんたれ。これは横綱、大関格の大阪弁であるという。大阪弁を解説しつつの、ちょっとしたエッセイも数多い。かく申す私も、えらいこっちゃ、どない、お多やん、ほどらい、じゅんさい、いっころこん、などなど拾い上げて、ぼんやりとその語感に浸っていたこともある。

「私」だけでも、ワイ、ワシ、ウチ、ワテ、ワタイ、ワタエ、アテ、アタイ……、これを主人公が使うことによって、あらましの年齢、性格、立場、状況その他がスーと頭に浮かんでくる。大阪弁には、標準語や共通語にはない便利さがある。

はんなりとして曖昧で、どっちにも転べる融通の利き加減。今日はうちの客でなくとも、明日は客かもしれないという商人の町、大阪ならではのじゅんさいな言葉なのだ。

大阪船場生まれの島之内育ち。結婚して岸和田で五十年の私は、今はもう、泉州弁ミックスの大阪弁だとも言われる。そりゃもう岸和田のほうが長く、土地の人情、空気にどっぷりと浸かっているのだから、さもあろう。

「それホンマの大阪弁とちゃいまっせ」と言われても、「へエ、私の大阪弁は、泉州弁ミックス。このほうがパンチおますねン」と言い切って通用するほど、しっかりとしたものが書けたら……。

われらが大阪の福島でお育ちの、故田辺聖子女史の大阪弁は、堂々とあちこちで〝田辺ことば〟としても親しまれている。

いつの日か、「〝増田ことば〟でっせ」で通じる日のある夢だけは、今この高齢社会第一期の世代として、人生九十年時代を生きるよすがに持ち続けていても、そんなに尊大なことではないのかもしれない。

もはや忘れかけていた夢なのだが、思い出したを吉日として、さあ、なんとなく身近な大阪弁を、行き当たりばったりに、少し拾ってみたい。

じゅんさい

「どうですか。『じゅんさいはん』行きはりますか」

町の婦人会の役員より電話がかかってきた。松竹名作劇場、星由里子主演の芝居が岸和田の新しく出来た大きな劇場にくる。

あらすじその他何にも知らないが〝じゅんさい〟やなんて、当たりのやわらかい言葉やなあ。そう思って、そばにいた夫に話し掛けた。

「じゅんさいて、あのヌルヌルした、つるっと口の中ですべるあの食べ物のことやわねえ」

「ヌルッと捉えどころがないもんやよって、〝じゅんさいな人や〟というたら、捉えどころがのうて、どっちにもこっちにも向いてる人、如才のない人という意味やろか」

「じゅんさいなやっちゃ」と言うたら、ええかげんな、の意の多い、あんまり深く信用できん、けど当たりはいたってやわらかい人、という感じに思うが。

『大阪ことば事典』にも『新撰大阪詞大全』『辞苑』『全国方言辞典』のことばが引き合いに出てくるが、おおむね、いいかげん、でたらめは、共通。地方によって、虫がいい（淡路島）。従順（和歌山県那賀郡）などの意も載っている。

後日手元に来た「じゅんさいはん」のパンフレットによると、道頓堀にある、すき焼き屋のどケチな若旦那のところへ嫁に来た主人公が〝つかみどころがなくて調子がいい人〟というので「じゅんさいはん」と、タイトルにもなっているようだ。ケチが過ぎて、三度も嫁はんに逃げられた旦那に嫁いだらしいが、きっとどケチな夫をも、調子よくあしらい、ええかげんなでたらめも平気で混じえて、たくましく生きてゆく女の話と想像する。

観終わって、最近あまり口にしたことのない、あのじゅんさいの感触がヌルッと、そのまま舌にきて、ほんまにほんまもんのじゅんさいやったなあ、と思えたら嬉しいが。

あんぽんたん

田辺聖子さんのエッセイを読んでいたら、「あんぽんたん」に出くわした。

あれっ、なにやらなつかしい。とっさに、阿呆やなあ、馬鹿たれやなあ、と浮かんだものの、いや、ちょっと「あんぽん」のひびきには、と考え込んだ。

阿呆は、ど阿呆が一番きつく、阿呆ぅ、阿呆たれ、などはまだ少し柔らかく思う。馬鹿も馬鹿野郎、馬鹿モン、馬鹿たれ、お馬鹿さんと、順番に当たりが柔らかく感じるが、スカたん、もきっと阿呆、馬鹿の部類に入ってるだろう。阿呆馬鹿とストレートでなく、それをスカタンのオブラートで包んだイメージがあんぽんたん、と、ちょっと弾んで間が多く愛嬌を感じさせる大阪弁になったのか。

「あんなあんぽんたん、やめときなはれ。どこが良ろして付き合うてはりまんのや」などと聞くと、頼りないエエ家《し》のお人よしのボンボンを想像する。

「これ！　このあんぽんたん、そんな悪戯《わるさ》して」と言うと、目の中に入れても痛くない孫を叱っているような。もう故人だが、ぼやき漫才の人生幸朗の相方が、「なに言うてんねん、このあんぽんたん！」と使ったか、あるいは「このあんけらかんのどろ亀！」とか何とか言ったか、勢いよく使われている場面も目に浮かぶ。


　また「なに言ってやんだい、このすっとこどっこい！」などのお江戸の下町言葉は、「なに言うてんのん！　このあんぽんたん」と置き換えて、さほど違和感を感じないから、すっとこどっこい、とおっちょこに弾んだ言葉はさしずめお江戸のあんぽんたん、だろか。『大阪ことば事典』に頼ってみる。

「安本丹・阿呆を嘲っていう語。アホタをはねたものであろう。東京では、アボチンタンなどともいう」とある。おや、アホタ？　アホタがはねる、とは、アン、ホン、タン？　それがアンポンタン、となったという推測なのか。阿呆ゥをまだ嘲るとは、いかにも大阪らしい。


　ところで、事典には、阿呆と馬鹿の違いを双方とも愚鈍には違いないが、阿呆は、ぼうっと暖かい感じがあり、馬鹿は明快ではっきりしていると解説する。そして、同類に、うつけ、うっそり、うんつく、まぬけ、ぼけ、ぼんやり、ぼんくら、ぽんすけ、ぼけなす、とんま、とんちき、ぬけさく、のろま、うすのろ、おたんこなす、など盛りだくさん。

おや、あんぽんたんは、食べ物をイメージすると、スカタンはもちろん、まぬけ、ぼんくら、ひょっとこなんきんかぼちゃまで、みんなミックスした、ふっくらとまあるいお好み焼き？　あるいはもっと真ん丸い大阪名物たこ焼きか。

大阪人はこてこての食べ物を好むが、言葉も同様、少しの隙間も何やかやをこてこてと詰め込んで、何でも上手に耳当たりのまろやかなものに、変換してしまうのだ。ふと面白く思った。

いけず

「ちょっと見て、見て、この写真。いけず丸出しやんか。おー怖《こわ》い」

「こんな人、上におったら、しんどいやろなあ。たまらんで……」

いけずは、意地悪、根性悪《こんじょわる》の意。

日本舞踊歴二十数年の、三十路の入口の娘と、同じく舞踊歴の長い、同い年の娘の友達が、小冊子を見て話し込んでいる。

何のことかと、つり込まれて見ると、東京は一流の劇場で開かれる、超一流の芸者さんが出演する、踊りの会のパンフレット。一皮も二皮もむけた年増の綺麗どころがズラリ。男ならずとも、「おォ、ええなあ」

が、私もはばからずにパッと見の感想を言うと、ほんまに、いけずと勝気が、もれなくセットでついてます、という感じ……かな。いえ、本当に、花のお江戸の花柳界で、おんな一人、プロ中のプロでおますという自信と自負のあふれた綺麗さ。並みでは、とっくに飛ばされ、消えてしまってこの檜舞台に立てようはずはない。

努力、勝気、根性、芸への精進、競争心、美へのあくなき夜叉のような執念。それらを臨機応変、こぼれるような愛嬌でくるんで、素晴らしい。

けど、この写真から立ちのぼるオーラに、伝統芸能の世界に身を置く娘たちは、ここにくるまで、姉さん芸者や朋輩の、いろんな足の引っ張りや、いけずや諸々を、見事跳ね飛ばしてきました、の空気を敏感にとらえてしまう。そしてそれはきっとまた無意識でも、いけず、で返されるであろうから、「おー怖い」と、肌で感じている。

これが何事も軽く、あたんする、ぐらいで済む世界なら……。えっ、あたん、とは、古い大阪弁で、軽い仕返しをする、仇をうつ、というような意味。これは昔から「鼠の悪口言うたらあきまへん。あいつは賢いから、きっちしあたんしよりまっさかい」とか、「猫はもっときつおまっせ」とか、何だかまだかわいいが、いけずは、もっとその上をいく。

「あのコ、学校でいけずしやんねん」

「そんなコ、どこにでも居てまッ。ほっときなはれ。あんたが強ぅならなあきまへん」

一昔前、こんな会話なら、学校から帰った子供との間で、普通の家庭でもよくあったよね。子供の世界でも、ちょっときついあたん、か、いけず止まりであったと思う。

が、近年はいじめ、とまでなってしまって、携帯のメールなども使って、陰湿きわまりない様子。人の世は、女が妍を競う世界に限らず、どの世界、どの業界ででも、せめて軽く笑って済ませられる、あたん、ぐらいならまだしも、いけず、いじめ、の類《たぐ》いは、まっぴらごめん。

いっころこん

「芸人ちゅうのんはなあ、悪い風にあおられたらいっころこんや」

花菱アチャコの自伝を読んでいて出てきた言葉、「いっころこん」

「イチコロや……」とは大阪でよく言う。いっぺんにころりと倒してしまう、の意を約《つづ》めてイチコロ。が、「いっころこん」とは、もっとリアル。ころころと転ぶさまがよりあざやかに眼に浮かぶ。

「いっころこんにいてもたろか……」

「やれるもんならやってみい」

そんなはげしい喧嘩の場面も想像できる。

「アイツ、○○にかかったらイチコロや。勝てるわけないやないか」

「こないだの星野ジャパン、手放しでイチコロとはいかんかったけど、強かったなあ」

「北京でも、この調子で、アメリカでもどこでも、みないっころこんにいわしてしまいよったら、こんなこんころもちのエエことはないで」

「世界中をいっころてんにいてもたれ」

「そやそや、いっころてんやぞ」

「おまえ、それも言うなら、いっころこんが正しいのんとちゃうか」

どうだか。何が正しいんだか。

なんとなくムードの似た言葉に、「そんなことされたら、いかれころやないか」という〝してやられた〟という意味の「いかれころ」がある。が、「いかれころんやないか」と言っても不自然でないし、時と場合で「いかれこりんやないか」と口走ったとしても、あまりおかしいとも思わない。

「いっころこん」なんて、「さいな、むちゃくちゃでござりますがな」を売り物にした、単にアチャコ語であるのかもしれない。

それにしても、その場その時の気分で口から出まかせ。自在にアレンジして、より一層リアルにその意味を伝えるのは、融通の利く大阪弁の特性を最大限にいかしたオモコロイ言葉ではないか。

えらいこっちゃ

「えっ、えらいこっちゃ。もう五時過ぎてるで！」

娘の出番は、夕六時。私はわき目もふらずに彼女が着る舞台衣装に小さな携帯用のアイロンをかけている。だらりの帯、長い袂、分厚い裾引きの本衣裳には、旅用のチャチなアイロンでは気ばかりあせって肩が凝る。

横で娘は頭に紫色の鬘用の羽二重をつけて化粧鏡に、目が皿のよう。顔はもちろん、襟足、背中、手足の先まで白粉をたっぷりすり込み、眉をつぶして白塗りのお化粧の後ろ姿に、冷気さえ感じる。

場所はオランダのアムステルダム。ひまわりの絵で有名な画家、ファン・ゴッホのミュージアムから招待されて、娘が日本舞踊、長唄の「藤娘」を踊らせてもらうその控え室。

「あわてるな。あせるでないぞ」と言い聞かせつつも、私は顔が引きつる。

そう。ちょっとした誤算があったのだ。朝一〇時ミュージアム入りしてください、とのことで、六時のオープニングまでたっぷりの時間。リラックスして用意ができる予定でいた。が、昼二時半までその控え室は使用するので、準備はそれからに。また舞台や音響の点検もそれ以降に、と朝の打ち合わせ時の担当者の希望。

二〇〇六年七月六日。この日は、ゴッホミュージアムで十月半ばまで開かれる企画展、「ジャパニーズシーズン」のＶＩＰ招待オープニングの日。七日からの一般オープンに先がけて、夕六時から二度に分けて各国の大使や、著名人が招待されている。朝から美術館のどのスタッフも大忙し。

娘は、招待費用の都合で、プロの衣裳、鬘屋さんは連れていけないから、少し早めにゆとりを持って三時化粧開始、のだんどりをしていた。二時半ならにこやかに「ノープロブレム」だったのだが……。

さてきっちり二時半に控え室に戻った。すぐに娘は会場の打ち合わせに出たが、四時を過ぎても帰ってこない。六時と八時。二度の公演に、招待人数の違いで会場が別なので、二か所のチェックにあっという間の時間がたっている。ひとり控え室の私は衣裳、化粧の手順を整えて、アイロンの用意もしておきたいのだが、変圧器の使い方がわからない。

「なんぎやなあ」

頭の奥がキリキリしてる。慣れぬ鬘つけの手伝いや、舞台衣装の着付けを思うと、着物となると自分の身じまいもままならぬ私には、時間のないのはえらいこっちゃ。が、さすが八歳から舞踊を始め、舞台経験豊富な娘は、五時半過ぎには拵えを終えて、涼しい顔。引きつるほどえらいこっちゃったのは、どうやら私の一人相撲だったらしい。

えらいこっちゃは、大変なこととか、えらいこと。が、そのくせ、実はさほど重大事件でもないことによく使われる軽みもある大阪弁。このたびはどうやら私一人のえらいこっちゃだったようで、まずは大事なかって、ほっとしたのだった。

お多やん

「お多やんこけても鼻打たん」と言うが、お多やんて、おかめと一緒？

お多やんとおかめとどっちが別嬪や、と聞かれたら？

お多やんは、丸々、福々しいのイメージ。おかめは、何となくひょっとこと対の、どこか歪にひょこいがんで、不器量、醜女のイメージが浮かぶけど……。

お多やんは『大阪ことば事典』に頼ると、お多福の下の部分を略して、それにヤン（さん）をつけたもの。お多福は、おかめ。婦人の顔の円く、鼻低く、頰肉の豊かなものの称とある。おかめは、小学館『大辞泉』によると、阿亀。丸顔で額、頰が高く、鼻の低い女の顔。あれ、一緒？　どっちもこけても鼻打たん、わね。

「ウチでは、お多やんがお多やんに助けてもろうてるやないか」と、夫が、私とお手伝いのマルちゃんのことを、面白そうに嗤う。

「あれ、でも父さんも幸せな人やわねえ。家ん中どっち向いてもお多やんやから、一歩外へ出たら、どんな女の人もみんな別嬪さんに見えるんやもんねえ」

私も負けずに言って、二人で大笑い。笑うと私の頬は、ますます高くなっている。不覚にも、えッ、今やったらホンマにこけても鼻打たんで済むノンやろか、と思うてしもた。

おいもさん

「昼ごはんなぁ、めんどいから何んにも用意してへんねんわ。いま蒸したそこのおいもさん食べとこ、思て」

大阪島之内で一人暮らし。八十三歳の母はふかし芋が好きだ。不意に実家に寄ってもおいもさんのない時のほうが珍しく、仏壇にも食卓にも、いかにも美味しそうなおいもさんが載っている。皮の紫がかった赤と、実のくちなしで染めたような真っ黄色が対照的。母が買い物をする八百屋さんはもう何十年と同じ店で、上物を扱うことで信用がある。

「アンタもひとつどないや。美味しいで」と言われるまでもなく、私もおいもさんが大好き。へたに昼ご飯を用意されるよりも、このほうがよっぽどありがたい。

すぐに手に持って齧れる。新聞を見ながらでも、文字を書きながらでも食べられる。ビタミン何やらも多うて、植物繊維も多い。これを食べて牛乳を飲んでいると、栄養バランスも悪くはないらしい。

お豆さん、お粥さん、お鯛さん。大阪弁は食べ物にも上手に「お」と「さん」をつけてまったりとやさしい味付けをしている。なかでもおいもさんは、甘くてほっこり。ぬくぬくのイメージがある。

「たんとあるよって、持ってお帰り」と母は言ったが、一瞬、「ン?」

岸和田の家に着く頃には冷めていて、何だかおいもさんの「さん」がとれて、ただのおいもになりさがってしまう気がふっとした。そういえば、家ではあまりおいもさんとは言わない。

先日もスーパーマーケットで「なんだこりゃ?」と、思わず口をついて出るほど巨大なサツマイモに出くわした。野菜売り場の地面に、無造作に置かれている。直径二〇センチ長さ三〇センチもありそうな巨大なおいもが二つに、あと、かぼちゃのような丸さのものや、すこし小ぶりのものをとりまぜて、泥だらけのままが、五〇センチ四方ぐらいのネットにつまっている。ン百円。

「へーえ、メチャ安い。これなら、蒸したり焼いたりして水臭さかっても、細く切って油で揚げておくと日持ちもするし」と瞬時に思い巡らしカートに入れた。が、ごく自然においもであって、おいもさんとまではいかない。

「おいも蒸したで。食べや」家では決まって子供たちにもこう言っている。慌ただしく暮らす岸和田の日常では、おいもさんとは言ってない。大阪のど真ん中、島之内で暮らす母と話しているときは、ごく自然に、まったりやんわりと「おいもさん」なのに。

かなんなあ

年の初めに「かなんなあ」という大阪弁もあったよな、と、ふっと思って、暮れの光景が頭に浮かんだ。

「ダンナ、ひとっ走り行ってめえりやすぜ。五〇〇円でようがす」

年の瀬の二十八日。年賀状を書いている私のそばで、娘がやけにうるさかった。書斎で賀状を書く夫のそばにも侍って、年賀状をポストへの投函契約が成立したのだと。同じ手間だからと、私のもまとめて計壱千円也を皮算用している。

娘は二十五日に会社から現金で支給された給料袋を紛失して困っていた。例年年末は飲み会だ忘年会だと、めったに家事など手伝ったことはないのに、昨年は一切を自重して「こまめに小銭を稼がんと」と、「鴨なべの用意五〇〇円」「後片付け五〇〇円」「洗濯五〇〇円」「風呂洗い五〇〇円」と、勝手に値を決めて腰が軽い。何かするたび、「だんさん、五〇〇円とは安おすえ」と、京言葉を使ったり、「ついでにお安うさしてもらいまっせ」と大阪弁をつかったり。五〇〇円を強調するのにたいへんだ。親と同居のパラサイトシングルには、困ったとはいえ本当の悲壮感はなく、つい夫も私もつりこまれて笑ってしまった。

元旦。「しょうがないヤツやなあ。これぐらいあったら何とか小遣いぐらいはいけるやろか」と夫はお年玉だと、五〇〇円を積み重ねるよりはるかに多いン万円をポチ袋にいれている。ダンナ、だんさん、殿、お大尽と笑わせながら、苦手な家事に真剣な娘。三十一歳。二言目には「ええ歳したバカ娘が……」とか夫は言うが、もっとええ歳したおバカさんは……？

いくつになってても、娘というもんは親にとっては、ほんまに「かなんなあ」。

えっ、かなんとは、かなわん、が約まって、かなん。かなわない、困る、困ったなあの意味の大阪弁。だが、困っているとはいうものの、その底にはどこか温かい余裕のある気配が感じられる。

よく似た語呂に、「かてんなあ」「かたれんなあ」もあるが、これは、文字通り、勝てません、勝たれませんわ、の意味だろう。娘に「かてんなあ」では、親娘ともどもなんだかすこし淋しいような。

あと「ワヤですわ」と、だめ、失敗、無謀、むちゃくちゃ、などを意味する言葉もあったと思い浮かんだが、この際「娘にかかったらワヤですわ」では、なんだか親が圧倒されているかのよう。まだ「娘にかかったらワヤクチャや」のほうが、照れくさく頭を搔いて笑っているおやじを想像できる。

が、やっぱり親は子供、特に娘には「かなんなあ」と、苦笑いをさせられることがより多い気がしている。

だんない

「だんない亭」という居酒屋が岸和田駅近くの裏通りにあった。安くて美味いので評判で、地元の人に親しまれていた。

だんない、と言われて、岸和田、いや大阪に住む人でも、およそどのくらいの人がその意味がわかるか？　店名の由来を確かめたことはないがおそらく大阪弁の「だんない」で、『大阪ことば事典』には、大事ない、の約。差し支えないかまわない。ていねいに言うと、ダイジオマヘン。また、カマヘン、とある。

「フトコロ少々寒うても、だんない、だんない。べっちょあらへん。どなたもお気軽に来ておくれやす。ええよ、かめへんで。気にせんと」の意をこめて「だんない亭」だと推察するが……。それにしても、ふだん、かめへんで、約めてかまへん、はまだ日常大阪でも聞くが「だんないで」と聞くことはめっきりと少なくなった。

「かめへん」は、今もよく使っている。

「そんな、一〇〇円ぐらいかめへんで。いつでも思い出した時返してんか」

これは、だんないよ、と同じ。

「今日帰りに映画見てこよう思うてるけどかめへんか」

これは、いいですか、と許可をもとめているが、だんないか、とたずねても同じ意味。そういえば、島之内の実家に寄って帰りがけ母が「それ欲しかったら持って帰ってもだんないで。うちはほとんど使えへんよって」とか、よく言うてくれたんを思い出したが、さあ、もうこの言葉を日常に使う世代は、ごく少なくなっている。

もう、だんないは、ほとんど死語に近く、滅びゆく大阪弁、の何本かの指に入りそうな言葉なのだろう。

どない？

「宿題どない？　できてるのん？」

「えらい忙しかったよって、どないもこないも。パニクッててまだですねん」

「そらアカン。早いことどないかしてやりなはれ」

「旅行記書きたいと思うてますねん。特にこないだのヒマラヤ行き。あれはばっちし書いて、旅のノンフィクション賞にでも応募したいのに、どないしたらええのんか……」

「いや、ちょっと書き出したんです。けど〝空港に着いて、バスに乗って〟とか書いてたら、なんや、うすっぺらな日記みたいでちっとも膨らまんし、面白うない。どないもなりませんのやわ」

「そんであしたは教室やし、こんな時はどないなと、スーと、それらしいもんはよ書いとかな、と思てます。大阪弁て、メッチャどないでもなるええかげんな言葉みたいやし……」

「どないでっか、景気は？」と訊かれたら、

「ボチボチでんな」

「ああ、さよか。そら良ろし」と、ほん、スムーズ。けど、

「いかがですか、景気は？」と言われると、改まって、「エー、そうですねえ。少し上向き加減ですやろか」とか何とか、カッコだけでもまともに答えな、という気分にさせられてしまう。

それのほとんどない、ごく気楽なのがこの「どない」だと思う。

「どない？　もう熱下がってる？」

「あの話はどないなってるのん？」

などは、どないなってるのん、と訊きたいのだし、

「こんなムチャしやがって。どないするつもりなんじゃ」

「どないしまひょ。今度の休み？」

などは、文字通りどないする。

「どないしたら気が済みますのや」

「しっかりせえ。どないしたんや？」

「どないしたん？　財布わすれたん？」

と、これはようすをうかがう。

今もし若い女の子が、ごく親しい間柄の目上の人から、

「……ほんで、どない、彼は？」と訊かれている場面を想像したら……。

さあ、いま彼のしていること。身体の具合。仕事の状態。彼との交際の進行程度。懐具合その他諸々。ふと、何だか洗いざらい答えを要求されている、柔らかくもきつい言葉のようにも思える。

「どない」は、どんなに、どのように、の意の、その時の気分やその場の状況で、きつくも柔らかくも、幅のある答え方のできる、ある種ええかげんで、便利な大阪弁なのだ。

トントン

「あの話、どないや?」と、おやっさん。

「えらいがめついおやじで、どないもこないも。裸足で走っとりまッ。けどまあ見ととくなはれ。次に大けな注文、もろてまっさかい。それでモト取って、トントンに持っていきますわ」と、番頭。

「そうか。まあトントンに持ってけたらエやないか」とおやっさん。

こんなやりとりは、一昔前の大阪の小さな金物問屋かなんかの店先が思い浮かぶ。

裸足で走るとは、ほとんど儲けなしで商いをすること。トントンとは、仕入れ値と売値がほぼ均衡がとれている、大して儲かりはしないが、裸足で走ってるよりは、商いとして少しはカッコついてる状態か。トントンはちょうど同じぐらい、の意の大阪弁。

ところで、これは商いの比較的短いスパンでの話だが、人生は九十年の長寿時代。人の一生も、苦楽おおむねトントンのような……。

姑は九十一歳。要介護1だが、要支援の八十五歳から軽費の老人ホームに入所した。入所の動機は、八十四歳で大腸がんの手術をして、転移はなく順調なものの、退院後一人暮らしが心細くなったから。長男である私の夫を頼りに、同居を望んでも不自然でない。が、二十年も前、舅の死後しばらく一緒に住んだが、自分のペースの生活が保てない、とすぐに一人暮らしに戻った。元々子や孫の世話を楽しみにするより、洋装店の切り盛りの合間に、旅行はもちろん、小唄、長唄、民謡、日本舞踊、ダンス、カラオケと芸事は何でもござれ。友達も多く、私はいつもあんな老後が理想だとまぶしく思っていた。

ホームへ入ってしばらくは、これまでのお連れの訪問もあったが、寄る年波でぽろぽろと欠けるし、最近は、寂しい、とよく口にするようになった。ホームでもカラオケだけは楽しんだが、加齢とともに声量も落ちる。たくさん拍手がもらえなかったら、医者が完治と太鼓判を押している、おなかの手術の傷跡が痛いと言い出した。

以後口癖のように、何か楽しくないことが起こると、痛いと訴え、一時は、死にそうだすぐ来てくれ、の元気な声の電話が、頻繁にかかってきて家中が振り回された。ぼけも一切ないありがたい余生は、体力の衰えに、びんびんと淋しさも募って、今では挨拶がわりに痛いを連発している。が、カラオケで興にのると、痛いのけぶりも見せないから、誰もあまり心配もしていない。

若い頃から病気一つせず、容色にも恵まれて気随気ままに過ごした人。ホーム暮らしも自ら望んだことだし、周りのみんなもとても温かい。傍目には、今でも充分幸せと思えるが、これまでがあまりに恵まれていた裏返しで、本人には今は苦ばかりのよう。姑を見ていると、つくづく、人生はプラスマイナスゼロ。神様は公平やなあ。エエも悪いもトントンかいなァ、と思えるのです。

何ぼのもん

三味線の張り替え職人さんと会う機会があった。地歌、長唄、清元、常磐津、関西の超一流の師匠のものはもちろん、桂米朝さんの出囃子用の三味線までもが集まってくる。

各々の師匠の好みやクセを考えて、四ツ皮（三味線用の最高級品の猫の皮）の肌目の限界ぎりぎりまで、いい音にこだわって張る、と言われる。張り替え途中にトントンと、皮の表面を指で弾いて、全神経を集中。張り具合がこれでわかるのだそうだ。一流の演奏家の信頼を、一手に引き受けるようになるまでの修練は、並大抵ではない。

三味線作りの名人は、胴の中に銘が残る。弾き手も人間国宝となれる名誉もある。消耗品の皮を張る張替え職人は、本当の下職で、時にむなしくはないかと気になったが、「たとえ人間国宝が弾いてはっても、皮が張れてなんだら何ぼのもんでんねん」と、口には出されぬが、黙って座られるその姿に、はりつめた凛としたものを感じた。

大阪人はよく「何ぼのもんや……」と言う。

「昔どんなご大家やったか知りまへんが、今は何ぼのもんでんねん……」

「由緒ある鎧やいうても、それが何ぼのもんや」

名声や技量、財力、知識も使えてこそ。何かが欠けたり、単に鼻にかけるだけであったら、何ほどのことであろうか……の意味だろう。

同じ大阪弁でも「何ぼ……」とはまた違う。「これ何ぼ?」と訊くのは値段だし、「何ぼ待たすねん?」も、どれだけ、いかほど、と数。「何ぼなと」「何ぼでも」もやはり数、量だろう。

何ぼのもん、と「のもん」がつくと「何でんねん、そんなもん」の意を強く感じる。それが約《つづ》まって「何ぼのもん」となったような。

もしヒゲずらのごっつい強面のおっちゃんから言われたとしても、「それがどないじゃ？　何でねん、そんなもん」より、「それがどやねん。何ぼのもんじゃい！」のほうがはるかに腹にひびくのは、大阪弁のドギツさがより強調されているからだと思う。「何ぼのもんや」と、他に対して思うことはあっても、ゆめ、言われたくはない言葉である。

ねこける

「モー、イクラ（ネコの名前）がまた私の部屋でねこけてる」

「母さん、ドア開けて入れてやるノンやめてくれる！」

毎朝起き抜けに娘が憤慨してる。

夜、茶の間の電気こたつのスイッチを切って、家族が各々の部屋へ引き上げた後も、イクラはまだこたつの余熱の中にいる。が、朝方には冷えて寒いにちがいない。私が起きると、決まってニャーニャーと後ろをついて歩く。そして娘の部屋の前で、ドアを開けてくれと執拗にせがむ。つい負けてほんの少しあけてやると、するりと入り込む。

それから小一時間。すっかり幸せに娘のベッドの上で〝ねこける〟のだ。

オヤ、ねこける、って？

ネコがとても気持ちよくねむりこけてるんだから、約めて、ねこける、でいいんじゃないの？

えっ、それって、大阪弁？　いやエセ大阪弁？　さあて！

新潮新書の札埜和男著『大阪弁ほんまもん講座』によると、現在堂々と大阪弁と思われている言葉でも、ルーツをたどると、けっこうニセ大阪弁も多いらしい。

もうかりまっか、がめつい、こてこて、おけいはん、めっちゃ、まったり、などなどはここでは「にせもん編」として、しっかりと解説がなされてる。私にはもうすっかり市民権を得た大阪弁と思えるが……。

「あら、ねこけた顔はかわいいねえ」と、私が、のっそりと起きてきたイクラを抱き上げると、娘が寝ぼけまなこで、「ねこけた、なんて私は言うてへん。ヘンな言葉創らんといてんか」だと。おやおや、とっさの口から出まかせ、ねこける、言葉は、あんたが先やないの、と、喉まで出かかったが飲み込んだ。

ほう、ねこけるは、ねむりこける。けど、ねこけた、は、寝とぼけたの意味もあるようで、反射的に私の口から出たが、寝ててずっこけてる、の意もあるような、さらに曖昧な言葉のような。

大阪弁はニセも造語も合わせて、出会い頭の口から出まかせでも、何となく意味が通じる気になる不思議な言葉だ。ねこける、は、我が家公認の、大阪弁に泉州弁が混じってるかもしれない〝増田ことば〟でっせ、ということにしておこう。

ほどらい

「お客様のご都合で、おつなぎできません」受話器の向こうで、機械的な声がする。

「お父さん、あの娘ひょっとして、家からの電話はチョイスして、繋がらんようにセットしてるんやろか」

「おまえ、この番号は間違うてるで。その下の番号とちゃうか」

リーン、リーン。

「あっ、繋がったわ」

「モー、おまえは電話もほどらいでかけるよってなあ。番号間違うててかかるわけないやないか」

夫によると、私はひどい〝ほどらい女〟であるという。ほどらいとは、ええかげん、ルーズ、正確でない、というような大阪弁。

まッ、年齢もそこそこ。ほどらいなんて、大阪のおばちゃんらしいて、ホンええやないの。けど我が家には、冷たくてかんかちの金物にもほどらいがあった。

玄関のカギ。我が家はナショナル住宅の電子ロックだ。家族五人が各々キーを持っている。うち一つだけコピーで残り四つは元キー。ふつうは各戸それぞれの鍵でなければならないはずが、長い間勝手口の、同じく電子ロックのキーで玄関も開いたので、何の疑問もなくそれで間に合わせていた。が、退職後日常にすこしヒマのできた夫は、先日玄関のカギ穴にゆるみが見えていたので、ネジを締め直し、きれいに掃除をして油を注したのだという。さあ、それから私の持っていた勝手口のほうのカギでは、通用しなくなった。

さて不便だし、早速にコピーをこしらえに夫が大阪へ出かけるというが、その日は私も外出の予定。二人同時に家を出て、戸締りはできるが、カギを帰宅の早い私が持たねば家にはいれない。夫が持たねばコピーを作れない。即複製をと意気込んだものの、何だかおかしいて、二人で大笑い。

ちょうど休日で、自宅でくつろぐ息子に、「夕方出かける言うてたけど、ちょっと早いこと、いま一緒に家を出て、カギ母さんに貸しといてんか」と声をかけたら、事情を知らぬ息子に、「さっきからうるさい！」と、叱られてしまった。

「けど長年、こんな電子ロックのようなもんまで嫁はんに合わして、ほどらいでいけっとったんやなあ」と、夫はからからと嗤う。ほんまにこんなもんまで、住む人間に似て、ほどらいでいけるようになってしもてたやなんて、ホンマでっかいな。

まっちゃい

まだ松の内の昼時分。大阪はナンバ千日前通りを、堺筋八幡筋の実家に行くべく北に向かっていると、いま流行のどんぶり専門店が目についた。入口黒板にでかでかと、「お昼のタイムサービス、海鮮丼、半額まっちゃいなし！」。ほんで横に（間違いなし）と、カッコがつけてある。

オッ、〝まっちゃい〟とはなあ。こんな大阪弁あったかいな、と急に頭の中はグルグル、眼は歩きながらさらに両側の店をきょろきょろ。何か関連する大阪弁に出遭えるかと頭の中〝まっちゃい〟いっぱいで実家に着いた。

「なあお母ちゃん。間違いのことまっちゃいと言うたかなあ?」と訊くと、大阪はずっと船場、島之内暮らし八十年の母が、一瞬「さあ?」

帰ってすぐに『大阪ことば事典』を見たが、載ってない。

けど、そうそう。

「まっちょうたらアカンで」「まっちゃいなや」「まっちゃわんと、あんじょう行きや」とか、間違わんと、が約まって、まっちゃわんと、とは、最近でも時に聞く気もする。

けど、繁華街で堂々と看板に使うなら、そらカッコ付きの解説がいるわ、と納得。イクラ丼〇〇円。ウニ丼〇〇円と、せまい入口の両側に隙間なく張りまわしたチラシ。こんな言葉の雰囲気の店やったな、と。

「そら、奥さん。迷わんとそれに決めときなはれ。品物《しなもん》は、まっちゃいおまへんで」

「わいはなあ、こんなとこで商いしとりまっけども、まっちゃいないもんしか扱いまへん。さあ買うた買うた! 早いもん勝ちでっせ」とか、フーテンの寅さんの大阪版。ほんで住まいは河内のど真ん中、のようなおっちゃんなら使うてるかもしらん。

また、たまに夫と行くナンバの串かつ屋。若い中国人の女の子が愛想よく、「いらっちゃいまちぇ」と出迎えてくれる。「いらっしゃい」が「いらっちゃい」。「ませ」が「まちぇ」の発音なまり。「まちがい」が「まっちゃい」なら、中国の娘は、「ご注文はイワシ、エビ、イモ、でまっちゃいない？」と訊き返してくれそうな。オヤ、こうなると大阪弁も国際的？

　まっちゃい。娘、ダンナ、隣のおばさん、身近な人に訊いてみても、「知らんで」がおおかた。大阪は泉州弁ではないような。母によっても、船場島之内言葉でもないような。ムードとしては河内弁に近く思えるが、おぬし、いったいどこの言葉じゃい？　ひょっとしてエセ大阪弁？　いや、エセとはニセのまっちゃいとはちゃいます。この際はニセの、まがいものの意の強い言葉より、エセと、まやかしの意の強い言葉のほうが、まっちゃいなく〝まっちゃい〟にしっくりとする気がするのです。

もむない

「あんさん、ようそんなもむないもん、食べはって……」

「エッ、こんなごっつおう、もむないやなんて、バチあたりまっせ」

「そやかて塩味も薄いし、ざんないし。ワテらそんなモン、もむないとしか言えまへん」

「そらまッ、そうでんなァ。けどワタイらはずっとこれで育っとりますよってなあ……」

　さあ、（これ）って、何か？　何を想像しようとかまわないが、もむないは、味ない、と書いてもむないと読ます。味という字に、もみ、などという読みはあったろか。大阪人だけがそんな読み方をするのだろうか。

『大阪ことば辞典』によると、もむないは、まずい、うまくない、あじないこと。もみない、がさらに訛って、もむない、とある。それから江戸時代中期（一七七五年刊）の、日本最初の方言辞書『物類称呼』巻五（言語の部）。さらに江戸後期の地誌『摂陽奇観』巻四にも、いずれも『日本記』を出典として、「いにしへ、吉野の国栖《くず》の邑人、かえるをにて上味として食う。名づけて毛瀰《もみ》と言う。故に、下味のものは、毛瀰にあらず。もみなし、となった」と解説されているが、『大阪ことば事典』編者牧村史陽氏は、それは少しムリなこじつけで、旨味《うまみ》ない、が、もみない、もむないと転訛したもの？　と考えるほうがムリがないであろう、と解説する。

ついでに、あじないは、尾張、美濃以西のことばで、東国ではまずい、が一般的だと。まずいの元は、貧しい（『大言海』）。東国方言が江戸の味ないを食い倒して、いま東京では「まずい」、大阪では「味ない」「もむない」となっているという。

もむないは、大阪の他に、和歌山、京都、淡路島、さらには九州まででも使われているらしい。また、あじない、によく似た言葉に、あじけない、があるが、物事の面白みや味わいが感じられない、の意となるので、もむない、と同類とは思えない。

では、もむないとざんない、は？

ざんないとは、見るに忍びない状態、見苦しい状態を言う大阪弁だから、ざんない味とは言わないが、もむないモンは、おおむねざんないモンも多いだろうから、同質に重なる部分も多そうだ。

それにしても、もむない、は、日常我が家では使うことはないし、私の周りでは、最近あまり耳にすることもない。が、そんじょそこらの新入りやニセ、エセの類いの大阪弁ではなかった。江戸時代の方言辞書や、地誌にも登場している、由緒正しき伝統ある大阪弁だったのだ。

あかん

あかん。まだ小一時間もたってないのに、腰がだるうて。何の予定もない休日。和室で足を投げ出しぺたっと座って、古い写真や書類の整理を細々としている。

一日おきに、週に三日はテニスや体操で外出。ついでに買い物や雑事も済ませるので、出かける用のない日は、貴重な家事に専念できる日。なのに集中力、体力が弱くなっている。

起き抜けに今日は家の片付けとあれもこれもと思ったとたん、なんだか体がだるくなった。

前日のテニスの疲れも残ってる？　それよりも今日はどんよりと曇って空気が重いし天候のせい？

いや、最近は気持ちのいい青空の日でも、あかんことがあるのだ。

「お前は嫁に来たときから何も変わっとらん。遊ぶことやったら生き生きしてるけど、家中の片付けというたら、とたんにグータラや。おれはもうとっくにあきらめてるで」と夫は物わかりよく笑ってくれる。

テニスの明くる日はゆっくり休息。その次の日は家事に専念、と間に一息いれるリズムをぼちぼち考えなあかんのかな。

六十路も半ばを過ぎた。歳は還暦から後戻りと決めているので、今五十ン歳のつもり。ほんとの暦年齢は忘れているが、どうやら苦手な家事になると、ひとりでにホンマの歳が出てくるようで、あかんのだ。

あかんに負けたらあかん。気持ちだけでもシャンと自分を励まさねば、ね。

「あかん」って大阪弁でだめ、いけないのこと。

「夕焼けエッセー」産経新聞（大阪本社夕刊）平成二十一（二〇〇九）年五月十二日掲載

Ⅲ　わたいは猫でおます

増田家で

あのー、イソでおます。ホラ、昔ずっと増田家にお世話になってて、三年前初恋のトラ夫さんに逢いとうなって、フラッと家出してしもて……。みなさんお変わりござりまへんか。

ええエエ、わたいもなあ、だいぶん歳とって毛艶も昔ほどではおませんが、それでも相変わらず毛繕いだけはきっちりしとりますよって、今でも身だしなみには自信がおます。ほんで毎日気の向くまま、足の向くまま。まだトラ夫さんには逢うてまへんのやけど、もう今となっては、逢えても逢えんでもどっちゃでもかましまへんのや。

今でっか？　わたいらばあさん猫にはケアハウス言うもんができてましてな。わたいはそこへ入っとりまッ。ちゃんと個室、三食と医者のケア付きですねんが、まあわたいらネコ族は気ままでっさかい、団体生活の規則なんか、なあんもあらしまへん。二か月も三か月も外泊してても平気だす。こないだ通りすがりにチラッと増田家を覗いたら、ちょうど長いこと居てはったお手伝いのおばさんがやめはった時で、奥さん、えらいしんどそうでおました。

「アッ、イソ！　来て、来て、手伝うて」

「力仕事なんか頼まへん。ホレ、書くのに詰って困ってる時ちょっと助けてくれたらそれでエエんや。アタシにも書けますわよ、と自信持って来てくれたらそれでエエんや」

そう言わはるんだす。

ネコは元々気位の高いもんでおます。まッそこまで言われたらネェ……。歳はとってもまだ足腰、ナニ、口もいたって達者でござります。まあしばらくは元の古巣、増田家に逗留さしてもろてと思てます。

イソとはヘンな名前やて？

わたいが増田家へ迷い込んで来た時、増田家には大きな茶色の牡猫がおりました。そいでわたいは居候。略してイソとなりましてん。わたいの毛色は背中と両耳、尻尾が黒で、胸や腹、足は真っ白。中肉中背、老年太りもボケ太りもしておりまへん。よろしうお願い申します。

とは言いましてもなあ奥さん、わたいら猫族は生まれついての勝手もんですよってに、急に行方不明になったり、「知らん！」と不貞寝して、今日は休みだす、とか、勝手に好いたようにさしてもらいまッ。

「アレ、イソどこへ行ったんや」と捜しまわったり、「はよ書いて」と指図したり、そんなことはせんといておくれやす。もとより奥さんが頑張りはんのがスジやおまへんかいナ。今もホレ、わたいに書かしといて、電気ゴタツに足つっこんで、マグロみたいにドテッと横になってイビキかいたはる。最近夜一〇時を過ぎるとこんなことが多うおまんのや。どだいしようがおまへんなあ。

ほな秋の夜長のつれづれに、今増田家に飼われてる我らがネコ仲間、キヌさんとイクラはん親子の紹介さしてもらいまひょ。

キヌさんは親ちゃんだすが、シルバーグレーのつやつやふさふさの長い毛で、尻尾も立派。お腹の毛なんぞ足がすっぽり隠れるぐらい地面スレスレで、体重もゆうに五キロはありまっしゃろ。エメラルドの瞳も色っぽい、ペルシャと雑種の混血猫でおます。

いつも応接間のソファに寝たはる姿は、嬢ちゃんが、潰れ大福や、と笑いはるように、真ん丸の大福モチ、ペチャッとペシャげたようなボリュームと柔かさ。どこが頭や足やら、フカフカのクッションを置いたあるみたいにも見えまんな。

性格はホン温和。猫のくせに小っちゃいダンゴ虫に手向かうくらいで、獲り物はまるでダメ。家の中では美味しい花かつおをくれはる旦那さんを、送り迎えはもちろん、ぴったりマークしたはります。朝は必ず旦那さんが仏壇でお経をあげはる八畳の和室の敷居際で、きちんと三ツ指ついて二〇分でも三〇分でも終わるのんを待ちはって（増田家では奥の和室には猫は入らしてもらえしまへん）。

チーン、と終わりの鉦が鳴ると、ニャーンとかわいい声でアピールしはりまっしょってにもう旦那さんはメロメロや。「そんなつぶらな瞳でじっと見つめられたらかなわんなあ」と褒めてもろうて、惜しげもなく特上の花かつおをパッパと貰うたはる。よろしいなあ、べっぴんは。今増田家では堂々「アンタが女王」の貫禄でおます。

イクラはんはキヌさんの五匹の仔の中の一匹だすが、ホンマはすでに、ずっと以前増田家に居はったお手伝いのおばさんの猫になったはったんです。おばさんは自分とこにも娘夫婦の転勤で預かったというシャム猫と、古い大きな三毛猫がいてるのに、

「奥さん、たんと生まれて困ったはりますのやろ。ほなこれワテの猫にしますわ」言うて、茶と黒白の混ざり具合で、「これなら汚れても目立たへん」と、イクラはんを連れて帰りはったんやが、二日ほどして、

「明日から旅行でしばらく留守にしますんやが、この猫ウチへ来てからゴハン全然食べしまへんのや。まだよたけないよって死んでしもたらかわいそうや。帰ってくるまで預かっといてくれはりまへんか」

言うて、おばさんの前垂れでクルッとくるんでもろて。離乳食の缶詰もつけて増田家へ預けられはったんだす。

まだ残ってた何匹かとまた家中をはしゃぎ廻ってはったが、おばさんは「旅行から帰ってきて風邪ひいてしもた。治るまで預かっててもらえまへん？」言わはって。けどその十日ほどの間に残ってた仔猫みな貰われてしもて、家の中急に淋しいなって旦那さんが、「コイツ、もうおばちゃんとこへ帰りとうない。ここに居てたい、言うてる。そない言うておばちゃんから返してもらえ」言うて聞きはらへん。

嬢ちゃんも熱心に「いっぺん親子で飼うてみたい」言わはって。ほんでとうとうおばさんとこへ帰らずじまいで。目が開くか開かんうちに嬢ちゃんが「イクラちゃん」と呼んではったそのままに増田家の家付き娘猫。人気もんだす。

名前の由来？　頭と背中全体が薄茶色で、そこに艶のある黒い毛がまだらに混ってイクラ状でんねン。手足や尻尾の先は軽く茶と黒の縞が出てまんのやが、顔は鼻筋から上に黒白茶、タテ縞がバラン

ス良うて、あんな見事な長い毛のキヌさんから、親子とも思えんただの三毛猫だすが、まあ別嬪だす。だいぶん大きいなってもキヌさんのおっぱい独り占めで吸うたはる〝甘えた〟だしたが、親に似ず獲り物は上手。いつも庭や裏の田んぼからの獲物得意気に見せに帰らはる。トカゲやヘビの時は奥さん青うならはって大さわぎだす。

誕生三年目。早うに避妊手術も受けて、今キヌさんと同じくらいの大きさだすが、イクラはんはキヌさんには何の遠慮もおまへんよってなあ。好き勝手な振るまいにもいまだキヌさんが目細めて親バカぶりを発揮したはる。

それはそれは仲のええ親子猫でおます。

ところでキヌさんイクラはんはじめ、わたいらは、増田家ではその時々の気分でええかげんに名前付けてもろとりますが、はて猫族の名前にもかわいいもんや晴れがましいもんもたんとありまっせ。有名な漱石センセの苦沙味はんとこの「吾輩」は名なしで通ってしもてまっけども。そや、増田家にもだいぶん長い間名なしの猫もいてましてん。大きな茶色の牡猫はんだしたが、声が悪いんか、迷い込んだ増田家に居着きはってから、一度も鳴かはらんかったみたいだす。そんでみんなから、「ニャンと鳴かんかい！」と言われてる間に、「ニャン」という名になったんでおます。わたいはニャンの食べ残しのゴハン戴いてた居候ですよって、略してイソと呼ばれましたが、わたいの子供はイソの子やからと、「子イソ」と呼ばれてました。

いま奥さんの机の上にも、ボタ子、アブサン、トラちゃんなど散らばってまっけども、ミィやタマ、シロ、クロ、ブチなんぞ猫の名としてはベストファイブに入るんと違いまっしゃろか。何で特にミィが多うまんのやろな。

へェ、実はわたいも隣の家ではミィと呼ばれてましてん。増田家は昼間はみな留守でっさかい、前の庭で日なたぼっこしてた時、隣のおじさんが「ミィ、おいで」言うて呼んでくれはって。「ニァァン」と可愛く返事して、その時は、イソ？　誰のことやねん、と思とりました。たびたびお邪魔してはおじさんの膝の上で昼寝をしたり、マグロご飯を戴いたり。ミィにもええ思い出があるんだす。

古今東西の有名な本の中にもええ名前はいっぱいだっしゃろが、週間朝日編『うちのにゃんこは世界一』（２０００年朝日新聞社発行）の巻の猫にも、ボニー、リリアン、パム、プリン、ボン、ミミ、マイケル、ムック、マリ。また、花子、ふじ子、たろちゃん、梅ちゃん、つる、かめ、ぽん太、牛若、清正、ふう子姫と、何とも愛くるしいやら凛々しいやら。ほんまに我が仲間の晴れがましい名前にうっとりとしてしまいまんなあ。

アッ、奥さんが呼んだはる。

「ハーイ、ただいま」

ところで奥さんは例年通り一週間ほどまた信州へ旅行に出かけはりますんで、

「アンタしばらく休んでんか」言わはるんだす。

ま、わたいも急に奥さんから声かけられて、とっさにお邪魔さしてもうたんで、大したお手伝いもできまへんままだすが、とりあえず、これからケアハウスへ帰らしてもらいます。

さあ、おヒマ貰うたらやっぱり気楽ですヮ。アァええ天気、エエ気持ちゃ。風がそようッと吹いて湿気が少のうて、照るでなし曇るでなし。こんなん猫日和言いまんねんで。

オッ、前を行くのは向かいの路地で遊んでたスズ子ちゃんやおまへんか。

「ちょっとアンタ。あっ、アカンがな、そのお胎。わたいの目は誤魔化せまへんで。まあ四匹は入ってるやろ。ナニ？　初めてで何にも知らんかった？　かなんなあ、こんな幼い生猫（きむすめ）に。よっしゃ、わたいに従いといで、かかりつけの長兵衛センセとこへ連れたげる」

ヘッ、つい世話やきの悪いクセが出ましてな。一緒に横町の動物病院へ行きましたんや。

「ウへ、入口に大きな黒い犬いてるがな。犬こわい？　あかんたれやな、アンタ。ちょっと外で待ってなはれや。わたい受付済まして呼びに来るよってな」

ドア開けて大きな犬の前通って内に入ると、ウサギにフェレット、チンチラ猫、いろいろと賑やかだす。

受付へ行くと、

「猫ちゃん？　種類は何ですか？」

「いや、そこらに落ちてるフツーの野良猫です」

「ではワクチンは受けてませんねぇ？」

「……」

　どうやら最近の猫は、生まれて家より外へ出る前に、何やら難しい病気の名前の三種混合の予防注射してるらしおます。たいそうでんな。わたいも捨て猫だしたよって、そんな記憶はあれしまへんが。あと、まだ問診表があって、いろいろ書かんならん。食事、睡眠時間、妊娠回数……。

「さっ、内へお入り。いま黒犬診察室へ入ったよって、もう恐いもん居てへんで」

　アンタもあほやなあ。どこで迷子になったんか、首に赤いきれいな鈴付けたまま、増田家の一階ベランダからフラッと入ってきて、そのままシャンシャン鈴鳴らしながら二階へ上って降りてきた時、奥さんが嬉しそうに、「スズ子ちゃん」言うて呼びはって。「おいで」言うて手出さはったのに、アンタその手を引っ掻いて。増田家の猫になってたかもしれんのに、ホンマにアホな猫《コ》や。野良のまんまでボテレンになってしもて。

「スズ子ちゃん、どうぞ」

　診察室に入ると、久しぶりの挨拶もそこそこに、

「センセ、この猫《コ》……」

「あぁ、堕ろすんやな。野良やろ」

　センセは徹底して野良は仔ォ作らんがエエ、が持論ですのや。母猫が苦労するのん見てられへん……て。

「おイソちゃん、ちょっと外で待っててや」

　わたい待合室に居る間に思い出しましてなあ。

わたいもここで避妊手術してもろて。けどその前にいっぺんだけ五匹の仔ォを産んどります。いろいろありましたな。へェ、わたいの子育てのこと、ちょっと聞いておくれやすか。

まずお産でっけどなあ。五匹の仔ォのうち、最初の仔ォがえらい大きいて。産道で詰まってなかなか出てけえしまへん。今思い出してもしんどおてゾッとします。

お胎の中でみな同《オン》なじ大きさに育ってくれてたらええのに、そうはいかんようでおました。発育のええ仔やら悪い仔やら。わたいの場合は一匹だけえらい大きいて、残りは小さかったんだす。人間のお子と同じように、破水して胎水が外へ流れ出た後は、自分で息をせなあきません。次々と順調やったら問題おませんが、最初の仔ォが産道で詰まってえらい時間とりましたんで、後に続く仔ォが酸欠状態になりましてな。二番目、三番目はまだ何とかいけましたが、四、五番目はかわいそうに死産だした。

ほんで初めの大きい仔ォがやっぱり一番出のええ乳首に吸い付くんだすなあ。乳離れするまでずっと独占するんだす。あと二匹は次によう出る乳首を取り合うてましたが、そのうちちゃんと自分専用を決めて吸うとりました。

大事な三匹だすよって、わたいはお産をした増田家の納屋の縁の下より、道の向かいに積んであった綿屋の、綿の梱包のとこへ運びましてな。大事に大事にしとりましたが、そのうち小さい二匹が、綿の包みのどっかに紛れて、何ぼ捜してもどないしても出てけえへん。とうとう諦めて、一番大きかった仔ォだけを連れて、増田家に帰ったんでおます。

すぐに「子イソ、子イソ」言うてみんなに可愛がってもろて。男の仔ォでおました。

けどなあ、猫でも一人っ子いうのんはあきまへん。弱いもんでっせ。第一、仔猫どうしでじゃれ合うて遊ばれへん。アレ大事だすんやわ。アレで猫社会のルールやら強い猫への接し方、喧嘩の仕方、ねずみの追い方、みんな勉強するんだす。

子イソはたった一匹やったさかい、増田家のみんなにはそら可愛がられて、幸せいっぱいの幼少時だした。けど、初めて外へ遊びに出た時、近所のでっかい真っ黒のオス猫に追っかけられて、ドドッと逃げ帰ってきた。脱兎の如く家中を走り廻って、奥の和室の床の間に突き当たってぶるぶる震えて震えて……。

それがよっぽど悔しかったんか、この時武者修行？　に増田家を出てしもてそれっきり。この後すぐにわたいもここで避妊手術してもろとりますよって、仔ォには恵まれん一生でおました。

オヤ、まっ白なペルシャ猫が入ってきましたで。さすが長兵衛センセとこや。ようはやってまんなあ。この待合室で待ってると、次々とわたいらネコ族登場で楽しおます。センセが、「ウチは八割方、避妊手術のお客さんや」言うたはりましたが、心丈夫なこってす。

一昔前にはこんなお医者もなかったやろし、今でも山奥では近くに医者が無いし、昔のまんまの猫間引きがあるそうでんなァ。

わたいの友達、同い歳の三毛猫の富士子はんの話だす。

「おイソちゃん。ワテはなあ、大阪でも京都と県境の山の麓の、小さい村の古い大きなお寺の猫やってん。お上人さんも奥さんもそれはそれは大事にしてくれはってんけど、お産をしたらなあ、うち一匹だけは残してくれはるんやけど、あとは間引かれてしまうねん」

「えっ、庫裏の縁側の下で仔ォ生んで、ほら喉カラカラやし、お腹も空いてるやろ。初めて水飲みに出て帰ってきたら、四、五匹いてた仔ォがいつも一匹だけになってるねん」

「三べん目のお産の時、見てしもたんやけど、奥さんが手縫いの白い晒の袋持ってきて、そこへまだ目の開かん仔ォガガッと摑んで入れはるねん。ほんで裏山の谷に放りはる。その時一生懸命にお経を上げてくれはって。ワテ追っかけたかったんやけど、奥さんとお手伝いのおばさんの話、これまでに何回も聞いてましたんや。

『ごめんね。避妊手術するとこが無いよって。アンタら次から次へ増えてばっかりすると大変や。仔猫の目開《あ》いて、それはそれは可愛らしのん見てしもたら、もうどうにもできまへんもん。アンタと長いこと一緒に暮らしたいよって、こうするしかないんやわ。堪忍やで』

　お産が近うなるといっつも言うたはりましたんや。残った一匹はどの仔猫もそれは大事にしてくれはって……」

　なあ、こんな富士子はんの話、今ではもう昔話でっしゃろか。

「まっ白なペルシャちゃん、アンタそんな丸々艶々フサフサしてて、どこ悪いのん？」

「アタシのこと？　アタシは今センセにダイエットプランを作っていただいているの」

　へーエ、そういえばお腹もググッと垂れ下がってて、足はチンチラ猫みたいに短う見えまんな。

「あらヤーダ。足なんか見ないでよ。基本体重に近くなるまで頑張ろうと思っているのよ」

行儀よう待合いの椅子に座りはりましたが、後ろ姿はまるで西瓜みたいに真ん丸で、顔にも肉が付き過ぎて、首がどこにあるのんか全然わかりまへん。ダイエットとは大変でんなあ。

「二キロ減らしてせめて六キロくらいの体重にと言われているの。けどアタシのママは、えっ、飼い主のことよ。ケーキ作りがとても上手なの。毎週火曜日はママがそれはそれは美味しいケーキを作る日なの。バターケーキ、クリームケーキ、チーズケーキ。他にパイやミルフィーユやクッキーも」

「ママはできたらいつも一番に仏様にお供えをするの。アタシ小さい時仏壇の上にあがって、そのお供えのケーキの生クリームを夢中で舐めていたことがあったの。ミルクのとってもいい匂いがしたんだもの」

「その時はえらい怒られたんだけど、それからずっと『仏様のお下がりはミーチャのですよ』と、決まってアタシがいただくことになったの。他にフライチップスやエビせんべい、スナック菓子も大好きでおねだりしてたら、みるみる大きく育ち過ぎちゃったのよ。エッ、もちろん主食はとても上等のキャッツフードをいただいているわ。今センセに『間食をやめなさい』ときつく言われて、頑張ろうと思ってるんだけど……」

「『ミーチャ、今日のはネ、最高の生クリームを使っているの。おいしいよ』『お菓子の袋を破る音をよく知ってて、すぐに走ってくるんだから。ホラッ』」

「パパが晩酌の時には『おいミーチャ、この刺身はうまいぞ、一口食べてごらん』とか、みんながとてもやさしくて。これ以上太ると肝臓、心臓、糖尿、ガン。いつ恐い病気にかかっても不思議はないんですって。『月に一度の検診は欠かせん』と、センセからのきついお達しなの」

あーあ、ネコの心、飼主知らず、でおますなあ。

大事にされるのんは幸せでっけども、何でも過ぎたるはあきまへん。

「あっ、ミーチャさん、受付で呼んだはりまっせ」

「ミーチャさん、この間の血液検査の結果が出ているのですよ。先に指導室のほうへお入りくださ い」

へーエ、最近の動物病院は、検査データをみて病気の予防指導までしてくれはりまんのんか。

その点スズ子ちゃんみたいな野良ちゃんは幸せでんな。栄養の取り過ぎからくる恐い病気や肥満なんて、心配する必要あれしまへん。食べるもん自分で調達せなあかんから、気しんどい苦労もありまっしゃろけど、自分のことだけなら、岸和田みたいな田舎町では、スズメやハト、ネズミ、カエル、トカゲ。何でも好きに追っかけたらええねんし。人に媚びんと野生の本能を満足させられる生活、強いて言うたらこれが野良の幸せでっしゃろか。

わたいも野良の出身、迷い込んだ増田家では、八人家族の残飯ばっかりいただいてましたさかい、ケーキや刺身なんて上等のもんは口にしたことはおまへん。

今はケアハウス住まいだすよって、朝夕の食事はちゃんとカロリー計算がされてて、およそ肥満には縁のないこってす。

「アンタえらい暗い顔して、検査でどこぞ悪かったんか？」

相談室から出てきたミーチャは元気がない。

「肝臓や心臓は正常なんだけど、血糖値が異常に高いんですって。ただ病院へ行くというだけでストレスになって、上がっていることも多いそうだから、今日は尿の中に糖が出てないか、尿検査をしてくださるの」

「……」

「けど食餌療法でカロリー制限はきっちり守らないといけないの。ケーキやスナック菓子、お造りのトロは絶対にダメ。繊維質の多い低カロリー食で、と言われるんだけど、チョーまずいんじゃないかしら。ノドを通るかしらととても心配。今度ママを連れてきて、一緒に食餌指導を受けることになっているの」

良家《ええし》で可愛がられてる上等のネコにも、えらい命がけの悩みがあるんだすなあ。


「おイソちゃん」

あっ、センセの声や。スズ子ちゃんの手術終わったんやろか。


「待たせましたな。無事終わりましたで。なんと、素人眼には目立たんような小ちゃなお胎にも五匹も入ってましたんやで。全部きれいに、子宮まで摘ったあるよって、あと何の心配もいらんわ」

「卵巣だけの摘出やと、一部が残ってることもあって、また発情する可能性もあったり、子宮蓄膿症になる虞れもあるけど、その心配もなしや」

「ありがとうございました、センセ。どうせこの猫《コ》も身寄りのない猫《コ》や。しばらくわたいのケアハウスへ一緒に連れて帰って、養生さしてやりまっさ」

さッ、ほんならもうちょっと麻酔さめて足元しっかりしてきたら、わたいとこへ行こッ。わたいも今、増田家で一仕事終えてハウスへ帰る道中やねん。帰ったらゆっくりと読みたい本読んで一休みするつもりやよって、アンタも何にも気ィ遣わんと、体力つくまでボーとしてたらエエねんで。もう歩けるか？　屋外《そと》はええ猫日和やし、ハウスはすぐ近くやから、ほなボチボチと行こかいな。

そんなわけで、わたいはスズ子ちゃんの養生に付き合いがてら、しばらくのんびり過ごそと思とります。じっくりと英気を養うたらまた気の向くままに出かけたり、増田家へご機嫌伺いにもあがります。

「さあ、もうホームに着きましたで。入口入って右側の突き当たり。わたいの部屋だす。久し振りやなあ。春眠ならず秋眠暁を覚えず、と諺も変えてしまうくらい、深々と、大の字になって寝てこまそ」

うちの奥さん

「えっ、雁ジロはんに団タロはん、それにタマ子はんや染子はんまで、いつの間にわたいの部屋へ」

「いや、おイソちゃん帰ってきやはったよって、みんなで飲み会せなアカンと、相談しょと部屋に寄ったんやけど、アンタ丸二日もグーグー寝っぱなしや。たまに口元ほころんで、何か言うてはるみたいやし、大笑いしてはるようなこともあったし、まあ大事無いやろけど、もし明日も目を覚まさなんだら、医務室のセンセに来てもらお、と枕元でみんなで話してましたんや」

「あー、すっきりした。よう寝られましたわ」

「ほんにそうでっしゃろ。なんぞ楽しい夢見てはるに違いない、とは言うてましたんやが、何せ豪快な居眠り、何の夢見てなはったんや……」

「そうか、あれはやっぱり夢だしたんか。いや、増田家の奥さんと久しぶりやし、ボンや嬢ちゃんのいっち小さい時分のこと、アレコレ話弾んでたん思い出しては、ほっこりしてましてん。あー、わたいはいつでも奥さんにはホンマにようしてもらいましたもんなあ」


えっ、いっぺん奥さんのことも詳しゅう紹介して、やて？

そうでんなあ。なんせ子たちが六人もだっしょってに、いつもそれだけでフゥーとなってしもて、そこまで頭も回りませなんだが、このハウスなら三食昼寝付き、お医者付き。落ち着きますよって、ボチボチ思い出すままに、はあ、後先あちゃこちゃなるかもしれまへんが、ほんなら奥さんのことも、ちょっとだけ聞いておくれやすか。


アッ、スズ子ちゃん。コレッ、えっ、どこ行ったんや。昨日《きんの》向かいの家の若いハンサム猫の後付いて出て行ってしもた？　かなんなあ。もちょっと養生したほうがラクやのに。ほんなら染子はん、すんまへんけど、そこの茶簞笥に美味しいカツオ入りの昆布茶入ってまんねん。ちょっとみなさんに入れておくれやす。せっかくお揃いやのに、気のつかんことで。さあさ、どうぞ一息入れておくれやすな。

さて、奥さんのことなあ。何からお話しさせてもろたらよろしおまっしゃろか。

えっ、お名前は増田智子さん。いや、戸籍は「トモ子」さんだすが、結婚して増田姓になりはった時から「智子」と漢字のほうが字画がエエそうだす。昭和十六年のお生まれやと聞いとります。お年齢のことは、いつでも私は還暦からバックと決めたある、言うてはりますよって、さて今お幾つでっしゃろか。

べっぴんさん？　さいな、時々旦那さんが、「オレは幸せモンや。家でずっとお前を見てるおかげで、どこの飲み屋に行っても、どんな女もみなべっぴんに見える」言いはりますのやが、そらまあ……。色白、丸顔に近眼のめがね。ショートカットのヘアースタイル。体型も小柄でちょっとぽっちゃり。あっ、でも、テニスやゴルフ、山歩きもお好きですよって、お年齢のわりには身体はよう動かしてはるほうやと思います。特にテニスは、高校、大学とずっとラケットを握ってはって。そう、でも大学時代は、新聞部にも入ってはって、三年生の時には両方とも部長を務めてはったと聞いたことがおます。

へえ、奥さんは神戸女学院大学いうて、入学しやはった昭和三十五（一九六〇）年は、一学年二百人ぐらいの小さな単科大学やったよってに、テニス部に入部してくる経験者も、毎年学年に一人ぐらい。奥さんは、団体戦なんかの即戦力で、一年生から貴重な部員やったそうだす。

それから新聞部のほうは、ちょうど入学しはった年が、六〇年安保騒動の真っ最中。東大生の樺美智子さんが国会前デモで亡くならはったり、連日新聞報道も安保一色の時だしたんやて。国公立大学へ行きはった奥さんのお友達が、デモや何やと騒がしい時で、奥さんも大阪市大に入学しはった高校の時の親友に触発されて、御堂筋デモにもよう参加してはったんだすて。

神戸女学院は兵庫県西宮市の丘の上の花園のようなお嬢さん学校。元々勉強は好きな性質ではあらへんし、そこでテニスしてるだけでは、高校の時の友達にぐっと遅れをとるような怖さを感じはったらしおます。そんで、学内で時事問題に一番敏感なとこ、吸い寄せられるように新聞部に入りはったそうだす。ここは運動部と違うて、一年生でも喧々諤々、存分に意見も言わせてもらえて、上級生ともすぐ意気投合。ホンマに新聞部があったからこそ、女学院を無事卒業できたんや、と、何度か聞いたことがおます。

入部した当時は、月刊の学生新聞発行の、二、三回に一回は、学生課のインフォメーションボードに、「新聞部長、学長室へ」と張り出されてて、上級生の部長さんが呼び出されてはった、と聞きました。そら、学生さんが拙い知識で自由に書いて学内はもちろん、全国の大学にも送りはるんだっしょってに、まあ、学校側としては呼び出して注意しとかなのこともおましたやろなあ。

奥さんが部長の時は、呼び出しがかかるたび、まず、当時クラブの顧問を引き受けてくれてはった神谷美恵子先生（精神医学者）の研究室へ駆け込んで、それから神妙に学長室へ、がコースやったしおます。学長、難波紋吉先生のご専門、文化人類学は、奥さんの在籍しはった社会学部では必須科目やったそうで、さすがにこのテストだけは一夜漬けでもしっかり頑張っててん、言うたはりました。

そんで、卒業式の時、始まる前に学長室へご挨拶に、出向かはったら、「キミがもうご卒業ですか。女学院も寂しくなりますね」と先生が言わはったと聞いとります。

でも、そんなこんなのご縁で、ダンナさんとの結婚式には来賓で臨席してくれはって嬉しかった、言うてはりました。

昭和三十九（一九六四）年、学校を出はってからの奥さんは、お母さんが早いこと嫁にやらな、と、正式に職に就くことに反対だしたよって、時々のご縁で、大阪府庁でソーシャルワーカーや、産休教員、雑誌編集員なんどしてはったようだすが、二十四歳の時に結婚。何の理由か二か月ですぐ離婚して、二十七歳の時に、岸和田市で、六歳と三歳の男児を抱えて小さな商事会社を経営しはる、昭和十年生まれの旦那さんと再婚。共に事業を支えてきはりました。子たちは後に三男一女が生まれはって、六人の子のお母さん。

あれからあっという間に五十年。ご兄弟みんな仲良うて、今はどのお子も、社会の中核を担いはる立派な社会人だす。お父さんの会社もしっかりと息子さんが後を継いではりますよって、奥さんは時に図書館や一筆画の教室に出かけたり、週に二日は、半日ゆったりとテニスコートで過ごしてはります。

えっ、結婚しはった始めの頃？　さあ、その当座は、奥さんはいきなり二人の子たちのお母さんになりはったわけだすよって、家だけしっかり守ってくれてたらそれでエエ、と言われてはったんだすて。

けど、わたいがお世話になった本宅がでけたんは、結婚しはって一年ほどたってからですよって、当初は、旦那さんのお父さんが役員をしてはった会社の二DKの社宅を二つ借りてのスタートだした。はあ、一つはピアノを置いたり長持ちを置いたり、ほとんど家具置き場やったそうだすけど……。

奥さんは、大阪のど真ん中の船場で生まれて、島之内で育ってはりまッ。こんな田んぼの真ん中では、そら退屈で半時も過ごせませんやろ。

いや、もし奥さんが、手芸やら料理やら、編み物、そんなもんが好きなお方やったら、家の中きれいに飾ったり、楽しんで主婦しはったかもしれまへん。けど、そんなことは奥さんにはまるで無理というもんだす。

なんせ学校で家庭科の裁縫の宿題だけは完成したもんは何一つない。ゆかたは片袖縫うのんでやっとこさ。ちょっと針持ちはったら、あー肩こった、あーしんどと、えらいことやった、と、何べんも実家のお母さんから聞いたことがおます。そんなお方でっしょってに、初めての社宅の部屋は、なんとも所在なかったことですやろ。

四階の部屋の窓から下を見たら、ダイハツの白い軽乗用車が一台あったそうだす。旦那さんのお父さんの会社の車で、誰も乗り手のないもんやったらしく、奥さんは部屋の中の一人はどうにも耐えられず、それを運転して旦那さんの店まで行きはったそうな。岸和田は初めての土地で、とりあえず店へ行く道しか知らんかったんやそうでおます。

店は住み込みの店員さんやら、パートさんがいっぱいやった時代。

奥さんとお手伝いのおばちゃんが話してはるのん、よう聞きました。

「おばちゃん、店はお義母さんが小まめで超きれい好き。台所は主人が大学時代からのお手伝いのばぁばぁちゃんが手早うて、何から何まで仕切ってる。二人とも独楽廻したみたいにくるくると、いっときもじっとしてはれへんよってに、私は店ではホンマにラクやってんで。こんな二人の間に挟まって何ぞしたところで、きっと目だるいだけ。そう思うて何んもせなんだから。昼ご飯はもちろん、晩ご飯もおおかたばぁばぁちゃんの料理、美味しい美味しい言うて、食べてから社宅へ帰ってたように思うねん」

店ではたまに仕入伝票の整理ぐらい手伝うてはったように聞いとります。

まッ、いきなり二人のお子のお母さんですよって、おっとりと、なんにも出来ん若奥さんでも、お義父さんもお義母さんも辛抱してくれはったんだすやろ。そら、店員さんやばぁばぁちゃんの邪魔にならんように気ィぐらい遣いはって当たり前ですわな。

結婚しはって一年半の頃には、旦那さんと奥さんの間に、初めての男のお子さんも生まれてはりますよって、店から車で一〇分ほどの新築の家で一家五人の生活が始まったんでおます。

ちょっと肩こりまんなあ。足思うように投げ出して、行儀悪ーうにしててておくれやすや。そのカンから海老センやオカキも勝手に摘まんでおくれやす。

さあ、ほんでそのあと一年おきに男、女、男のお子と生まれてはりまっしょってに、子たちは計六人で、連続九年間のおしめ洗いの時代が続きます。そらもう店へ出るどころか、本宅のほうにも、お手伝いのおばちゃんがいてはったというもんの、奥さんにとっては超忙しい時代だした。

　この頃のエピソードはたんとあって、おばちゃんと話してはったんが、何ぼかわたいの耳に残っとります。

「おばちゃん。おじいちゃんがなあ、三日続けて店へみんなを連れて行ったら、血圧が上がるよってに早う連れて帰ってくれ、言わはるねん」

「ガス台からすぐそばのテーブルに、さあ私も熱いモンは熱いうちに食べたい、思うて私のお皿持ってくるやん。すんなりと口に運べたことなんかないんやわ。急に雑巾取りに走ったり、よだれかけ取っ替えたり、何してるかわからんうちに、いっつもお肉が冷めたり、お汁が冷めたり。何でたった目の前のモンがおいしいうちに食べられへんねやろ、と、何べん思うたかわかれへん」

「店の向かいに住んでる叔母ちゃん（姑の妹）が、『智子さん、あんな大阪のど真ん中に住んでたお子やのに、大阪へも百貨店へも出て行かんと、ようまあ辛抱でけたもんや、エライ子や』言うて、ばぁばぁちゃんに褒めてはったらしいけど、えらい見当ちがいやわ。私は嫁に来る前、自由いうもんのしんどさをいやというほど味おうててン。元々母がいつでも結婚でけるように、言うて、ちゃんとした就職に反対してたから、ずっといろいろバイトしてたやろ。山とスキーに行くお金はしっかり出来てたし、時間も自由になる。いつでも誘える友達もいっぱい。こんなんが理想やと思うてたけど、いざ、ほんまにそんな条件揃うたら、何や別にどこへも行きたいと思わんようになってしもうて。逆に、何かに縛られてるほうが何ぼ幸せかわかれへん、と、もう自由に飽き飽きしてたんやわ」

「それからなあ、大阪の島之内から岸和田へ嫁に行くいうたら、誰かに、えらい都落ちや、みたいなことも言われてんけど、私は町の真ん中にしか住んだことないよって、ちょっとでも緑の多い、山に近いとこやったら、どんなとこでも嬉しかったんやわ。山が好きで、北アルプスの山小屋のあちこちにおっちゃんの知り合いも多かったから、もうちょっと独身でいてたら、ふもとに小屋でも建てて、と憧れててン」

　あの頃、キタやミナミのどの喫茶店もたいがい知らんとこはなかったよって、喫茶店もどこも行きたいと思うたことはなかった、ともよう聞きました。

　何の抵抗もなしに夢中でおしめ洗うててあっと思う間に十年。よろしいやおまへんか。この間こそ何にも遊びもせんと頑張りはったか、と思いきや、ちょっと違うんだすな。忙しければ忙しい分だけよけい自分の時間、欲しかった、言わはる。つまり、みんなが寝静まった真夜中に……。

　えっ、日記とは違《ちゃ》いますねん。奥さんは育児日記もはじめのお子の時にほんのちょっと最初だけパラパラとつけはったぐらいで、あとは抛《ほ》ったらかし。ご自分の日記やなんて、全然。そんなきっちりしたお方やおませんが、月に一回、『まほろば』と名づけた家庭新聞を作ってはったんだす。これなら気まぐれにできて、大学時代、学生新聞を編集してはった、その時の気分に返れたんだすやろ。誰にも迷惑のかからん深夜、自分だけの時間を作って、ちゃんと日々の忙しさとのバランスをとってはったんだす。

　けど可笑《おっか》しおまんねんで。

「なあ、おばちゃん。私、新聞の大組みが大好きやったよって、たとえA3の大きさの紙一枚でも、ちゃんと普通の新聞みたいに三段の白抜き見出しなんか作って、リードもつけて、囲み記事も作ったり、いろいろカッコつけて楽しんでたんやわ」

ハイハイ、よーう存じとります。あの頃どのお子も幼稚園を卒業の時に、お絵描きの作品なんぞを大きなスクラップ帳に貼ってもろうて、持って帰ってきィはった。けど、そのスクラップ帳の後ろのほうはたいがい何枚か使われんままに残っとります。スクラップの台紙やよって、しっかりした厚さの淡いグレーで、しかも割付用紙のように、五ミリ方眼になってます。紙はこれを使うてレイアウトもばっちし。いや、今思い浮かべてもきれいな組みの、エエ感じのもんでおました。月に一回、八回ほど発行してはりまんのやが、これがなあ、作りはった時から誰か、実家のお母さんにでも送っときはったらよかったのに、

「せめて一年ぐらい実績作ってからでないと、すぐにやめてしもうたとなったらカッコ悪い思うたから、誰にも見せへんかったんやわ。ほんなら八回目の時、三分の二ぐらい書いたところで、急にあほらしなって、パタッと鉛筆が止まってしもうて、そっから一字も書けんようになってしもうてん」

固いことと思わんと、誰かに見てもろて、楽しみに待ってもろたりしてはったら、もチョット続いてたかもしれまへんんで。

それからもう一つ。

まだお子たちみんなが寝てはる早朝に、末っ子さんの授乳、八か月であがるのんをまちかねて、近

くの公園にあったテニスコートで毎朝旦那さんとテニスをしてはった。旦那さん、奥さんとも、学生時代はテニス部やったから、毎朝の三〇分は、ほんまに楽しそうでおました。たまに早くに目を覚ましはった赤ちゃんの乳母車を、コートの横に置いてはったこともおましたなあ。

だいたい産院で末っ子ちゃんが生まれはった時、実家のお母さんが「しっかり寝ときや。家へ帰ったら六人の子供の世話で、どうしても体に無理がかかるから、体力つけとかな」と、つきっきりで世話してはりましたが、奥さんは、

「おばちゃん、もう子供も六人やし、主人とこれでお産は終わりと決めてたから、嬉しいて嬉しいて。テニス、山、スキー、もう、頭の中何から始めよか、とぐるぐる想いが回って病院のベッドで寝られへん。不眠症かしらん、と本気で心配しててんけど、やっぱりテニスが一番手近かでできるやろうな、思うてた」

と言うてはったことおますけど、その通り。おしめ洗いの最中から、きっちりテニスを始めてはります。

ところで、しばらくは順調だしたが、旦那さんも仕事がだんだん忙しいになってきて、お付き合いで夜遅くまで飲む機会も増えてくる。そんな明くる朝は、テニスに付きおうてもらえません。その頃奥さんは市の広報紙に「ママさん大会の参加者募集」の広告を見つけはって……。

「おばちゃん、誰でもエエ、朝一緒に打てる友達欲しかったよって、一人で試合に申し込んだんやわ。ほんならＡＢＣの三クラスあるけど、どこがよろしいか、って聞かれたけど、どこでもけっこうです、と言うたら、ＡだかＢだかちょうどパートナーが休んだ人がいてて、その人とペアにしてくれはった。

たまたま優勝戦まで残ったもんやから、ぜひ体育館のクラブに入ってくれと誘われたんやわ」

「けどなあ、まだみんな小さいし、そんな昼間にテニスできる身分やない言うて断ったら、いっぺんに四、五人の人が朝のコートにきてくれて」

「けど、みんなママさんやろ。ヨコに貫禄のある人が多かったよってに、主人が『おまえはオレが浮気せんように、上手にメンバーを選ぶなあ。テニスいうたら、もうちょっとスラッと、楚々としたべっぴんがおってもエエやろに、オレ、毎朝熱出るわ』言うて、それから付きおうてくれへんようになってしもうてん」

さ、あとは、末の坊ンが小学校に入りはるとぼちぼち店へ出だしはりましたが、この頃も奥さんはほんまに忙しおましたんやで。いや、店ではベテランの店員さんもいてはるし、顔出しはるだけでもエエ、というような恵まれた立場だしたやろが、ほれ、あの頃、『幼稚園では遅すぎる』（井深大、一九七一年）てな幼児教育の本がよう読まれてた時だしたやろ。その影響からか、子たちの四歳からの幼稚園通いと同時に、音楽教室やら、絵の教室、またスポーツ教室と、付き添いで舞い舞いしてはった覚えがおます。

それにこの頃、旦那さんが健康診断で、肝機能検査にひっかかりはったことがおまして。まるっと三年は玄米の自然食で過ごしてはりました。子供六人ともまだ小さいのに、肝臓が悪いとかになったら大事《おおごと》や、と、予防のつもりや、言うてはりましたが、ほんまにお子たちの誕生日のデコレーションケーキはもちろん、日々のおやつのかりんとうやドーナツ、みな黒砂糖を使うた手作りでおました。

パン作りもわざわざ大阪まで習いに行ってはりました。そんでこのパンの日は、大阪から帰ると、即、家で作りはったから、いつもお手伝いのおばちゃんが、「奥さんは電車に乗って帰ってきはっても、いっぷくしてお茶の一杯も飲んでられしまへんなあ」と、感心と同時に同情もしてはったんだすなあ。

それからテニスのほうはもうこの頃地元のママさんクラブで、週に二回、午前中二時間ほど、近くのコートで楽しんではります。早朝と違うて、太陽の下で初めてプレーした日は、学生時代以来、十五、六年ぶりやったよって、肌で昔の気分が甦って、えらい感動した、言うてはりました。ぼちぼち市民大会や、ママさん大会にも常連出場しだしてはりました。

そんで、

「なあおばちゃん、私はひょこっと優勝チームに勝ったり、強いチームには強いんやけど、弱いチームには弱いんやわ」と、笑うてはりました。

「学生時代は、テニスをする、で、けっこう勝ち負けも気にしてたけど、ママさんのテニスは、ほかにすることもいっぱいやよって、テニスもする、でええと思うてる。納得のいく、エエ試合。それができて勝てたら嬉しいけど、別に負けたかて、楽しくテニスができてたら、それでええかと思うてるねん」

勝負の世界でこれでは、あんまり勝ち抜いていけるとは思えまヘンな。もっと勝つことに執着してもらわんことには。

けどなあ、そんな奥さんのこだわらん性格やからか、会社の主催で、私設のテニスの大会を主催しはったんだす。年に一回。十年間続きました。第一回は昭和五十六年五月だしたから、奥さんはちょうど四十歳、旦那さんは四十六歳の時だした。その年出来たばっかりの岸和田市営のコート五面を終日借り切って、大阪市内から、堺、高石、和泉市、河内長野、富田林はもちろん、南は岬町まで、毎年百人以上のママさんプレーヤーが集まって、盛況でおました。十年も続くと、ますます試合が一人歩きして、もっと、と惜しまれましたんやが、ちょうどエエ切りやし、またその頃には他に試合も増えていたので、一〇回記念大会で、一応線を引きはったんだす。

この試合のやり方は、実にユニークでしてな。ふつう、テニスの試合では、主催者側で対戦相手の組み合わせを決めますよって、「何で私はシードチームへのパッキングやのん?」「一回戦からあんな強いチームに当てられて」とか、まあいろいろちっちゃな不満がくすぶるもんだす。

それが、ここでは、試合当日会場に到着順に、自分たちでくじ引いて相手を決めます。どんな相手と当たっても何の文句も言えまヘン。けど、その代わりと言っては何だすが、試合形式が、トーナメントですのやが、完全な敗者復活方式をとっているのだす。つまり、ふつう、一回戦で負けたら、負けたチームばかりでまたトーナメントを組んで、そこで一回戦敗者組の優勝を決める、ということはよくやってます。

けど、この試合は違うんだす。一回戦はもちろん、二回戦で負けても、三回、四回、五回戦、準々決勝のどこでまけても、その各回の敗者どうしでトーナメントをして、そこで勝ったチームは、また本戦で勝ち残っているチームに挑戦ができるのです。これでは二回負けたらアカンけど、一回の負けなら、決勝戦で負ける以外は、いつでもどっからでも本戦に這い上がれます。

「なあおばちゃん、二回負けられるいうのんは嬉しいで。一回やったら、あー惜しかった、と、思うことも多いけど、二回も負けたらもうしゃーないな、と満足や。きっちりと諦めもつく。二回負けられる、いうのんは、余裕があってホンマに嬉しかったわ」

奥さん、何が余裕でんねん。負けからスタートの発想をしてどないしまんねん。どっからでも絶対に優勝を狙うてもらわんことには。

そうそう、思い出しましたで。わたいが物心ついた時、増田家には牡猫のニャンもおりましたんやが、柄ばっかりでっこうて、いっつも喧嘩で負けてきて怪我ばっかり。たんびに奥さんがニャンを連れて医者通いだしたよってに、けっこうな物入り。お手伝いのおばちゃんにいつも、「モー、おまえは！　いっぺん財布ぐらい咥えて持って帰ってこい」言われてよう怒られてはりましたが、ほんまに奥さん、いっぺん優勝カップぐらい咥えて持って帰っておいなはれ！


まあこの形式は、試合もたんとできて、参加のみなさんはほんまに楽しみはったんでおます。第三回からは、一回、二回大会の優勝、準優勝チームは、ウイナークラスをつくって、こちらは総当たりのリーグ戦となりました。初回から毎年来賓として出席してくださってた岸和田市長が、ウイナークラスの優勝チームに市長杯を出してくれはったんで、トーナメントのオープンクラスと、クラスが二つできて、ますます参加者が増えて層のあつい大会となったんでおます。

「なあおばちゃん、大会の主催いうたら、費用の持ち出しも大変やろ、と思われ勝ちやけど、あんまりびっくりするようなことでもないんやで。参加者からの参加費でお弁当と、ボール代、コート代は賄える。賞品と、優勝、準優勝のカップはうちの会社の提供。参加賞は協賛メーカーが出してくれるよってに、ちょうど三者三分の一ずつぐらいの負担で、済むのんやわ。

主催も途中から共催させてほしいと、他からの申し入れも何回かあったんやけど、主人が、どこかと相乗りいうのんは、責任の所在がはっきりせんのんで、オレは好かん。どんなハプニングが起こるかわかれへんし、エエも悪いも責任は全部オレが持つ、言うて単独を通してん。ずっと保険も掛けてたけど、幸いなんの事故もなく無事終わってよかったんやけど」

「まあ、こんなもんはうまくいって当たり前。一つ間違うたら何言われるかわかれへん。始めた時かららいろいろやっかみや、つまらん足の引っ張りもあったし、雨にも悩まされたけど、主人も私も若かったんやわ。やる！　と決め込んでやってしもた」

テニス好きが昂じて大会まで主催をしはりました。

さて、こう言うと、何やら奥さんはまるでテニスに没頭してはって、仕事のほうは、抛ったらかしのように思えまんが、そういうわけでもおませんのや。週に二回のテニスの日以外は、店での時間がだんだん長うになってきてまして……。テニスの第一回大会の時は、店のほうは、奥さんが嫁にきはった時のまんまだしたが、一〇回大会の頃は、もう支店の数も近隣の市も入れて、七店舗になっとりました。旦那さんは何かと外での活躍も多くなってたようだすし、徐々に奥さんが会社でも大事な役割を果たしてはるようになってきてました。

はじめはテニスの合間に仕事をしてはったようなことだすが、もうすっかり逆転して、仕事の間を縫って、ほんのわずか時間を作ってコートへ走って、が関の山のようだした。

けれども、奥さんはまたそんなこんなの忙しい真っ最中にゴルフを始めてはりまッ。奥さんらしおまっしゃろ。

いや、週に一回、店の休みの日に、午前がテニス、午後からゴルフのレッスン。店と子育ての間で決して無理はしてはらしまへんが。

ほんでゴルフを始めはったんは四十二歳の時でおました。

何で年齢なんか覚えてまんねん、て？

「おばちゃん、ゴルフは始めた年齢の半分のハンディになれたらエエらしいわ。そやから私の目標は二十一」

言うてはったんが、わたいの耳に残ってるからでおます。まあテニスはダブルスがメインで、常にパートナーへの気遣いがついてまわりまっけども、ゴルフはその点自力だけ。打球場での練習もまったく一人でできますよって、車のトランクにはいつもラケットとゴルフクラブ、両方を積んではりました。が、この頃は一緒にラウンドするお友達に迷惑かけんように言うて、ゴルフのほうに力を入れてはりましたなあ。

ちょうど、専門的な職業を持つ女性ばかりの国際的な奉仕団体、ソロプチミスト（男性のライオンズクラブやロータリークラブの女性版のようなものらしおます）のメンバーになりはったんもこの頃で、ゴルフ同好会に入ってはったから、そのコンペにはずっと出てはったんだす。

あっ、そうそう。嬉しいことにゴルフではたまに大けな優勝カップを持って帰ってはりまッ。

「なあおばちゃん、ゴルフはハンディいうもんがあって、下手でも優勝ができるねん」

どうやらゴルフの試合というのんは、たいがい平等に優勝できて、みんなが喜べるようなシステムになってまんのんかいなぁ。

月に一度、土曜日の午後に図書館の文章教室に通いだしはったんもこの頃のことでおます。いや奥さんは昔からそんな文学少女でもなかったから、図書館にはあんまり縁のあるほうやなかったと思います。

「バタバタとめっちゃ忙しいし、ちょっとでエエから、何か書けるとこあって、今の自分の足元確認できたら嬉しいなあ、と思うただけやねん。ここは読書会と掛け持ちのメンバーが多いと聞いてたから、ちゃんとした文芸作品を書きたい人が多いんやろ。私は、本はまともに読んでないし、別にそんな作品を書きたいとも思うてない。初めは入り間違うたかと、ドキドキしててんわ」

けど、ここでの十五年間の作品をまとめて、それが全国書店流通の『若竹家族――再婚どうしの三十年』（文芸社）になりますのやよって、これも奥さんの人生の大きな一区切りだすわな。

さあ、この、仕事で気合を入れてはる時に、テニスのうえに、ゴルフ、文章教室と間口を広げはったんだすよってに、そらまあ……。

まずこの頃奥さんは、昼ごはんを食べはったことがおません。

増田家の朝食は、子たちは学校行きで早うおますが、旦那さんはだいたい九時過ぎ、奥さんはもちょっと遅かったんだす。家から車で一〇分ほどの本店へ旦那さんを送り出して、奥さんも出勤の用意をしはる。奥さんの本店着は平均一〇時半頃だす。その頃店はもうばぁばぁちゃんは亡くなってたし、またお義父さんも亡くなってました。

「おばちゃん。お義母さんが一二時になると、主人の昼ごはんと一緒に私の分まで作ってくれはるねンけど、店に着いていろいろ支店に出る用意してたら、あっという間にお昼やろ。さあ出よ、と言う時に、ご飯で足止めくうてたら段取り悪いし、お義母さんには悪かってんけど、ずっと食べずじまいのマイペースで過ごさしてもろうて。そやから、みながご飯を食べてる時間、わずかやけど私は打球場で、ゴルフボール打てたし、図書館にも走れたんやわ」

またこの頃、支店まわりの奥さんのカバンは、どの店に居てもすぐ仕事ができるように、時々の仕事の資料一切を入れて持ち歩いてはりましたよってに、いつも書類で膨れ上がっておりました。今なら多少便利にパソコンも使いはりますが、その頃は、販促チラシや葉書の原稿一切、手で書いてはりました。各店店頭のポップやディスプレーも気にして、その場で即手作りできるように、お気に入りの大小のカラーペンも持ち歩きはったよってに、よけいカバンが大きいなってました。お客さんの応対はしはらんでも、ほんまにどの店へ入りはっても、キリキリと時間に追われてはったようでおます。

ほんで夜の時間も相変わらず生き生きと使うてはります。学生時代から元々夜に強いお方だすよってに、文章教室の宿題なんぞ、一年分溜めてても、文集を出す前に、一晩で一気に書いてはったこともよーうありました。

それから外出の続いた時なんぞ、いつも仕事を持って帰って、真夜中に計算機たたいたりして、帳尻合わしてはったこともたびたびだす。

仕事に思いっきり気合を入れてはった時に、親業はもちろん、テニスとゴルフ。そこに文章教室も。忙しいと言いながらもバランスとって、楽しいにやってはったんでおます。

はあ、やっぱり長うなりまんな。団夕ロはん。すんまへん、ちょっとそこの窓開けておくれやす。新しい空気と入れ替えまひょなあ。アー、久しぶりの庭からのそよ風。やっぱり自分の部屋は落ち着きまッ。退屈やったら遠慮のう居眠りでもしててもろても、この風、気持ちよろしおまっせ。

ここでちょっと奥さんが作らはった子たちが小っちゃい時分からの、増田家のルールなんど、わたいの覚えてることを紹介さしてもらいます。

まず増田家では、どのお子も小学校へ入学して、学校で掃除当番が始まると、必ず自分の部屋とその前の廊下の掃除をしてから登校しはります。学校でしはるんだっさかい、もう充分お掃除はできるはずだす。どんなに遅刻しそうでも、絶対にどのお子にも例外は一切作りはらんかったよってに、ほんまに時間のない時には、みんな、座敷箒で丸うに掃くだけでもして行きはりました。

掃除を終えると朝ご飯だすが、これも食べ終わると、自分の食器は自分で洗いはりました。昼でも晩でもおやつでも、なんせ自分が使うたコップやお皿は必ず自分で洗うのんがルールだした。これは全員大人になりはった今でもずっと続いてます。そらあの頃はあとでお手伝いのおばちゃんが洗い直しをしてはったこともおましたが、習慣だすよってなあ。

食べ物の好き嫌いと食べ残し、食べられるものを捨てること、これも駄目と徹底してはりました。

それから順番に学校へ行きはりますが、奥さんが忘れもんを届けたり、急な雨に傘を届けたり、歩いて二〇分ほどの駅まで迎えに行ったり、そんなことはどのお子にもしてはったんを見たことはおません。みんな学校へ持って行くもんの用意は、言われんでも勝手にしてはったようだす。奥さんが点検をしてはったんも見たことがおません。そら個々のお子たち、忘れもんもあったかもしれまへんが、奥さんが気にしてはったことはなかったと思います。

学校から帰りはったらおやつで一息。たいがい手作りのドーナツや焼き芋、端パンの揚げたンなんぞで、チョコレートやスナック菓子、市販の甘いもんはほとんどなかったようです。たしか旦那さんと奥さんが玄米食を食べてはったんもこの頃のことやったなあと思います。

夕方の家事も、みんなで少しずつ分担して担当を決めてはりました。洗濯ものの取り入れ、おしめ畳み、玄関の靴整理、ベランダや窓の雨戸閉め、おもちゃの片付け点検、日曜日のお風呂洗い（平日はおばちゃんがしはります）などなど。全部担当が決まってましたよってに、ちゃんとしてなかったら、「こらッ、譲二、はよ雨戸閉めんかい！」言うて上の兄ちゃんから怒られるわけだす。奥さんに叱られるよりお兄ちゃんのほうが怖いですよって、みなちゃんとようやりはりました。時間にしたらホンのわずか、これも習慣ですよってなあ。その点、子たちが多いいうのんはみんなで分担できてよろしおます。

真夏や暮の大掃除も毎朝、食後の三〇分以内と時間を決めて、夏休み、冬休みになると一週間ぐらいぶっつづけで、名前と担当場所を決めた表を奥さんが茶の間に貼りだしはるのだす。換気扇洗い、すすはらい、下水そうじ、門柱拭き、窓ガラス、ベランダ、電気の傘、風呂の天井。ふだんおばちゃんでは手の届きにくい、またおばちゃんの日常の仕事の邪魔にならんような場所ばっかりだしたが、下宿したり順番に社会人になって家を離れはるまではずっと続いてました。

窓ガラスなんぞ、一階と二階、きちんと場所を分けて、みんなほんの一か所ぐらいの割り当てだしたが、はじめの何年かは、

「こら、お前のガラスきたないぞ」

「お前よりましじゃ」

「オッ、水かけやがったな」

とか何とか、びちゃびちゃの雑巾持って追っかけっこが始まったり、そらもう大変でおました。ちょっとのことに半日かかってたこともようありました。

「早うしてしまわんと、昼ご飯でけへんやないの」言うて奥さんに怒られてはったことも何べんもおましたな。けど、四、五年もたつと、みな要領ようなって、はよ遊びに行きたかったら自分の分担だ

けさっさと先に済ましてはりました。旦那さんがいっつも、

「お前らは六人も兄弟がいてるから、エエなあ。お父さんは男一人やったから、おじいちゃんに言われて、しんどいことでも何でも全部一人だけでせなあかんかった。お前たちは倖せや」言うてはりました。

旦那さんも店の奥の住まいで生まれてはりますよって、小さい時分からお手伝いさんの切れたことはなかったようだすし、店にも住み込みの店員も多かったようだすが、みんな女のコばっかりやって、家でも店でもしんどいことは「おまえは男やから」と言われて一手に引き受けてはったようだす。ま、こんなお父さんの姿勢もあって……。

また、小学校時代いうのんは、わりかた何でもお手伝いをしたいもんだす。食器洗いなんぞも上から順番にみんながしはるよってに、自分ができるようになったらお兄ちゃんになったようで嬉しおましたんやろなあ。誰かが、ちゃんとやりなさい、とか叱られてはったような記憶もおません。

あと、食事の用意のお手伝いでは、莢の皮むき、エンドウ豆のさや出し、干し鰈の金槌たたき、鰹節のかんな削り、数の子の薄皮むきなんどは、みな子たちの役割でおました。

「おばちゃん、晩ご飯は一升四合を仕掛けといてちょうだい。お弁当の分は朝また別に炊くよって」

みんなが食べ盛りの頃、おばちゃんへの指示だす。ご家族八人。お弁当を別にして、朝晩で一升四合をたいらげてはるんだす。旦那さんも毎晩晩酌で、小鉢モンなんぞも多うおましたよって、そら各人が自分の洗いもんをしはって、莢の皮むきなんぞ手伝いはっても、奥さんの用事はまだなんぼでも

でおましたなあ。

えっ、毎日のお弁当のおかず？

「そんなん気にしたことないわ。なんせ、結婚した明くる日から、幼稚園のお弁当に始まって、小学校時代が給食で抜けるだけで、中学校、高校もずっとやろ。お弁当の切れたことはなかって、毎朝四つを作ってた時も。どの子にも好き嫌いは一切許してなかったから、とにかくその時々にあったもんで、特別お弁当用にと意識して何かを買うた覚えもないねン」

その頃も、もちろん今でもそうだすが、増田家は原則食事は一切旦那さんの好みに合わしたもんで、子たちに合わしはったことは、おません。基準は旦那さんと決まっとりましたが、この頃のカレーなんかはそこは自ずと甘口やったと思います。が、血圧が高い旦那さんに合わせて、とにかく何でも薄味でおました。玄米食をしてはった頃は、さすがにお弁当だけは胚芽米を炊いてはったようだすが、家では、玄米に小豆と黒豆、はと麦の入ったごはんを〝おいしいご飯〟と呼んで、みんなそんなに抵抗なく口にしてはりました。

お弁当のおかずなんぞも何一つ奥さんの記憶にないようでおます。

「いつもワンパターンやったから、もう、友達と食べる時恥ずかしかってんで」

ついこの間も嬢ちゃんに言われたはりました。奥さんのあの性格ですよってに、まっ、チマチマと、色取りよう、見た目にもきれいで、わぁーと感激するようなお弁当……、ありましたやろかなあ？

そういえばこの夏実家のお母さんが家へ来てはった時、

「アンタはなァ、下の（妹の）紀子がまめで、早うから起きて自分のお弁当をきれいにつくってたから、遅うに起きてきて、紀子の余ってるもんペッとおべんと箱に詰めて、そんでしまいやった。何にもせえへんかわりに、何の文句もいわへンかった子やわ」と。

奥さんは若い頃からちっとも変わってはれしませんのやわ。


それからついでにこの頃の子たちの着てはるもんですが、これもいつか奥さんが言うてはりました。

「なあ、おばちゃん。おばあちゃんが買い物が好きで上の二人にせんど買うてあるやろ。もう整理に難儀する。下の子の普段着ぐらいなら何にも買わんでもいけるぐらいや」

「さすがに末っ子になると、ぼちぼち新しいのん補充したんやけど、『こんなん兄ちゃんが着てなかった』言うて、お下がりでないと怒り出してなあ」

まあ六人もいてはったら、ほんまに経済的でおます。今で言う古着のリサイクルなんぞ、全部自分とこでできてしまうんだすもん。

そうそう、おもちゃについても思い出しましたで。これもあの頃流行った怪獣のおもちゃなんぞ、上二人の坊ンのもんが、もうダンボール箱何個にもあふれかえってました。そやから下の子たちには、ほんまに時々の必要最低限のもんしか買うてはれしません。

「おばちゃん。子供て、おもちゃを買い与えといたらエエいうもんと違《ちゃ》うと思うのに、私が来た時にはもう山ほどおもちゃがあって……」

ほんまに奥さんは、あるもんはしょうないよって、もう必死で増やさんようにしてはったようだす。そやから、奥さんが来はってから、どの子たちも誕生日やクリスマスのプレゼントなんぞ、一切なしで、そのかわり、いっつも四段重ねの大きなデコレーションケーキを焼きはりました。どのお子も小学校三、四年生ぐらいになったら自分の誕生日にたんと友達を家に呼びはって。ちょっとした欲しいおもちゃなんぞあったら、知恵がついて、先に友達に言うてはるんだっしゃろ、ちゃっかりプレゼントしてもろうたはりました。

お誕生会の食事のもてなしはたいがいお好み焼きかたこ焼きが多かったように思います。ちっちゃなお客さん、食堂のテーブルにたんと並べて、奥さんもまめなことでおました。食べ残したり、行儀の悪いお子には、よその子でも容赦なく「綺麗に食べなあかん！」言うて注意してはりました。

小学生でも舌はたしかですなあ。どのお子のお連れも「おばちゃん、ケーキもっとちょうだい」言うてお代わりをしはりますよって、でっかい四段重ねのイチゴのショートケーキが、いつも残ってた記憶もおません。

それから、

「おばちゃん。私が嫁に来た時は、子供の面倒は、ばぁばぁちゃんまかせやったよってに、学校や幼稚園から帰ってきたらもう寝るまでずーとテレビのつけっぱなし。テレビに子守さしてたようなもんやったから、ここへ引っ越してきた当座は一切テレビをつけへんかってんわ。二人ともいっぺんどっかで線を引かんとどうにもならへんぐらいのテレビ中毒やったから」

「ほんでだいぶんたってから、夕食前の一時間ほどと夕食後の八時までと、きっちり時間を決めて復活をしてんけど」

食事時には、あの頃、ヴァイオリンの鈴木メソッドというたか、なんか心地よい音楽のくり返しのレコードを奥さんが買うてはりましてな。それをかけてはるか、米朝さんの落語のレコードをかけてはるかのどっちかでおましたな。旦那さんがモーツァルトのレコードと一緒に米朝さんの落語大全集全巻を揃えてはったんでおます。

テレビは八時まで、の時代が増田家ではざっと十年ぐらいはあったんと違いますやろか。もちろんその間は旦那さんも大好きな野球のナイター中継も一切見てはれへんわけだす。

さあ、八時になると子たちは勉強の時間だす。テレビを切って子供部屋で宿題や明日の用意をしはります。平日は夜の八時過ぎからが奥さんと旦那さんの晩ご飯だしたよって、この先もたまに子たちが食堂へウロウロと出てくると、時折奥さんがえらいヒステリックに怒ってはったことがおます。どうやら奥さんの中でもきっちりと時間で区切りをつけて親業と妻業を使い分けてはったようだす。一〇時にはみんな寝てはりましたよってに、家に鍵かけて、ちょくちょく駅前のスナックへ旦那さんと二人で出かけはったんもこの頃のことでおます。一二時過ぎに帰りはってもいつも子たちは夢の中で何の心配もなかって、二人だけの時間もしっかり楽しんだはったんでおます。

そうそう、一番上のお兄ちゃんが六年生ぐらいの頃だすやろか。夏休みに家族で白浜へ行きはった時、旅館の部屋でみなが寝静まってから二人で下のダンスホールへ行ってはったら、まだ三歳ぐらいやった下のお子が泣き出した言うて、お兄ちゃんが手を引いて捜しにきはったことがあった、言うてはりましたが、困ったと聞いたんは、この時だけでおますな。

あとお子たちのちっちゃい頃のことで何かありましたかなあ。

この頃奥さんはターミナルの大きな本屋はもちろん、近くの書店にも出かけられる状態やなかったと思いますが、わりあい育児書のハウツーものは本棚に並んでいたような記憶がおます。『幼稚園では遅すぎる』『育ちあいの子育て』『漢字の学び方』『入江塾の秘密』他、何とかかんとか。
まッ、この時代に必要な知識の本は、たいがい新聞の書籍広告や記事のなかに見つけて、出入りの本屋さんに配達してもろうてはったようだす。はあ、旦那さんが『中央公論』誌をずっと取ってはりましたよって、そのついでに、だす。

えらいコン詰めてしゃべってたら、のど渇いてきましたで。下の喫茶から、美味しいコーヒー頼みまひょいな。すんまへん、タマ子はん。お使い立てして悪うおますけど、ちょっと下へ行ってきておくれやすな。

ほんでその、六人の子たち、家では部屋中に鉄道模型のプラレール敷いて、みんなで団子になって遊んではったんはよう覚えとりますが、奥さんがおばちゃんと話してはって、わたいの耳に残って印象にあること、あとホンのちょっとだけ。
元々奥さんは、「なあ、おばちゃん。私は子供は好きやないし、主人と再婚した時、いっぺんに二つの役割がこなせるほど器用な人間でもないのん、よーうわかってたよって、とりあえず主人のヨメさんになっただけで、子供の母になろうなんて気は全然なかったんやわ。けど、主人にはたまたま二人の男の子がいたし、何の引き合わせか私と縁のある子なんやわ。そやから、いつまでかわからんけど、縁のある間は大事にせな」

「私かて子供ができても、ひょっとして願わんことでも交通事故なんかもあるし、自分の子もいつ何時どなたの世話にならんとも限らん。そう思うたら、上二人の子も自分の子も同じやン？」と、おばちゃんと話してはるのん聞いたこと覚えてますが、その姿勢があってか、上の坊んが中学生の反抗期にこっぴどくお父さんに徹夜で怒られはった時、

「あんたにはなあ、陰でホンマに立派になってほしいと祈ってはる実のお母さんがいてはるんやで。そのお母さんに顔向けできんようなことしたらあかんやないの」

と、自然体で言うてはるし、その下の坊んとは、三歳で初対面の時から、

「僕、大きなったら京都へ旅行するねん。ほんまのお母ちゃんがいてるんやぞ」

「何言うてるねん。あんたはホンマのお母ちゃんに置いていかれたんやないか。仕方ないよって母さんが育ててやるんやぞ」

と、ポンポンとホントのこと言いながら、「今日のおやつ、そこの戸棚に入ってるよ。早う食べや」と、屈託のないことでおましたなあ。

それからあともう一つ。奥さんが初めてのお産で、実家から赤ちゃん抱いて帰ってきはった時、上の坊んは小学三年生で、家でたんとのお連れと茶の間で遊んではったんが、あっ、と嬉しそうな顔して、友達ほったらかして二階に寝かした赤ん坊のそば離れなんだ。こんな子供に何の言葉がいる？私は心底嬉しかったんやわ、とおばちゃんに話してはったんも思い出しました。

その後、一年おきに男、女、男と、つまり三男一女を授かりはって、六人の子だくさん。今はもう

奥さんが六歳から育てはった一番上の坊んが五十八歳。末っ子の坊んが四十四歳。

みなさんほんまに仲のエエことで、毎年一月三日一二時に、お孫ちゃんたちも全員集合で、新年のお祝いをするのは、増田家の恒例で、もう何年もずうっと続いてます。どのお子も社会のそれぞれの持ち場で、しっかりと重責をになって立派に活躍をしておいでだす。


さあ、ほんまにザッとでっけども、奥さんのことをお話しさしてもらいました。

これであらましわかっていただけましたやろか。

えっ、旦那さんもおぼろげにその輪郭が目に浮かぶ？　そう、そう言うてもろうたらわたいもホン嬉しおまッ。


あっ、もう歌舞伎チャンネルで「白波五人男」の時間だっか。そら早よテレビつけな。菊五郎の〝弁天小僧菊之助〟「知らざあ言って聞かせやしょう！」

あのタンカで、いっぺんに武家のお嬢から、パッと悪党白波に切り替わる鮮やかさ。たまりまへんなあ。

「よっ、日本一、音羽屋！」

この部屋やったら歌舞伎座の桝席よりもずっとゆったりと観れまっせ。ビールもやけど、やっぱり日本酒のほうが情があってよろしおま。

さッ、お待っとうさん。とりあえずアテは冷凍もんですんまへんが、お酒だけはとびっきりの純米酒。越後の鶴亀、加賀鳶に越乃寒梅、獺祭も磨き三種、もちろん菊正、玉の光もみな揃うてまっせ。はあ、増田家から帰るとき、いっつも奥さんが、イソ、旦那さんの好きなンばっかりやけど、どれでも持って帰って、ホームでお連れと楽しみや、言うてくれはるんだす。

今日はお揃いでホンマにおおきに。思わん長話になってしもうてすんまへん。

さあ、みんなでパッと派手に陽気にやっておくれやっしゃ。

Ⅳ　追悼・忘れえぬお方々

なにわの鬼才　水野多津子さん（元『あまカラ』誌の〝殿様〟編集長）

平成二十一年春、大阪市立中央図書館、三階大阪コーナーで、奥の開架書棚に、昭和二十六年三月創刊から、四十三年五月、続二〇〇号で終刊の月刊食味随筆誌『あまカラ』全巻（甘辛社発行）と、それに続く季刊誌『甘辛春秋』（鶴屋八幡内・甘辛春秋発行）全巻を見つけました。

『あまカラ』は、B６横判、ホッチキス綴じ。一から一〇〇号までは、一〇号ずつを一冊にまとめて、立派な表紙の上製本十冊になっています。これは上等の和紙の頑丈な箱入り。一〇一号から続二〇〇号は、やはり一〇号ずつをエンジの背表紙で普通の製本がされて、これも十冊にまとめられています。

その隣に『甘辛春秋』が、これは、B６縦判（創刊二年目の昭和四十四年のみ横判）で、昭和四十三年春の創刊から、四十八年冬号で休刊するまで、一年四回分を一冊にして六年間計六冊。これもエンジの背表紙の製本で、全巻が揃っています。

おおっ、『あまカラ』と、『甘辛春秋』。

その立ち並ぶ本の隙間に、一瞬、私の目にあざやかに、編集長だった往時の水野多津子さんが立ち上がりました。

知る人ぞ知る、いまだマスコミ界で、異色の怪物と言われる水野さん。今はどうしておいでてでしょうか――。昭和四年のお生まれと聞いていましたから、ご存命なら八十歳。

とりあえずネットで、お住まいのあった羽曳野市の旧住所を検索してみたら、市のホームページに、〝水野多津子さんの生前のご意志により、〝はびきの庵円想〟（お茶室）と名付けて遺贈云々〟と。

おや……。


私は昭和四十三年、二十歳代半ばの頃。その年はちょうど川端康成氏がノーベル文学賞を受賞されたり、また三億円強奪銀行強盗事件が世間をさわがせたりしていましたが、その三月。『あまカラ』二〇〇号と、続二〇〇号（終刊号）の発行の時期に、『あまカラ』の発行元、甘辛社に入社をしました。そして続いて発刊された『甘辛春秋』創刊号から第五号まで、水野さん（私たちは在職中ご本人のご希望で編集長とは呼ばず、苗字で呼ばせてもらいましたので、以下もずっと水野さんと呼ばせていただきます）の下でお世話になっておりました。わずか一年でしたが、思えばどれだけ多くのことを教わったことでしょう。

全巻を前にして、急に、目の前に立ち上がった水野さんを、書き記してみたくなりました。ほんのわずか、私の知ってる水野さんでしかありませんが……。

ところで、この『あまカラ』は、今クリエテ関西社より発行されている『あまから手帳』の前身ではなく、これとは何の関係もありません。

『あまカラ』は、小島政二郎先生はじめ、志賀直哉、獅子文六、長谷川伸、武者小路実篤、平林たい子、白州正子、谷崎潤一郎、徳川無声氏など多士済々の先生方の食べ物にまつわるお話に、その当時の世相、文化が匂いたつ深い味わい。創刊以来真ん中見開きページには、葛西宗誠氏の写真と、随筆家大久保恒次氏の解説。表紙も大久保恒次氏の装丁で、とてもしゃれたものです。

後に発行された『銀座百点』の創刊号の〝編集夜話〟に、「大阪に『あまカラ』という気のきいた雑誌があり、本誌もスタイルはそれにならいました」と書かれているのを、最近ネットでも見つけました。

この発行資金を含めた創刊のいきさつは、『あまカラ』二〇〇号の小島政二郎氏〝食ひしん坊〟の巻頭に書かれています。

「『あまカラ』といふ名を付けたのは私ださうだ。あまい方は平仮名、カライ方は片仮名にした方が感じが出ると言ったのは、大久保恒次さんだったやうに思ふ。無一文の水野田都子（増田注・水野さんは、終刊近く、ご自分のお名前を、読み方は同じですが、多津子から田都子に変更をされておりました）が、かういふ雑誌を出したいといふ執念一つで、ここまで持って来たのだ。（中略）それが鶴屋八幡を動かしたのだと思ふ。大阪の老舗が、雑誌に金を出すなどといふことは考へられないことだったが、多少時代の影響もあっただらうが、主な原因は、何と言っても、水野の人間のせゐだったと私は思ふ。それに鶴屋八幡の今中善治さんの人と時代とを見る明に私は感心しないではゐられない。よく一少女の水野を信用されたと思ふ。今中さんが金を出すと聞いた時、私は正直夢かとばかり喜んだ。（後略）」

（『あまカラ』二〇〇号　一九六八年四月　甘辛社）

『あまカラ』は、鶴屋八幡がスポンサーのＰＲ誌でしたが、表紙裏に控えめにその月のお茶菓子を載せるぐらいで、あと自社の宣伝記事は一切なしというスマートさ。文壇の大御所はもちろん、学者、文化・芸能人、また一般の読書人からも広く賞賛を集めました。

『甘辛春秋』は、『あまカラ』の終刊に続いて、スポンサーも鶴屋八幡に菊正宗酒造が加わって発行されました（菊正宗のスポンサー参加は、昭和四十六年春号まで）。カラー写真も映える上質紙、約八〇ページの季刊誌ですが、『あまカラ』にご執筆の先生方はもちろん、司馬遼太郎先生や、瀬戸内晴美、水上勉、小松左京先生など、やはり豪華な執筆の方々。こちらも『あまカラ』の精神をよく引き継いで、宣伝臭のほとんどないきれいな雑誌です。

さて、初めて水野さんにお会いしたのは、昭和四十三年春。『あまカラ』終刊後に発行予定の、『甘辛春秋』誌の編集員募集の入社面接日でした。場所は大阪東区（現中央区）今橋四丁目の和菓子の老舗、鶴屋八幡ビルの会議室。『あまカラ』を発行している甘辛社は、鶴屋八幡の三階に編集室がありました。

新聞の三行広告を見て集まった応募者は、私と同世代の女の子、約三十人ぐらいの記憶です。全員がその会議室の、ロの字型に並べられた会議机の前に座っていました。

その時、いきなりドアが開いて、一人の女性。

「君ら、何でここに座ってんねん？」

「女はなあ、子を育ててエエ家庭を作る仕事が一番や。若いんやからなんぼでも子を産める。それを生かさな勿体ない。編集の仕事よりどんだけ立派なことか。こんなとこに座ってんと、すぐ帰れ」

腹にずしんとひびくハスキーで大きな声。年齢の頃は四十歳前後と見える、小柄なおかっぱ頭。全く化粧ッ気のない素顔に地味なシャツブラウス、スラックス姿の水野さん。

「ええっ」と、全員がその声に度肝をぬかれましたが、この時水野さんは、昭和二十六年の『あまカラ』創刊から十七年間、編集一筋に過ごされた四十歳。ほっと身辺を振り返られた時、独身で、家庭作りに意を用いずに突っ走ってこられたことに、ある種寂しい思いをお持ちだったのでしょうか。

とにかく「女は結婚して子を産め。はよ帰れ」と言われるばかりで、仕事の説明や個人面接などあった記憶もありません。

初対面の印象は強烈でした。


ひとり採用された私は、水野さんの命令でしばらく『甘辛春秋』の創刊時の編集室、西区新町の六月社という小さな出版社にあずけられていました。ここでの印象は、妙なことに『甘辛春秋』誌の編集を中心としたものが、ほとんどありません。

今久しぶりに手にした『甘辛春秋』創刊号は、昭和四十三年三月三十一日発行。A6判縦型六〇ページの上質紙。表紙はカラーで、きれいな青空に、みごとな枝振りの梅の花。新米編集員の私が、校正にかかわった覚えはありませんし、あまり忙しかった記憶もありません。入社した時、この創刊号は、最後の色校正の段階であったようです。

六月社社長で『甘辛春秋』編集責任者の永井利彦氏が、たびたび電話で水野さんに「梅の枝の色が、これ以上どうにもなりまへんのや」とか話しておられたことだけが、かすかに記憶に残っています。

一年近くたって、編集室がまた鶴屋八幡三階の、元の甘辛社内になりました。

水野さんは開口一番。

「ここに一人、殿様がいると思え。私が黒いカラスを白と言うたら白なんじゃ」

この片鱗は六月社にいた時から、永井さんとのお電話の空気などで充分感じてはおりましたので、この頃にはたいした抵抗もなく、素直に「はあ」と思えました。

それからは、六畳足らずほどの編集室で、窓際に、歳は私より若いが、先輩K嬢の机とその横に私の机。二人の真ん中に黒い電話。水野さんの机は、窓際と直角の、その部屋奥の壁面に、といった配置。水野さんを含めて三人のスタッフでしたが、この部屋での水野さんは――。

勤務時間は、朝十時から夕六時でしたが、水野さんの出社は、私たちの出社前の早朝から。また昼前や昼過ぎ。夕方から。あるいは、二、三日お見えにならなかったり、と神出鬼没。ご不在の時のこまごまの指示は、もっぱら電話で仰いでおりました。外からの電話は一旦切って、「○○様からお電話がかかっておりますが」と、ご自宅へ連絡をいたします。そのつど、相手によって自らがお電話をされたり、「こっち（ご自宅）へかけてもろてんか」と言われたり。

そのたび終わりを見計らって「もうお話は終わられましたか」「先様からお電話はありましたか」と、確認の電話をせねばなりません。だいぶ間をおいてダイヤルしても、まだ話中もしょっちゅうでしたから、電話回線は一本だし、その電話だとは充分察知できましたが、終わりを待って必ず確認をして、その件は落着となります。水野さんの電話はおおむね長かったので、当然の念の入れ方とはいえ、終わりを確認するまでは、落ち着かないことでした。


「このエピソードの、ここはですねェ、たいがいの人は知ってはると思いますねん。それでですねェ。もうちょっと○○のほうから書いていただけたら、如何かと思いまして……」

この水野さんの電話は、その日、私が司馬遼太郎先生宅から、戴いてきた原稿に目を通すなり、間髪をいれず受話器をとって強引に書き直しをお願いされていたのです。司馬先生は、「京の味」「米のこと」などのタイトルで、主にその時代執筆されていた小説のこぼれ話的なエッセーを『甘辛春秋』に寄せてくださいましたが、この時の水野さんの反応の素早かったこと。

長いやりとりの電話でしたが、快く司馬先生が了承をされました。後日書き直された原稿をご自宅に戴きに行った時、にこやかに水野さんによろしく、と言われた柔和な笑顔が印象に残っています。いつも赤や青の色ペンで挿入線の多い原稿用紙が、さらに複雑に線が重なりあっていましたが、水野さんが大満足で、お礼の電話をされていたのも記憶に残っています。

それから、原稿依頼やお礼状はすべて郵送でしたから、封筒の切手の貼りかたには、細心の注意を払わなければ大目玉をくらいました。ご執筆くださる先生方に誠心誠意のお手紙はもちろんですが、その表の切手が、ぞんざいだったら、「なんだ」となってしまうに違いありません。

特に『あまカラ』も『甘辛春秋』も、創刊以来ずっと原稿料は無しで、御礼は鶴屋八幡のお菓子またはお酒、珍味などでした。お礼の発送はすべてスポンサーからでしたので、私たちが直接に送らせていただいたことはありません。ゆえ、今思うと、あれだけの文壇の大家が本当に菓子箱だけでお書きくださったのか。あるいは例外もあって、ひそかに稿料として、いくばくかの御礼がなされていたのかな、とかチラッと気にもなるのですが、この点、二〇〇号〝さらばあまカラ〟のなかで吉屋信子先生が、「私も幾度か寄稿したのですが、そのたびに原稿料の代りにお酒でもお菓子でも好きなものを選んで送っていただけたのがほんとに楽しかった」と書いておられます。

また小島政二郎先生〝食ひしん坊最終回〟（二〇〇号）のなかにも「執筆してくださった方々も、何の返礼も予期せずに、タダで喜んで原稿を書いてくださった」と。原稿料は無し、は徹底されていたことがわかります。

とにかく切手一つ、最後まで心を弛めないことは本当に大切なことなのでした。うっかりホンの少しでもゆがめて貼ろうものなら、その日は「君ら大学出てるモンが、こんな紙切れひとつまともに貼れんのか」と叱られ通して、半日が過ぎてしまうといったこともよくありました。

ところで、切手では、雷を落とされることもありましたが、手紙の文面についてはどの先生に出す文章も、水野さんが目を通されることはありませんでした。誤字などあったら大変だと思いますが、何かの折に一言、「Ｋクンの手紙、ウマいから参考にしいや」と言われたことがあっただけです。きっと先輩Ｋ嬢には、長く水野さんが片腕として全幅の信頼を置かれていた編集員の名をあげ、「林さんノン読んどきや」と、しっかりと言われていたにちがいないと思います。

あと郵便に関しては、ずいぶんと名の知れた執筆の先生方が、すこし大きめのハトロン紙の封筒など、一度使用済みのものを裏返して送ってこられるのが多くて、びっくり。

戦後も二十数年。もうモノはあふれていて、紙などつい無造作に扱っていましたが、身の引き締まる思いがしました。

取材、撮影で水野さんのお供をした記憶は一度、高麗橋の吉兆さんへ伺った時のことだけです。

グラビアページの料理の撮影が、吉兆さんの客座敷で行われた日でした。撮影の準備や料理の盛り付け、器の配置などは、それぞれ助手がてきぱきとこなしますので、ふすま続きの控え座敷では、水野さん、吉兆当主湯木貞一氏、お料理の土井勝先生、それに料理写真家の矢野正善氏までがなごやかな談笑。

水野さんの話し声は大きいし、ずいぶんと座が盛り上がっていた印象です。

その他思いだすままに、印象の強い水野さんの言葉を、目に浮かぶその時の状況とともに拾ってみたく思います。

「君らはオシャレをせないかん。私は、ズボンにカッター、ダスターコートの着た切りすずめ。君らまで私みたいなカッコしてみい。乞食の集団が乗ってる、と、みんなから後ろ指さされてしまうやないか。せやから君らは思いっきりオシャレに、綺麗にしてもらわんと」

水野さんの出社は、自在でしたが、退社も風のごとく部屋を出られるだけで、めったに共に帰ることなどありません。が、これは珍しく一緒だった時、地下鉄車内で、先輩K嬢と私に言われた言葉です。

ほんとうに、水野さんの服装はどんな高名な作家と会われる時でも、同じでした。

「私がもっとベッピンで、オシャレやってみい。きっと善治さん（スポンサーの鶴屋八幡今中社長）のコレやと、誤解されてしまうやないか」と、ちょこっと小指を立てて、いたずらっぽく笑っておられたことがあったのも思いだしました。

「何で一二時になったら昼飯食わなあかんねん。誰が一日三食と決めたんじゃ。君ら金払うて学校へ行ってるんなら、そら昼休みや。メシの時間やと言うてもええかしらんが、給料もろうて働いてるヤツが、何言うてるねん。メシなんかじゃまにならん時間にかってに食え」

鶴屋八幡には、一階のお菓子売り場の奥に小さな社員食堂があって、手隙きの社員が交代で昼食をとっていました。まかないのおばさんが、日替わりでおかずを用意してくれて、ごはんと漬物は食べ放題というスタイルです。私は先輩K嬢と交代で、いつも空いてそうな時をみはからって行きましたが、この時はきっと水野さんは昼前に出社されていたに違いありません。必要な報告を終え、一段落をつけて、「昼食に行かせていただきます」と言ってるはずですが、虫の居所が悪かったか、あるいは水野さんには、間の悪いタイミングだったのでしょう。

ところで、水野さんがこの食堂を利用されることはありませんでした。ごく稀に早朝より編集室におられたことはありました。が、そんな時は、まず昼食時まで部屋にはおられません。早くて正午頃、また大方は午後からの出社なのです。

時に、「君ら、ちゃんと初めから給料もらえてエエなあ。私ら、初めは机も椅子も自分でもってきたし、給料をもらうやなんて」と洩らされることもありました。

昭和二十六年、『あまカラ』創刊の気概を持って、スポンサー探しに奔走されていた時、小島政二郎氏の随筆連載が条件だったらしいですが、「給料までは出せないが、紙代印刷代ぐらいなら」と、言われた鶴屋八幡、今中善治氏は、その時水野さんの目に、給料云々どころか、神様仏様のように映ったことでしょう。

「君ら、大学出てるヤツが二人も雁首揃えやがって、一から二百までの数もよう数えんのか！　大学でいったい何を習うてきたんじゃ」

水野さんから、「それ何冊あるか数えてんか」「その紙何枚ある？」とか、急に言われることがよくありました。そのたび、どんなに急ぐ仕事をしていても、「はい！」と大急ぎで数えましたが、なぜかわずかな数を間違うことが、ありました。そのたびこっぴどく叱られて。ちなみに水野さんは、大阪の、あまり有名でない私立女子高のご出身だと、洩れ聞いていましたが、二言目には、「大学を出たくせに」と、しつこく強調して叱られたことは、苦く記憶に残っています。

「行き先の電話番号？　勝手にさがせ！」

『あまカラ』創刊号から終刊まで、巻頭に〝食ひしん坊〟を連載された、当時鎌倉住まいの作家、小島政二郎先生が大阪に来られた時は、早朝でも何時でも、水野さんは私たちを従えて、必ず新幹線の新大阪駅ホームへ、お出迎えをされました。そしてその日の先生と水野さんの夕食は、決まって船場の「丸治」でした。

「あのおやじの元気な間は、浮気はせんときましょ」と、実家が新町のお茶屋さんだった、水野さんの大のお気に入りの店でした。何でも何尺厚もの、みごとなヒノキの一枚板のカウンターで、料理もとてもねんごろなものだそうです。

この時も夕方、小島先生と待ち合わせの時間を気にしておられたのでしょう。ひどく勢いよく編集室を飛び出されたので、急用が入った時にと思って、あわてて後を追って、「丸治の電話番号は何番ですか」と尋ねたら、えらい剣幕。

電話帳を調べたらすぐわかることなのでした。

「原稿を戴いて、わからんことを、すぐ執筆の先生方に電話して、質問をすることはならん。辞書はもちろん、図書館に出かけたりあらゆる手立てで調べ上げた挙句、どうしてもの時だけ、お尋ねしろ」

水野さんがたまに編集室で長い時間おられることがあっても、ゲラに目を通される姿は見た覚えがありません。気難しい先生方の原稿も、私たち新米が見るわけですから、内心は、とてもヒヤヒヤされていたと思います。

原稿依頼は私たち編集員の名前で丁重な手紙でさせてもらいましたし、水野さんはどの先生方とも、電話で親しく話されたので、つい私たちも、何でもお尋ねできる気分になってしまいそうでした。が、そんな怖いことはなかったでしょう。なんだ『あまカラ』の編集員は、こんなことも知らないのかと、もろに知れてしまうのですから。

いつか私の後に入社してきた、某国立大学国文科出身のS子が、料理の専門家の原稿に「一味唐辛子」とあったのを「七味唐辛子」の間違いとちがいますか？　と電話をしていたらしい。後日私がその方の所に原稿を戴きに行った時、「一味と七味もわからん人がいてるのね」と言われて、つくづく水野さんの言葉を肝に銘じたことでした。

あと、校正に関しては、水野さんと懇意の文芸春秋社校閲部の薄井恭一氏が、最終をきっちりと見てくださっていました。

「『犬の本』の印税？　びた一文いただきまへん」

私が入社する少し前、水野さんは『犬の本　このように飼う・育てる』を、大学教授長倉義夫氏と共著で、婦人画報社より出版されていました。久しぶりにパラパラとめくると、出版の動機は、あと

がきで、

「純血種の犬を飼いだしてから二ヵ年、この間に私は犬を飼うことのたのしさと煩わしさをいろいろと体験いたしました。本や雑誌もずいぶん読みました。その揚句本当に犬を飼うことのたのしさを味わうには、犬についての知識がなくてはならないことを知ったのです。そこで編集者である私は、どうしても一冊、今までに無いユニイクな本を出版してみたくなりました。幸い宮崎大学教授の長倉義夫先生をよく存じあげていましたので御執筆をおねがいし、婦人画報社から上梓して頂くことになったわけです。（後略）」と。

（長倉義夫、水野多津子 共著　『犬の本　このように飼う・育てる』婦人画報社　一九六三年）

そして、長倉先生のあとがきも、すこし長いですが。（原文のまま）

「編集にたずさわる人は、何か特別な根性がなくては出来ない仕事だな、とわかった頃はもう遅きに失していた。これこれこういう企画でやりたいと思うが原稿を一つと頼まれ、面白そうだ一つここらが、本当の犬の幸福のため、というと少々大袈裟になるが、まあそんなことに役立ちそうな、いい本を作る好機かも知れないなどと、あっさり引き受けたその産物がこれである。

今まで、いろんなものに書いてはきたが、それらは皆、私が自分で巾と深さを考え、勝手な絵や写真を配置して、納得のいく長さにいくらでも書き綴り、それを編集者が何やかやと取りまとめるというやり方であったが、もちろんこの本もそういうものという先入感があっての『引き受け』であったことは当然といえよう。

ところが、これは大違いで、とても難かしい、厄介きわまる、いやとてもいけませんと引き退がりたくなってしまった。というのは本の構想が編集者の頭の中に出来上がっておるらしく、その順序、その枠の中に、どういうことについて、何字で仕上げよというのである。例えば、犬の訓練について何ページで何字、行数は幾つで、一行に何字のを何段という細かい指示がくる。とてもはじめは書く気が起こらず、勝手にしなさいということになる。

さぼるとどうなるかというと、遠いからといって安心はできないもので、こういう手があったのかと、自分の迂闊さに再び歯がゆくなる。夜中に大阪から電話がくる。朝東京からくる。昼頃になると電報がき、夕方には速達というわけである。何じゃかじゃというが結局まだかまだかということにつきる。

今思えば実際にはそれほど急いでいたのではなかったらしいが、とにかく私は、一日も早くこの気流から逃れ出したいと、俄然ピッチをあげはじめた。そして驚いたことには、犬には門外漢であるはずの編集者の字数の割りあてかたの合理的なことである。犬の首輪について何字詰め何行という指示がくる。書いてみると、字数、行数ぴったりに終るというわけである。妙な小細工やひねくりもいらない。書き送る。書き送る。しまいには、まだ次のが来ないか、といったような按配で、私は意外に気楽に、この本の原稿が片づいたことを告白する。

妙ちくりんな、素晴らしい勘のある編集者に、あっさりと兜をぬぎ、世界中どこへいっても、ちょっと類例のない、愛犬家のための人の友である犬達のための、こよなき開眼書の創刊をお祝い申す次第である。」

（長倉義夫、水野多津子 共著『犬の本　このように飼う・育てる』婦人画報社　一九六三年）

序は獅子文六先生。小島政二郎先生が「愛読者より著者への手紙」として序文に続けられ、カットは佐野繁次郎先生。

本の売れ行きはいかがだったのか、ただ頑なに印税を拒否されていたのは、強く印象に残っています。

同じ時期に、関西で『あまカラ』と共に、時に話題になっていた小雑誌『酒』の編集長佐々木久子氏が、テレビに出たり、新聞に小文を書かれたりすることがよくありました。水野さんと同じ広島のご出身で、時に並べて話題にもなりましたが、水野さんは、しぶいお顔でした。「編集者が、テレビに出たり、モノを書いたりするもんやない」と、ご自身あまり表に出られることはなかったと思います。道楽の極みとはいえ、この犬の本もご本人にはかなり面映いことだったのでしょう。

テレビの興隆期で、落語家や、作曲家などでも、専門以外で司会やトーク番組に出る人が出てきた頃ですが、「あらあきまへん。何でも屋になったら終わりだす」と吐き捨てられました。

「やめる時は、必ず半年前に予告すること」と、言われながら、毎日のほんの少しのミスでも叱られるたび、水野さんの口癖は「明日から来るな。やめてしまえ」だったことなども、なつかしく思い出されます。

それから、編集部には何かと美味しい頂き物もよくありました。そのつど水野さんは必ずきちっと等分にわけてくださいます。いつかも取材先から、洋ナシが十個の箱入りで届いたことがありましたが、三人で三個ずつ。残りの一個は、その場で三等分して「食え、食え」と。また魚の干物の時などは、「油がまわったら食えんゾ。帰ったらすぐ食え」と、その焼き方までていねいな説明でした。

お誕生日のお祝にK嬢と相談して、ちょっとしゃれた壁掛けの花器を贈ったことがありましたが、その時は、「私は君らの友達か」とこっぴどく叱られて。

目上の人には食べて無くなるものか、花だとか、とにかく消えてなくなる物を贈るのが礼儀だと、こんこんと教えられたことなども、印象深く思い出します。

さて、『あまカラ』全巻を前にして、私が出会った頃の水野さんを、懐かしく思い出しましたが、今すこし『あまカラ』発刊の頃の面影、様子も知りたく思います。

これは、私には文中からさぐるしか手がありません。二〇〇号（昭和四十三年四月発行）、及び続二〇〇号・最終号（同年五月発行）に二、三の先生方が創刊当時の水野さんの印象を書いておられます。（以下引用文はすべて原文のまま。肩書きは当時のものです）

まず、二〇〇号巻頭の「食ひしん坊」で、小島政二郎先生が、

「その頃水野は装振りに構はぬ可愛い少女だった。しかし、その頃から少女に似合はず彼女は一ト筋通ったものを持ってゐた（中略）水野は文壇の誰彼からも愛された。水野が原稿を頼んでい

やだと言った人はゐないのではあるまいか。いや、積極的に彼女を支持してくれた人ばかりのやうに思ふ。（中略）この二十年間に、逞しく成長したのは水野だろう。ハッキリ自己に腰を落ち着けて、シッカリした独立した女性になった。誰の前に出ても、嘘を言はない強い性格を築いて来た。昔から辺幅を飾らない子だったが、いよいよ辺幅を飾らなくなった。一種の風格をさへ生じて来た。」

続二〇〇号では、文芸春秋社長、池島信平氏が、「忍術使いとガマ仙人」と題して。

「水野さんは、心の行き届いた人で、しかも行動力がある。優れた個性をもった人だからあれだけユニークな雑誌をつくることができたのである。雑誌のツラ構えというものは、必ず編集者のそれを正直にうつし出したもので、それ以上でもそれ以下でもない。あまカラは水野さんその人であり、そのものである。水野さんの部下で、林さんという女史がいたがこの人の手紙をいつかいただいて、驚いたことがある。林さんは水野さんそっくりの文字を書くのである。水野さんの術にかけられて文字の形まで似てきたのである。考えてみたら、一緒に働く部下に術もかけられないで、どうして何万という読者に術をかけられようか。編集者というものは、本来、忍術使いなのである。」

そして、スポンサーの鶴屋八幡、今中善治氏を、「忍術使いの背後に控えていつも見守り、水野さんがお金が入用の時には、パッと用立てるガマ仙人」と、喩えておられます。

なるほど、時に鶴屋八幡社内で垣間見た善治氏は、中肉中背。面長でメガネの奥の目が物静か。謹厳実直な学者タイプのガマ仙人、イヤ紳士。『あまカラ』に、金は出すが、口は出さん。一切、一行も鶴屋八幡の宣伝記事を書かない、という創刊以来の主旨を守り通し、貫かれたお方です。そろばん片手の、がめつい大阪商人のイメージとは、ほど遠くお見受けをいたしました。ご自身文学に造詣が深く、本来文学を志しておられたそうですが、諸般の事情で老舗の菓子店を継がれたとも、聞いた気がいたします。

この善治氏のことは、同じく続二〇〇号で文芸春秋常務取締役車谷弘氏が、

「私は『あまカラ』を通じて、水野田都子さんを知り、今中善治、大久保恒次、辻嘉一の諸氏を知るようになった。そしてそれらの諸氏のみちびきで、あちらこちらのうまいものを、次々とたべさせていただいた。（中略）『あまカラ』その功績はもちろん高く評価さるべきだが、そのかげにあって、これだけの仕事を支えてきた今中善治氏の奇骨を、私はとくに推賞したい。所謂大阪人の土根性なるものを、この人に於てみる思いがするのである。」

と、称えておられます。

初期の『あまカラ』をパラパラと繰っていますと、〝一夕、執筆の諸先生方と、今中善治、水野多津子が、吉兆湯木貞一氏のお料理を楽しんで〟などと出てきます。その入用はすっかり〝ガマ仙人〟様の御肝いりだったことでしょう。

一昔前の船場の老舗の大旦那の豪気が、大阪からの文化発信の原動力となって、『あまカラ』を出版史に残したのです。

朝日放送取締役、吉田三七雄氏も、「『あまカラ』とわたし」のなかで、次のように述べられています。

「今から二十年前、そのころ私は、朝日新聞大阪本社の社会部デスクをしていた。ある日私の前に一人の少女が現れた。青白い、どこか病身らしく見えるその少女は、私にこんなことを語った。『広島で原爆を受けたんです。どんな苦労をしてでも、なにか雑誌の編集のような仕事をしてみたいんです』。私はその言葉に感激した。そして、そのころ私がアルバイトのつもりで原稿を書いていた、いろんな刊行物の関係者に彼女を紹介した。その中には先輩にあたる大久保恒次氏もいた。その少女が「あまカラ」の編集人として、特異なこの月刊小冊子を、二百号まで続けてきた水野多津子クンだった。（中略）もちろん、売れて儲かるような種類の刊行物でないことは最初から分かっていた。そのことを充分知りながら、発行人ということで、創刊号から二百号まで、毎月巨額の金を出し続けてこられたのが、鶴屋八幡の今中善治氏だった」

（『あまカラ』続二〇〇号　一九六八年五月　甘辛社）

また、池島信平氏が記述の林女史のことは、吉田三七雄氏の文章の中でも「水野多津子クンの身体が忙しくなってくると、彼女は私の原稿の督促役をいまは夫君の赴任先のボリビアへ、たったひとりで嫁いで行った林みさ子さんへひきついだ。そして、バトンタッチされた林みさ子さんも、水野多津子クンの気持ちをそのまま受けついで、原稿の〆切日が近づくと、一日に二回も三回も私を電話で責めつづけた」と出てきます。

林みさ子さんのことは、水野さんから、「あんなええコはおらへん。行儀が良うて、文芸春秋や岩波書店、どこへ連れて行っても誰からも褒められて。わたしゃもう嬉しいて嬉しいて……」「林がいてたら……」「林なら、安心して任せきって何の心配もなかった……」などとよく聞いていました。

私たちが叱られるたび、「林、林」と、親愛の情を込めて引き合いに出された名前です。どんなお方か、水野さんの口癖でしか知らないのですが、この方のことは、水野さんご自身の「あまカラ終刊の御挨拶」のなかでも、

「二〇〇号で、廃刊にしたいと提案をしたのは、自分」であり「今中善治氏は、しぶられたが、愛するものに対する責任は、自分でその終わりを見届けることにあり、ピリオドを打つ時期を逸してはならない」と。つづいて、

「あまカラを編集するのはさだめし大変だろう――と、皆さまに言われることがありますが、そのたびに赤面してしまいます。苦労らしい苦労をしたことが無いからです。原稿の依頼から催促、校正にいたるまで、皆さまのお力添えを頂き、林みさ子というよきアシスタントを得た私は、ただ傍観していたにすぎません。だから、廃刊に際して過分なお言葉を頂戴し、すっかり恐縮しております」

と記されてあります。

そういえば私の入社少し前から、水野さんは、胆嚢の手術の傷跡が痛むとかで、鎮痛剤をのんでおられたそうです。効き目が薄かったのか、あるいは、そのタイミングが、有能な部下を失った時に合

致して、淋しさも増されたのか、私が出会った頃は、服用量がだんだん増えて半ば中毒症状のような時も。正常な時を知らない私のために、先輩K嬢に「今は薬を飲んではるよ」と、そっと耳打ちしてもらったことも、ままありました。

ともあれ『あまカラ』の成功は、林さんとの超厚い信頼関係でこそ、勝ち取れたものだったのでしょう。

ところで、『あまカラ』二〇〇号には、石川達三先生が、「好きなもの・その他」のなかで、『あまカラ』の功罪と次の『甘辛春秋』への期待を書いておられます。

「『あまカラ』が二百号で休むと云う。あとは形を変えて季刊で出すというのだから、学校を卒業して大学に入るようなものだろう。残念がることはないらしい。

しかしこの機会に、あまカラ二百号の功罪を考えたらどういう数字が出るだろうか。第一に、こういう小冊子の形式を最初に作ったのは本誌だったように思う。爾来東京は至るところで、商店連合会の宣伝雑誌として同型のものができた。して見れば出版文化に新しい一形式を与えたという、没すべからざる功績があった。

次に、小島政二郎、狩野近雄をはじめとして、よくもまあ食いしんぼう共の顔をそろえたものだ。執筆者は舌なめずりしながら原稿を書き、同時にいろいろな恥も書かされた。これは罪のほうに数えるべきか。

さらに、食物に関する小むずかしい理窟を読者に教えた。その為に食べる楽しみを倍加された人もあろうが、日ごろの食事に不満を覚えた人も少なくあるまい。超高級珍味などを書き立てられても、吾等の日常の糧が急に向上する筈はない。従って読者は何程かの不幸を感じたに違いない。これは罪に数える。

菓子も料理も物価騰貴とともに質的に下落しつつあるのが実状であるが、あまカラに関する限り菓子も料理も下落していない。それは読者の心に空想の楽しさを与えたが、現実の不幸も感じさせた。全責任は佐藤内閣にあるが、あまカラも一班の責を負うべきである……等々。

数えて来るといろいろある。批判も各種に岐れると思うが、今度は大学になって季刊で出るというから、批判はひとまず差し控えて、新しき再出発の門出を祝うことにしよう」

さて、長年の『あまカラ』のバックナンバーは、鶴屋八幡伊丹工場の、倉庫の片隅に保管されていました。私が入社頃の発行部数は一万部と聞いていますが、終刊後一年。残部は各号あまり多くなくとも、創刊以来十七年間のその処理も、水野さんの懸案であったことでしょう。何冊かをセットにして封筒に入れて六甲や御影の団地に配ってしまおう、という決断をされました。

その頃、編集部は、正式には鶴屋八幡宣伝部でしたから、大学新卒で正社員として採用されて、はじめ百貨店の売り場に配属されていたE君がいました。その彼と朝、直接六甲駅で待ち合わせ。重い本をどのようにしてそこまで運んだのか――。何せ五階建てでエレベーターとてなかった当時の公団住宅の、階段下一か所にまとめられたポストに入れることは許されず、一軒ずつ入口ドアの郵便受けに入れろという命令でした。若かったとはいえ、終日の階段の上がり降りは大変。三日も続くと、もうんざりだったでしょうか。

ある朝、約束の時間にE君が来ないことがありました。毎日少しずつ遅れがちになっていたし、仕方なく一人で配ったのか、どうしたか。そのE君の遅刻、サボタージュを、理由は何も思い出せませんが、水野さんに言わざるを得ないことがありました。私にはE君をとがめる気も、まして言いつける気など全然なかったのですが、その時水野さんへの返答のつじつまがどうしても合わなくなってしまったのです。

即その計画はとりやめとなりました。水野さんは「配ってこい」と簡単に言われ、私たちもそんな経験はないので「はい」と気軽く思ったものの、その継続がどんなに大変なことか。水野さんの性格を思うと「しんどい？　ほんなら休むか？」などと言われるわけもないし、中止はある意味、E君のサボリさまさまなのでした。

思えばE君は、鶴屋八幡の大卒幹部候補生だったでしょうから、時代錯誤の個性的な水野さんの命令には大いに面食らったことでしょう。即他の部署へ変わって、以後顔を合わせることはありませんでした。

その頃『甘辛春秋』の印刷は、長年『あまカラ』で世話になっていた、大阪東区上町の光画印刷という小さな町の印刷屋でした。出張校正で、何度か足を運んだ覚えがありますが、水野さんは「校正で、一字間違いを見落としてて、林と徹夜で、ピンセットで紙貼ったもんや」とか、「光画のおやじと機械のそばでようケンカしてたなあ」と、懐古的な口調ばかり。私のいた頃にはご自分で足を運ばれたことはありません。

昭和四十四年春。入社後丸一年の私がとりあえず一番古く、K嬢退社後入社のS子と、新入りのU君の三人。

その日。『甘辛春秋』は五冊目、春号の校了真近で、発行日から逆算して、印刷所に何時までに行かねばと、約束のある日でした。出かけようと思っていた矢先、水野さんが出社されました。こまごまの報告を済ませて、すぐ出かけたかったのですが、なんだか水野さんは、ちょっとしたことにもくどくどとしつこく、話し出されると止まらない。こんなことは今まで何度も、いや、私たちがどんな急ぐ仕事をしていようと、これが水野さんが出社された時の常でした。水野さんが来られると、目の前の仕事が確実に中断されるので、帰られてから残業で片付けることもしょっちゅうでした。もちろん残業代など出るわけはありません。おや、出勤簿なんてあったかな。正式勤務は朝一〇時から夕六時でしたが、たまに朝の九時過ぎに水野さんからの電話があったりするので、たいがい九時には出社していました。作家先生によっては、電話ＯＫの時間が、夕七時を過ぎてからの方も多かったですから、その連絡には、何時になっても社内に残るのが常でした。

その時も、水野さんは〝殿様〟ですから、印刷所と私との時間の約束など、たいしたことではなかったのでしょう。話がつらつらと続き、出かけるきっかけを摑みかねた私は、とうとう、

「光画印刷へ行ってきます」

と言いました……。いえ、言ってしまいました。言葉遣いに深く意を用いることなく、ただ約束の時間が迫って、早く行かねば、とそのことだけに気をとられて、無意識に。

と、間髪をいれず、いきなり私の口元に、ピシャッと水野さんの平手が、すっとんできました。みるみる唇が腫れて、切れた端から出血。そうだ、唇は皮膚がやわらかかったんだ、と瞬間頭のどこかで、ちらりと思っていた、でしょうか。次の瞬間、

「あんた、いつから編集長になりはったんや。光画印刷へ行かせていただきますが、よろしうございますか、と、なぜ言えん！」

その日はその後どうしたのか。腫れた唇で印刷所に行った覚えはありません。すぐにあやまった覚えもありません。言い訳をした覚えもありません。要するに真っ白——うっすらと口の端のなま温かく、ぬらっとした血の感触だけが確かなものだったような……。

明くる日近くの病院へ行って、治療と、念のために診断書を書いてもらいました。たしか全治二週間だか二十日間だか、文書にするとなんとたいそうな、と思った記憶があります。まさか職場で叩かれてともいえず、転んだとか何とか、病院でも、家で父や母にも、言い訳に苦心した覚えもあります。

足が悪いわけでなく、出社しようと思えばできたはずですが、さすがにこの時は水野さんの口癖の「明日から来るな。やめてしまえ！」に素直に従わせてもらいました。

おかげで以後私は、目上のお方には、かならず「……させていただきます」と。この言葉遣いは、しっかりと身に染みついたものとなりました。

この時、昭和四十四年三月発行された『甘辛春秋』春号のあとがきには、

「今年からは私たち三名で本誌を編集させていただくことになりました。むろん未経験者ばかりですので、（中略）これから号を重ねるにしたがって、少しでもよくなってゆくよう努力する覚悟でございますゆえ（後略）」

と、初めて私の名前を先頭に、S子と新入りのU君の名を連ねた挨拶が載っていますが、私は、その出来上がりのインクの香を知らなかったのです。

わずか一年のご縁でしたので、何ほどのこともないのですが、懐かしい『あまカラ』と『甘辛春秋』全巻に出会って、とりあえず私の出会った水野多津子（田都子）さんを書き留めてみました。

なお水野さんは戦時中に、日本舞踊藤間流の名取になっておられたそうで「板（舞台）の上で、チョン、と柝《ひょうしぎ》が入って幕があいたらどんだけ嬉しかったか」、とよく話されていました。

そして「君ら、六代目（尾上菊五郎）の踊り見てへんもんはほんまにかわいそうや。すっごかったで」

「好きなモンやったら、二十五日の芝居を三十日見たゾ。舞台のそでで、初日幕があく前から、ずっと通いつめたもんや」

「私に大向こう（客席から絶妙の間合いで役者に声をかけること）やらしてみい。ぜったいに（間を）はずしまへん」と芝居や踊りの演目などの解説になると、相好を崩して、嬉々として話されていたのも、なつかしく目に浮かびます。

　そういえば、昭和五十三年八月、『甘辛春秋』休刊から五年。私の退社後九年もたっていましたが、昭和五十三年八月十一日消印の水野さんからいただいたお手紙が手元にあります。

　未熟だった若い日、何かとご指導を戴いた水野さんに、当然のことですが、あの真っ白な日以来、盆暮れのご挨拶は欠かしてはおりません。そのお礼状ですが、なんとそのなかに、「貴女様にはいつもいつも申訳無く思っています」と、書いてくださっています。そしてこの封筒には、昭和五十三年七月十四日、毎日新聞の「編集者への手紙」欄に投稿された水野さんの、五段囲み記事が載った新聞の切抜きが同封されていました。その肩書きが〝日本舞踊家〟でしたので、手紙文中にご自身で、「肩書きがおもしろいでしょう呵呵　日本の新聞はまだ肩書きを必要とするので……」と、書いておられます。

　編集者を卒業なされた後は、たとえ一時期であっても、ご自身ひそかに日本舞踊家としての自負を持って、お過ごしのことだったのでしょう。

　あと、同年八月十九日消印の手紙と、平成五年に頂いた葉書が一通あります。水野さんの人となりがよく出ていると思いますので、葉書のほうから。

　「前略　毎日大変な暑さですね。皆様にはお変りもなく御元気にお暮しのこととぞんじます。貴女様にはいつもいつも申訳無く思っています。たまに電話などしても私方の勝手なことばかり申したり　なに一つさせて頂いたこともないのに……

　さて私も家さがしをやめて現在の家を改築してやっとおちつきました　但しまだ家の中の整理

もできずさっぱりはしておりませんが……

この暑さでは外出もしたくなく毎日ゴロゴロしております　十月中旬になりましたらあらためて御便り致します　まずは暑中御見舞のみ　かしこ　多津子」

ここで触れておられる家探しとは、何のことか思い当たりません。羽曳野市の住宅街にあったご自宅には、どんな用事だったか、二、三度U君を伴って伺った覚えがあります。その時は叔母さんに当たられる方と二人暮らしであったが、後日その叔母さんが亡くなられたことは聞いていたので、あるいは一人になって、そのお住まいを改装されたのかもしれません。

それから八月一九日消印の手紙、これも一部省略をして。

「前略、只今ご近所の方より白桃たしかに頂きました。実に立派なももにて初平から送ってもらっていた時分を思い出しました。明日からが食べ頃とのこと楽しみに頂きます。但しどうか今後は生ものの小包みはご厚情だけでお送りくださいませんように……冬のさわらも食べたくて仕方ございませんが一人暮らし私の家では外出も出来ず困ります。どうしてもくださるとおっしゃるのならポストへ入る（家のポストは大変大きいのです。寸法はまたおしらせしますが）ような大きさのもので必ず書留にせず速達便だけでポストへ入れていただきたいのです。ご近所もいい顔をしませんし（よく送ってくるので…必ずさしあげるのですがこれが先方ではフタンになるのでしょう　やはり迷惑らしいのです）それで全部お断りしています。私も頭を下げるのがいやなのです。（中略）せっかくの御厚情に対してこんなことを書くのは大層心苦しいのですが、とても一人暮らしの不自由さはおさっし頂けないと存じスッパリと申し上げました　なにとぞご立腹なさいませんように……（中略）前便でも申しました如く智子様には申し訳のないことばかりです。何卒お許しください。（後略）」

おや、なんだかあの遠い日のこと、水野さんは私に悪かったと思われていたのか、手紙では丁寧に謝ってくださっていたのでした。

こんな手紙より、もっとはっきりと記憶にあるのは、平成五年一月二日付けの葉書のほうです。

その年の私の賀状は、高校生の娘が、日本舞踊花柳流の名取になって、その名披露目演目が、常磐津本朝二十四考だったから、その舞台写真を使っていたが、それへの返信葉書。これまでずっと水野さんからの年賀状は、頂いたことはありませんでした。がその年初めてもらって、しかも官製葉書一枚では足りなくて、№1、№2と、連続して二枚同時に配達されたものだから、いかにも水野さんらしいと、その文面とともに記憶にあったのでした。

【№1】

「御年賀有難う存じました。晴子様の二十四考　智子様によく似ていらっしゃいます　花柳流はいいです　文楽劇場で披露とは大変だったでしょう　ご本人よりも親御さんが

（ご本人は楽しくうれしいだけでしょうが……）師匠は大変でも自分の弟子が立派に披露してくれればうれしいものです。（切符お送りくだされば伺いましたのに……）私も名取になった頃が一番たのしい頃でした。戦時中でしたが。深入りしないで頑張ってくださいと晴子様にお伝えください。とてもおはんさんにはなれませんから……　イヤ失礼　家元がモウカルだけですが　た

のしみはご家族があかるくなります　ご趣味としては日本人らしくてすばらしいです（ご趣味でも三味線は必要です）

【№2】

「三味線がひけないと間が悪くてダメです
最近はテープで教えていますが　困ったものです　大学に入って踊りの名取になって　三味線までとお思いでしょうが　日本舞踊をする以上趣味でも三味線は習わないと……セットですから
長唄がよろしいでしょう　お声がよいなら清元でも　踊りほどお金はかかりませんし　習ってソンはしません（一芸はセットで……）いらぬおせっかい　呵呵」
葉書の表裏ぎっしり。二枚も同時に貰ったのは、水野さんだけだったから、よく覚えています。
余談だが、やはりこの年、私が学生時代の友人に出した年賀状のご縁で、娘は大阪で歌舞伎公演の際、東京から来阪される芳村伊都佐久先生に長唄三味線を習うことになって、水野さんのご忠告に従うこととなっています。

さて、チラッと見たネットの情報が気になって、羽曳野市羽曳が丘四丁目六の四、水野さんがお住まいだった、閑静な住宅街の旧宅、今は羽曳野市管理の〝はびきの庵円想〟をたずねてみました。
四十年ぶりの訪問は、かすかに記憶にある旧水野さん邸とはがらりと変わって、本格的なお茶室、お座敷。お庭は旧邸のままを生かせてあるとかで、いい風情。
玄関に置かれてあった、市作成のパンフレットに、

「はびきの庵円想は、羽曳が丘の閑静な環境を生かし、木造瓦葺き数奇屋風書院造りという工法で建築した「雅びのまち」はびきのを象徴する格調高い文化施設、迎賓館的役割をもった施設として、また茶道、華道、俳句、謡曲、日本舞踊、三曲など、日本の伝統ある文化活動の場としてお気軽にご利用ください」

また、円想については「世界は、空、風、火、水、地の五つの要素によって構成されていると考えられています。そして、この五つの要素を書の一筆で表現すると○になると言われています。どこにも切れ目のない円の世界をめざして、福徳円満な人格にとの願いと地域における文化、福祉の振興をはかる施設として、はびきの庵円想と名付けました」

敷地面積二八〇平方メートル。床面積一二四平方メートル。構造木造瓦葺き平屋建て・数奇屋書院造り、と記述され、その下に、ごく小さな活字で、「この施設は、水野多津子氏の生前のご意思により、はびきの庵円想と名付け建設しました」と、説明がありました。

おやおや、円想の命名は、水野さんなのですか？　それに、建設しました、とは、施主は、市ですか？　鍵の管理をしている市のコミュニティセンターの係の人は、お茶会はもちろん、謡曲、俳句、踊りの集いなどによく利用されていることを話してくださり、「こんな立派な建物を市に寄付してくださって」と、水野さんがお建てになられたものをそのまま寄付、ともとれるニュアンスの説明でした。それで後日もう一度確認をすると、係員がみな新しいので、よくわからない、とのこと。

市の担当課に問い合わせてもみましたが、寄贈日は、平成七年二月二十四日、ということがわかっただけで、当時の資料は廃棄になっているし、古いいきさつを知っている担当者はいないので、水野さんが建てられたのか市が建てたのか、詳しくは何もわからない、とのことでした。

どうりで、平成五年に年賀状を戴いたのが最後で、以後はこちらからお出ししても、「宛所に尋ねあたりません」と返送されてきて、安否の確かめようがなかったのです。

この建物に関係があるのかどうか、昭和五十三年八月十一日消印の、前掲の手紙のなかに、「さて、私も家さがしをやめて現在の家を改築してやっとおちつきました。但しまだ家の中の整理もできずさっぱりはしておりませんが……」の文面がありました。

昔ご自宅に伺った時は、叔母さんにあたられる方との二人ぐらしでしたが、後日私の在職中にその叔母さんが亡くなられたことは聞いていましたので、あるいは一人になって改装されたお住まいが、そっくりそのまま〝はびきの庵円想〟なのでしょうか……?

再度、今度はご近所で尋ねてみるべく出かけてみました。

何軒か近隣の方が、亡くなられた後に、市が建設をした建物だと言われました。また、水野さんが、生前親しくされていた市議会議員の方に、財産の市への寄贈を言付けておられた、ということも聞きました。ではその議員にお会いしたい、と思いましたが、その方も亡くなられて久しく、跡継ぎの方もおられないそうです。

茶道も建築のことも深くは知りませんが、ほんとうに素人目には、立派なお茶室と思えます。運営、管理の基金も添えられたので、そのお金で、近くの公園のトイレまでもきれいに整備された、とも聞きました。

青空に映える庵を後にして、羽曳が丘三丁目のバス停へ向かう時、〝何せうぞくすんで〟〝遊びをせんとや生まれけむ〟

ふと中世の今様の一節が、意味もなく、ちぎれ雲のように頭をよぎりました。

没後もなお生き生きと〝遊びをせんとや〟の場を提供しておられる――。

〝一期は夢〟と、〝ただ狂え〟るモノものに出会われた幸せなお方……。

「キミ、わたしのこと、書きたいやなんて、力不足や。しゃあないなあ。ヘタでええわ。けど、うそは書くなよ」

瞬間背後から、あのなつかしい水野さんのお声が聞こえた気がいたしました。

遠い日の〝殿様〟のご命令、かたじけなく守らせていただきます。

合掌。

高嶺の四季薔薇　末次攝子《せつこ》先生（ジャーナリスト・元讀賣テレビプロデューサー）

「もしもし、トモコちゃん?」

「あっ、センセ!」

「今の時間、お忙しくないかと気にしつつお電話をしたのよ」

　平成十五年。日曜夜の八時過ぎ、ジャーナリストの末次攝子先生が電話をくださった。還暦を過ぎた私のことを、いまだ「トモコちゃん」と呼んでくださるのは先生だけ。親子ほども年齢の違うせい? いや若い女の子ならずとも、○○ちゃんと、ちゃん付けで呼ぶのは、先生の長く活躍されたマスコミ、ジャーナリズムの世界では、ごく普通のことであるのかもしれない。

「トモコちゃん」と呼ばれると、私の中で、どこか頭のてっぺんのホンの一部だけが、はるか三十五年も昔にタイムスリップをしてしまう。わずか一年だが独身時代、甘辛社という小さな雑誌社で、B六横判の月刊食味随筆誌『あまカラ』の編集員をしていた頃に。

　末次攝子先生は、このお電話の時御年八十ン歳。戦後すぐの新聞やテレビの草創期から活躍され、昭和五十二年に、讀賣テレビ制作局次長で、プロデューサーのお仕事を終えられて、大阪府の岸知事時代、昭和五十四年より平成三年までの十二年間、府参与の公職も終えられた。

平成元年からは、三島郡島本町のお住まいに近い、高槻市文化振興事業団の常務理事。同三年から国際日本文化研究交流財団常務理事も兼務されたが、今は高槻文化振興事業団の特別顧問をお務めになり、現役のジャーナリストとしてご活躍である。

その間、昭和五十二年、地下鉄千里中央駅近くにオープンした、よみうり文化センターの「千里文化サロン」で、毎回その道第一級の講師と、お茶を飲みながら、膝突き合わせてお話を聞くサロン文化の先鞭をつけられ、今もそのサロン精神は広く各地で息づいている。

また、昭和五十四年から始まり、平成十年に放送千回を超えた、毎日放送ラジオ、日曜朝の「末次攝子の日曜サロン」インタビュアーを二十年。この番組に出演された政、財、官界、学術界。また、スポーツ、文化、芸術、芸能人も、キラ星のごとく時の話題の方々ばかりであった。

平成三年から約六年間は、『読売新聞』人生案内の回答者も務められた。そのお答えはいつも温かく的確で、胸のすく思いをしていた。毎回歯切れよい回答の文章は、どんな読者にもわかりやすいと、その文面も強く印象に残っている。

平成七年には、働く女のパイオニアとして、女性の地位向上に貢献した個人や団体に贈られる、大阪府女性基金第三回プリムラ大賞を受賞された。ちなみに第二回受賞は、元文部大臣赤松良子氏。第五回は作家の田辺聖子氏。

ご著書『おんなの眼』（昭和五十六年、創元社）、『女のまつり』（平成元年、創元社）も、真っ当で鋭く、情熱的なお仕事の充実ぶりがよくうかがえる。

さて先生は、平成十四年高槻文化振興事業団の、特別顧問へ就任のご挨拶状を下さった折、その中に、「婦人公論愛読者グループ」の「集いの歴史に重ねる私の半世紀」、字数にして四〇〇字詰め約八枚のコピーを同封してくださった。それを読んだ私は一瞬、「あっ、私が初めてお目にかかったのは、先生のこの時代だったのか」と、セピア色の記憶の中の先生がなつかしかった。そしてその半世紀に触発され、ふと、少しでも自分の中の先生を呼び覚まし、書き記しておきたい衝動に駆られた。

昭和四十年代半ば。私は小さなPR誌編集の仕事で、たった一度先生にお目にかかった印象を瞼に焼き付けたまま、岸和田で小さな商事会社を営む夫と、再婚どうしで結婚をし、会社の手伝いと五男一女の子育てで、どっぷり主婦業の三十余年。結婚後もはるか雲の上の先生に憧れ続ける気持ちは人一倍強くとも、現実には先生のどの時代のどのお仕事も、何一つつぶさに知っているわけではない。

故司馬遼太郎氏、田辺聖子氏はじめ多くの方が、〝容易ならざる人〟〝異能異才の人〟と口を揃えられる先生を、ただの主婦が書かせていただけようわけはない。けれどせめて先生の半世紀のその眩しい歴史の中から、時折一ファンにしか過ぎない私に眼を向けてくださった末次攝子先生を、そっと採り出せるものなら……。その想いが沸々と湧いて止まらない。

だが、いま改めていやというほど思い起こされる。

初めてお目にかかってより三十五年。いつどの時も、今ここにしっかりと先生を採り出せるほど、先生の前で私が冷静でいられたことは一度もない。いつの時も先生を前にすると落ち着きなく、しどろもどろにあがってしまう自分がいただけなのだ。何一つ書かせていただけようわけはない、と悶々の日を過ごしたが、ええい、ままよ。ならばひたすら独りよがりに、私だけの先生なら、と思い至った。

一主婦である私の末次攝子先生でしかないのだが、少し書き記させていただく。

私が初めて先生にお目にかかったのは、昭和四十三年十二月。

先生は当時讀賣テレビの制作部長であられた。その頃先生が関わられた番組は、「11ＰＭ」をはじめ、「巨泉まとめて百万円」「そっくりショウ」「アベック歌合戦」「全日本歌謡選手権」また、「武村健一レディの英語」「村山リウ源氏物語」などなど、昭和十六年生まれの私の世代にはなじみの番組が目白押し。他にドラマ、ドキュメンタリーも数え切れない。

そんなご多忙な先生に、和菓子の老舗、鶴屋八幡がスポンサーの『あまカラ』や、後に菊正宗もスポンサーに加わった季刊『甘辛春秋』誌へのご執筆を。また同じく甘辛社で編集をしていた、大阪を代表する老舗の食味店が集う甘辛のれん街のＰＲ誌『のれん』の巻頭随筆もお願いをしていた。当時の『のれん』誌は、月刊でたしかＡ4判変形の八頁ぐらい。編集室はとうに変わっているが、平成十四年に五〇周年を迎え、現在はネット上、隔月刊で、六〇〇号近くを数えて健在である。

さて昭和四十三年の暮も押し詰まったある日、時間も夕六時を過ぎていただろうか。大阪東区（今の中央区）今橋三丁目、鶴屋八幡の三階にあった、広さ六畳ぐらい、机が三つも並べばいっぱいの甘辛社の電話が鳴った。

「はい、甘辛社でございます」

「この間『のれん』の原稿頼まれて送ったんだけど、アレいつの掲載になるの？」

電話の声は末次攝子先生であった。

掲載月の記載をせずに手紙でお願いをしていたのだ。

「あのぅ、三月号でございます」

「えっ、そんなに先のことなの。困ったわねえ。私はタイミングが合わないとイヤなので、じゃあ、あの原稿送り返してくださいな」と電話を切られた。

忘れはしない。戴いた原稿はその時大ブレイクしていたピンキーとキラーズの「恋の季節」の〝夜明けのコーヒー、二人で飲もうと……〟というフレーズを引用されていた。

当時甘辛社は、出版界で知る人ぞ知る水野多津子（田都子）編集長の元に、編集員は私と、年齢は私より若いが先輩のK嬢の二人だけであった。が、その時部屋には私しかいなかった。

とっさに呆然となった私。いくら入社半年の新米といえども、お願いして一度いただいた原稿を「返してほしい」と言われるのは、大変なダメージだと想像がつく。

大慌てで水野さん（私たちは編集長のご希望でずっとお名前で呼ばせてもらっていた）の自宅にダイヤルをするが出られない。今のように携帯電話はもちろん、留守番電話もなかった時代だ。途方に暮れた私は、たった今の電話だから、末次先生はきっとまだ讀賣テレビ社内におられるに違いない。北区岩井町とはどこか知らなかったが、南区心斎橋駅近く（現中央区）の実家から通勤をしていたので、タクシーに乗ればここから三〇分もかからぬはず、と想像はつく。とりあえず編集室をとび出した。

『あまカラ』は昭和二十六年の創刊。昭和四十三年に続二〇〇号で終刊を迎え、続けて『甘辛春秋』

創刊につながるその時に入社した私は、まだ『あまカラ』の執筆者の先生方にはほとんどお目にかかっていなかった。

「末次先生ってどんなお方か知らないが、とりあえずお目にかかってひたすら謝まろ」

ただこの思いのみで、タクシーの中の時間ももどかしく思っていた。

讀賣テレビはもう玄関も閉まっていて、ひっそりとして、時間外の入口で守衛さんに案内を乞うたのか、遠い記憶だが、建物の内に入っても誰とも会わなかったように思う。

少し待って、二階だか三階だか案内された所は、広いフロアーに机がいっぱい。縦一列に何列も前向きに並んでいて、その前のほうに管理者席なのか、フロアーの机と対面になる机も五つ六つあったよう。ガランとした部屋の真ん中あたり、管理者席の机で、ひとり先生が何回もお電話をかけておられた。私は学校の机のように並んでいる真ん中あたりの事務机の椅子に、ちょこんと座ってお待ちしていた。

ほどなく先生は、

「今度のドラマで、東京の坂東三津五郎さん（先代）からの電話を待っているところなの」

と、手を空けて私の前の机の椅子に腰をかけられた。

ひたすら緊張しまくって、幼稚に謝る私がおかしかったのか、先生は、

「何で甘辛社に入ったの？　住まいは？　出身校は？　今まで何をしていたの？」

と、就職の面接試験のような質問ばっかり発せられた記憶があって、叱られた記憶はない。今思えば叱ろうにも叱りようもない無知な女の社員。まさに〝駆け出し〟とはよく言えてる言葉だと感心を

してしまう。

そう言えば、甘辛社に入った早々、切り絵作家の加藤義明氏が、

「何でココへ来たん？　ココで半年でも辛抱できたら、結婚してどんなえげつない姑はんと一緒でも苦にならへんで」

と言われたのも思い出した。

編集長水野多津子氏は、神経質がひどく昂じたと思えるほどに厳しく、切手の貼り方一つにも、無神経に少しでもゆがんだりすると、目から火が出るほどに叱られた。今思えば、「食ひしん坊」の小島政二郎先生はじめ、吉田健一、邱永漢、安藤鶴夫、戸塚文子、今東光、子母沢寛、幸田文先生などが毎月の執筆をされる雑誌に、おおよそな女の社員《コ》。電話を取らせるにもどれだけヒヤヒヤされたことと、還暦の年齢になってこそ思う。当時は、わずかのことになぜ叱られるのかと、神経がピリピリするばかりで、よけいミスを重ねる、また叱られる、の繰り返しの情けない毎日であった。

水野さんの出社時間は神出鬼没。夕方から。昼から。時には早朝からであったり。また三、四日も出社されないときは、電話での連絡であったが、言葉一つ間違えたり、行き届かぬと、半日ぐらい叱られ通して大変なことであった。が、いま思えば至極当然と思えることばかり。甘辛社は若い日の私にとってありがたい所であったことと感謝をしている。

さてその水野さんが明くる日だったか、末次先生に電話をしてくださった。K嬢と私は後ろに控えて直立不動だったが、受話器を置いて振り向かれた水野さんが、「私に謝らすなよ」と軽く苦笑いされただけだったのには、とてもホッとして気が抜けたのを覚えている。

その時水野さんは末次先生のことを、「あんな顔の広い人はいてへん。学者、文化・芸能、政財界人、外国までもおっそろしい人脈や。超一流のプロデューサーやで」と教えてくださった。

その時もちろん、三十五年たった今も私は諸々の先生のお仕事をどれも深く知っているわけではない。来し方のおおかたを六人の子育てと家業の手伝いで過ごし、雑誌編集という、ホンの少しでも先生とご縁のある場所にいたのは、この時だけ。先生の著書『おんなの眼』や、『女のまつり』、また折々のお書きになっているものから拝察するだけであるが、いま先生が下さった「婦人公論愛読者グループ」の「集いの歴史に重ねる私の半世紀」の中から、この時私がお目にかかった昭和四十三年以前の先生の経歴を、一部ここに抜粋させていただく。

「敗戦の夏横須賀から来て、知友も生活の手建てもない私は、明けて昭和二十一年（一九四六）春、いち早く創刊の、京都日日新聞社（烏丸六角下ル）を受験、入社しました。山本健吉氏（文芸評論家）、田中澄江さん（映画記者）や、連載小説『それでも私は行く』を書く織田作之助氏と机を並べ、その挿絵のモデルを命じられて、夜は下鴨高木町、三谷十糸子女史のアトリエに通いました。昼は京大記者クラブ詰めで、細胞が躍動する体験です。四条麩屋町に「世界文化社」がスタート。月刊誌にサルトルを初めて紹介した気鋭な編集で、伊吹武彦（仏文）、大山定一（独文）氏などの京大教授、織田作も群れてサロンの趣き。社員に後年東京都立大学文学部長になる金関寿夫（英文）さんもいる。私は林芙美子、湯浅芳子女史などにも、この会社でインタビューしました。ジャーナリズムのかけだしで興奮の日々を紡ぐうち、朝鮮戦争勃発の昭和二五年、会社は京都新聞に合併されます。

失業浪人となった私は、中央公論社に声をかけてもらいます。新幹線もとよりなく、電話も不自由なとき「とりあえず支社のつもりで」と、元町学区の自宅を拠点に働き始めました。『中央公論』『婦人公論』を中心に執筆者との交渉、取材、代理執筆、ＰＲ、講演会、京阪神の書店巡り。谷崎潤一郎・吉井勇氏なども お住まいで、学者・文化人・映画界との接触が大きな仕事でした。

保証人になってくださったのは桑原武夫氏（京大人文科学研究所教授）で、最初の仕事は『婦人公論』連載の『文学と女の生き方（アンナ・カレーニナ、ボヴァリー夫人、スカーレット・オハラなどなどに人生を探る）』のお原稿を、桑原先生と生島遼一先生（京大教授）から頂くことでした。（中略）

さて私は、昭和二七年読売新聞大阪創刊のさい誘われました。桑原先生のお勧めもあって再び新聞記者生活へ。三三年には創業の読売ＴＶ放送へ出向して、プロデューサー生活を送りました。

（後略）」

これは先生の稿からの抜粋なので、ご自身のことをただ淡々と書いておられるが、ここに先生の著書の中から次の二点を引用して、さらに当時の先生の様子、お気持ちを深く察してみたい。

その一は〝京大記者クラブで、細胞が躍動する体験〟とお書きですが、この記者クラブ時代の先生のことを、作家の故司馬遼太郎氏が、『おんなの眼』の巻頭に「記憶の中の末次さん」と題して言葉を寄せておられる。

「（前略）末次さんとは昭和二〇年代の最も戦後らしい五、六年を、おなじ京都大学の記者クラブですごした。（当時司馬氏は新日本新聞や産経新聞京都支局の記者であられた　増田注）

その記者クラブは、そのころすぐれた記者が多かったが、彼女は比較を超えて卓越していた。彼女が書くことのほとんどが彼女以外知らない事象（つまり特ダネということ）だったが、そういう点で卓れていたというだけでなく、物事の質量の判断、状態についての簡潔な形象化、さらには本質を見ぬく力は異能というほかなかった。（中略）

この時期、彼女はすでに一児の母だったはずだったことを思うと――つまりそういう大人びた印象をすこしもひとにもたせなかったということを思いあわせれば――容易ならざるひとというほかない。（中略）

ある夏の瞬間の記憶だが、彼女は淡いワンピースのうしろを、同色のベルトで蝶むすびにしていた。その蝶むすびがいつも風の中でひるがえっているというこの記憶は、彼女がつねにそういうぐあいにして足早に歩いていたというその時期の彼女についての人間的印象と重なっているせいにちがいない。ともかくも、わたしには、彼女が記者クラブにすわり込んでいるという記憶はまったくないのである。（後略）」

（末次攝子『おんなの眼』一九八一年　創元社）

ついでにこの頃の先生の写真が、同書の中に一枚ある。〝京大記者クラブ時代の著者（上野照夫教授撮影）〟

名刺サイズより少し小さいが、ややななめ左むきの胸より上のポートレート。今と同じショートヘアで、しっかりとした眉、鼻筋、引き締まった口元。お洋服は、衿もと深いVカット。首から肩にかかるソフトなドレープが、大きな黒い瞳のきかん気さをやわらげているよう。そりゃこの眼で、目配り気配り、なににもよらず手早く行き届く、若き日の先生が、大学の偉い先生方のなかで、どんなに人気者であられたことかと想像にかたくない。

先生にお目にかかってから三十五年。こんな端の端くれのただの主婦の私にも、時々にやさしいお心配りを素早いタイミングでしてくださるのだから、あのあたたかな行き届いた細やかさは、大学の偉い先生ならずとも、誰の心をも捉えずにはおかなかっただろうと確信がもてる。

もう一点。

〝昭和二五年、(中略)失業浪人となった私は、中央公論社に声をかけてもらいます〟のところも、おなじく前書の「夏の終わり」(初出、一九七九年九月六日、読売新聞掲載)より補足させていただくと、

「(前略)八月の末にやっと四日間、自分で自分に休暇を与えて軽井沢に行った。

(中略)つかの間の休息にこの町を選んだのは、昔お世話になった湯浅芳子先生(ロシア文学者)を訪ねたかったからである。一八九六年生まれの女史は、夏の間、二千平方メートルの林の中の別荘に一人暮らし。

はじめて会ったのは、京都の町で新聞記者になりたての私が、インタビューを試みた昭和二一

年のことだ。数年後、その京都日日新聞は京都新聞に合併され、三つドモエの大争議。失職した私のことを人づてに聞いた先生が、探し出してくださった。「このまま埋もれさせるのは惜しい」と、東京へ帰る国鉄の当時二等の乗車券を三等切符二枚に切り換えて、東京に連れていってくださったご親切を忘れることはできない。

すぐ中央公論社の関西駐在員を務めることになり、（後略）」とお書きになられている。

不勉強で、故湯浅芳子先生のことは、新聞でお名前になじむ程度でなにも存じ上げないが、なんとお眼の高い、温かい先生なのであろう。

さて、話を戻して、甘辛社のK嬢は、その年の暮れで退社予定だったので、後に残る慣れない私のために、早くに原稿依頼を済ませてくださっていたのだが、その依頼状に掲載月が書かれていなかったのです。それが、今思えばありがたくもこんな経歴の末次先生にお目にかかれる唯一のチャンスであったわけだ。

私にとって記念の（？）昭和四十四年三月発行の『のれん』誌は、どのように先生のお手元にお届けしたのか記憶にはないが、駆け出しながら誠心誠意の気持ちをお汲み取りくださったのだろう。

その春、ご子息が甲南大学をご卒業になられた由で、幼少よりお世話になられたお医者様や何人かのお方に、菊正宗のお酒を送ってほしいとご依頼があった。菊正宗は鶴屋八幡と共に創刊したばかりの『甘辛春秋』のスポンサーであった。

先生のようにどんなコネでもおありの方が、よくぞこんな私のようなものに、と頼まれた私は今度こそ粗相のないようにと、少しでも先生のお役に立てるのがほんとうに嬉しかった。

先生はとっくにお忘れのはずだが、この時私は思いもかけずフランス製の上等のオーデコロンを頂いてびっくり。ジャーナリズムの世界ってこんな使いっぱしりの女のコにも、なんと丁寧に対してくださるのだろうと感じ入ってしまった。若き日に人を大切にすることこそが本当に大切なことなのよ、と身にしみて教えていただいた。


さてその夏、事情で私は甘辛社を退社した。小さいとはいえ、あこがれのジャーナリストへの入口である甘辛社であったが、ごくわずかのご縁であった。あまりに早い退社であったし、その時一番悩んだのは、末次先生はじめ、何人か可愛がってくださった執筆者の先生方になんとごあいさつをすればいいか、であった。もしごあいさつをする前に社にお電話があって、「清水（私の旧姓）はもう退社いたしました」なんて言われることを想像しただけで身の縮む思いがする。黙っていなくなるのは、あの先生方の温かいお励ましの気持ちを裏切るようでとても耐えられなかった。

私は八月の暑い日の午後、讀賣テレビに末次先生を訪ねた。事前にアポをとれるわけもなく、スタジオでの収録中、会議中、ご出張中、外出中。いろんなお目にかかれぬ場合を想定して、その場合にはと、手紙も書いて用意をしていた。

裏口（社員通用口？）から訪れたのか、この時守衛のおじさんに「先生は外出中」だと言われた。「ではお帰りになられたらコレを」と、粗品と手紙をことづけようとしていた時、おじさんが、

「あっ、いま帰りはりました」

（先生は裏口からも出入りをされていたのだろうか）

「あらっ」と、社内にも入らず、私を近くの喫茶店に案内してくださった。

「いま自動車学校へ通っているの。乗るわけじゃないんだけど（免許を）取っておいたほうがいいと思ってね」

開口一番言われたことを覚えている。少しの時間だったと思うが、なにをお話ししたのか先生が、

「一旦やめた人にはめったにお目にかかれないのに、よく訪ねてくださって」と言ってくださったのと、手みやげの箱を、「えっ、岩茸が入ってるの。天然記念物でしょう？　珍しいものを」と言われたのだけが記憶にある。

その夏も私は、新穂高温泉から何度目かになる双六岳（長野県北アルプス）へ登っている。その頃頂上すぐ下の双六小屋の管理の小父さんと親しくなっていて、小屋から登り一時間ほどの頂上の、岐阜県側の斜面に岩茸が生えているのを知っていた。いままで一度もさわったことはなかったが、このときは『あまカラ』誌で佃煮が美味しいとレシピもあったので、それを添えてぜひ先生へのお土産にしたいと、行く前から決めていたのだ。

思えば「11PM」をはじめ、読賣テレビの看板番組のすべてを統括される超ご多忙な制作部長に何てことを。自分で炊いてビン詰めにでもしてお持ちしろよ、と今なら思うが。当時は水野さんの「あんな顔の広い人はない」の言葉がずっと耳についていて、きっとどんなご馳走も食べ飽きておられるにちがいない、それならいっそ岩茸をゲットして、と単純に思ってしまったのだが、きっと、

「けったいで難儀な子ォやなあ」と思われたことと思うと、今もずつない思いがする。

その時私は終始うつむきかげんであったのだろう。ふと向かい合って座ってくださっている先生を見た時、コンパクトを出してルージュを直しながら的確に私に話を合わせてくださっているのに気がついた。すぐ後に会議などを控えられた貴重な時間だったに違いない。私はともかくも先生にお目にかかれた嬉しさ。また、あこがれの先生の温かいお励ましを身にしみて感じながらも、ホンのわずかで好きな仕事をやめてしまうという不甲斐なさ。恥ずかしさ。諸々が入り混じって複雑で、まともに顔をあげることができなかったのだ。


この夏から私は実家の和楽器店を手伝っていたがこの年の十一月、急に九月に出会った見合い話がまとまって、六歳と三歳の男児の子持ちの夫と再婚をした。甘辛社へは、私は一度結婚して、二か月で離婚をしてその後すぐに入社をしていたのだ。

住所も名前も変わったしと、先生に結婚の挨拶状を出させていただいた。もう先生の世界とはまるで縁のない人間なのに――。

すぐに先生は祝福のはがきを下さり、八月半ばにお目にかかった時のことを「とんだポーカーフェイスでしたね」と。

いいえ、決して。夫との見合いは九月も半ば。そして十一月には結婚をしたのですから、あの八月に突然お邪魔をした時は、そんなけぶりもなかったのです。少し困ったのですが、また、「ポーカーフェイスではありません」と言い訳は遠慮して、もうご縁もなくなってしまうだろうとぼんやりと思っていた。

この頃の先生のお仕事の充実ぶりは、昭和五十年に制作局次長に昇進されていることでも察しが着く。私は再婚してすぐに夫の連れ子の二児の母。すぐ下に一年おきに三男一女が生まれて、六児の母になっていたものだから、この頃から六、七年は先生が作られるテレビ番組はもちろん、日々の新聞もまともに読める状態ではなかった。ご多忙な先生にただの主婦がと思って、年賀状もずっと遠慮をしていた。

その頃我が家では、夫が毎月『中央公論』誌を近くの本屋から自宅へ配達してもらっていた。ある時そのなかに先生が「大阪通信」と題して関西の文化、芸能、政財界、学界人の動静を書いておられる見開き四ページの連載を見つけた。懐かしくて、いつしか本を待ちかねて、夫より先にそこだけを読んでいた。

昭和五十年十一月頃と思うが、先生が当時の立命館大学教授・前芝確三先生のことを書かれていた文章にふと眼が止まった。前芝先生は、私が神戸女学院大学で、学生新聞を編集していた時、一度だが原稿をお願いしたら快く応じてくださった。

予算が乏しいので、おそるおそる稿料をお尋ねすると、一言、「君たちのいいように」と。一瞬ホッと胸をなでおろしたその頃の思いもよみがえり、末次先生がなつかしく、とうとう私は先生宛に手紙を書いてしまった。生まれたばかりの娘のお宮参りの時、一家七人で写した写真も同封をして。

先生はすぐに、六、七年前、もう社内のコーヒーショップも開いてない時間に謝りに駆けつけた、甘辛社にいた女のコだと思い出してくださって、封書に三枚の嬉しいお返事を下さった。

そして、艶のある明るい紺色の化粧缶に入った泉屋のクッキーを子供たちにと、百貨店より送り届けてくださった。

写真には、小学六年生だった長男、三年生の次男、幼稚園児の三男、二歳の四男、生まれたての娘と写っていたのだから、とんだお気遣いをいただいてしまったのだ。無神経に写真を同封した私は恐縮して、大慌てでその年の暮れ、夫に頼んで（この頃私は百貨店にも出向けなかった）瀬戸内の鰆の味噌漬けを送ってもらった。

先生はすぐに、「思いがけなかったこと。また、七十五歳の母、一歳、二歳の孫まで家中で賞味できる、と喜んでいる」旨のお手紙を下さった。

この頃、私があの甘辛社に居た時甲南大をご卒業なされたご子息が、もう一歳と二歳の坊ちゃんのパパで、先生ご自身の七十五歳のご母堂もご一緒の生活なのだと窺い知れた。

相変わらず先生の創られるテレビ番組などどれも見られる日常ではなかったが、このとき私生活の一部を垣間見せてくださったことが、ことのほか嬉しかった。

この年以降、ご迷惑でも年に一度年賀状だけは出させていただこうと心に決めた。いや実は、甘辛社をやめた時、私はこの先も三人のお方には決して義理は欠くまいぞ、と決めていた。一人は入社早々さんざんに叱られて「ここに一人殿様がいると思え」と申し渡された編集長の水野さん。一人は『あまカラ』の毎号の執筆者で、当時朝日放送の『料理手帳』編集者の交野繁野氏。駆け出しの私にもいつも一人前と思ってもいいのかしら、と錯覚してしまうほどきちんと対してくださった。そして末次先生なのだが、これまで先生だけは畏れ多くて、この私の手前勝手な決めごとを実行していなかったのだ。

もしいつかどこかで、バッタリと先生にお目にかかれることがあったとしたら……、恥ずかしながらただの主婦で、先生の歩まれている道とは天と地ほどの違いがあっても、決して目をそらすことなく、きっちりと先生の目を見てご挨拶のできる人間になりたい。そんな人生でありたい、と、この頃から漠然と思っていたように思う。

何だかいつかお目にかかれそうな予感も芽生えていたような……。

さてその予感が実現をしたのは、いや、正確には「お目にかかれたら」との気持ちをずっと心の奥底で持ち続けていたのだから、そのように自分でコトを運んだということなのだが、そのきっかけは——。

昭和五十二年二月、先生から讀賣テレビを定年退職して参与になられること、できたばかりの千里のよみうり文化センターに文化サロンを開設して、月曜から金曜の午後の二時間、お茶とお菓子を楽しみながら、各界の一流の講師を招いて親しく語らう大人のサロンを目指して、広く受講生を募集している、とのご案内をいただいたことによる。曜日ごとに文芸、生活、時の人、とテーマが変わり、毎日の講師は田辺聖子さんはじめすごい人ばっかりだったから、もう私はできるものなら参加させてほしかったが、何せ末息子が生まれて五か月。中学一年生をかしらに六人の子だくさんとなっていたからそれどころではない。横目で睨んで残念な気持ちをお礼状に込めた。

先生は、「おかあさまのお忙しさはよーくわかります。ご挨拶代わりですので」とまたお葉書を下さった。

さてサロンの門戸をこう広く開放してくださっているとなると、やはり折があれば何とかお目にかかれたら……。こんな思いでチラチラと新聞も見ていたに違いない。ある時読売新聞に「千里よみうりホールにて漫画映画大会、先着何名か招待」の記事を見つけた。

私は小学一年生になっていた三男直也を、親戚に法事があるから、と、給食を食べただけで早退をさせ、一時過ぎに幼稚園バスから降りてくる四男憲治を、直也と二歳半になっていた晴子を連れてバス停で待ち、そこからタクシーで岸和田駅へ。南海電車、地下鉄と乗り継いで、よみうりホールへと急いだ。映画が終わったとき、「文化サロン」の事務室に先生を訪ねた。部屋におられた先生は、「あの清水（私の旧姓）トモコちゃんなのね」と念を押されたが、もう先生の両の手は子供たちの手を取ってくださっている。ホールからの幅広の階段を嬉々として先生にぶら下がる子供と共に、下の喫茶ルームに案内をしてくださった。途中、その日の講師だったか、何かお約束があられたのか、鴨居洋子さんがおられたが、先生は、「あなたにはいつでも会えるけど、この人にはめったに会えないので」と。

明るい喫茶ルームで「何がいい？」と、子供たちにアイスクリームをご馳走してくださったが、先生は打ち合わせなどで、コーヒーも一日に何度も召し上がっておられたのだろう、何も注文されなかったので、晴子が不思議がって、

「おばちゃん、歯が痛いの？」と何度も聞くものだから、

「イーッ」と、きれいな歯並びを子供たちに見せてくださった。わぁ、小さくてかわいい歯、と今も私の目に鮮やかに残っている。

この時子供たちが「おばちゃん」「おばちゃん」と、何度も気安く話しかけるので、私は困ってしまった。子供たちには映画を見ることだけ話してあったし、「先生にお目にかかれたらどんなに嬉しいか」と、ここに来た私の本心などわかるわけはないのだから。

突然現れた「おばちゃん」が、美味しいアイスクリームを食べさせてくださったのだから、もう子供たちは嬉しくて気安く「おばちゃん」を連発し、私は恐縮しきったのを覚えている。

喫茶ルームを出て、先生と別れた時、よっぽどボーッとしていたのだろう。憲治がその喫茶に、幼稚園の黄色いビニールの肩掛けカバンを忘れているのに全然気がつかなかった。たしか同じフロアーに自動車のショールームがあって、車の好きな子供たちに見せていると、先生と鴨居洋子さんが共に駆けてきてくださって、「お母さんに苦労かけるんじゃないよ」と、笑って憲治にカバンを渡してくださった。

この時先生は、黒地に小さい花柄の涼しげなワンピースをお召しだったと、白い歯と共にはっきりと記憶にある。

私には必死で子供たちとのタイミングをとって、七、八年ぶりだか先生にお目にかかれた貴重な半日だったが、後で、直也が学校で担任の先生に、

「ボク法事で映画見てきて楽しかった」と何回か話したようで、困ってしまった。

帰ってきて、「お母さん、法事て、映画見ることやろ。うちの先生、間違うてるんやで」と言うの

で、忙しくてなんと答えたのかも忘れたが、ほんとに子供は正直でこわいものだ。

昭和五十四年。毎日放送ラジオで「末次攝子の日曜サロン」が始まった。讀賣テレビの副理事、参与であられる先生が、なぜ毎日放送なのか。このあたりの事情は、『女のまつり』に、讀賣テレビの八反田角一郎社長が、「よォし、うちの社がラジオを始めるまでは、よそでやっていなさい」と、明快に勧められたこと。また先の千里文化サロン開設の折にも、同社長が、あまたの心配の声をよそに、「末次がやるというのならやらせてみろ」と言われたと、お書きだから、上司の信頼は絶大であられたことが窺える。

さて、ラジオのサロンなんてなんと嬉しい！　千里へ足を運ぶ時間がなくとも、毎週日曜朝の二五分、先生のサロンが電波に乗って出前配達されてくるのだ。テレビは見る時間が必要だが、ラジオならどんなにバタバタ暮らしていても、耳だけそばだてていれば聴くことができる。この頃私は、日曜朝の八時五分からの先生のお声をバネに、一週間を過ごす生活のリズムであった。

とは言うものの、毎回欠かさず聴いていたわけではない。特に、七時三五分からと、放送時間が早くなった昭和なん年か頃からは、夜更かしの多い私は、朝まだ夢の中の時もあって、勿体ないことをしている。

またこの頃先生は、大阪府参与、また京都桂の国際日本文化振興財団のお仕事もご多忙であられたはずだが、この方面のお仕事のことは知る由もない。ただ、一度岸和田で開かれた都市づくりだったかのパネルディスカッションのコーディネーターとして、岸知事他のパネラーの方と共に、岸和田にお越しになったことがある。

当日の会場、市立産業会館のホールは満員の盛況であったが、私は終わった後の先生のご予定が何もないことを願って客席にいた。午後からの開会で四時過ぎには終わっていたと思うが、この後夕食にお誘いをしたかったから。入場した時係の人に、終わった後、何か先生のご予定が入っているか確かめたのだが、「わかりません」と言われただけだった。

終了後ロビーの人ごみの中で、ご都合をお聞きすると、「そう、わかりませんと言っていた?」と笑いながら一夕を、先に夫が待っていてくれた駅近くの、少し落ち着いた割烹でお付き合いを下さった。

日時の後先は定かではないが、この頃先生のラジオ「日曜サロン」が、五〇回、一〇〇回などの節目の回に企画していたリスナーサービスの映画会、神戸のワイン園行きバスツアーだとかに応募して参加させてもらっていたので、あの、子供たちが「おばちゃん」を連発して困った時よりもう七、八年もたっていたはずだ。

夕食に少し時間が早かったので、ほんのわずか自宅に寄ってくださったが、ちょうど子供たちが学校帰りの時間。玄関で先生と中学生になっていた、いがぐり頭の憲治が鉢合わせ。あの時生まれて五か月だった末息子陳彦は、小学二年生になっていた。

この時分の、私が先生にお目にかかれたことは、いっそ私が二十年近く所属する岸和田図書館文章教室の、折々の『ちいぜる叢』の中より順に拾い出していくほうがわかりやすいので、以下その中より何点か、原文の一部を省略しつつもそのままに抜き出して、後に少しその時の状況を思いうかべて書き加えてみたい。

昭和六十一年『ちいぜる叢』第五号から参加し、平成十五年の春、第二二号を数える小さな冊子を、私は発行のたび、稚拙でお目だるいことをお詫びしつつ、先生に送らせて戴いている。

先生はいつの時もきれいなお葉書や封書で、丁寧な読後感を下さる。それが嬉しくて、書き続けてきた私なのだ。掲載年度順に拾ってみる。

・昭和六十二年三月発行、第六号より

「最近、私は尊敬し、敬愛するある方から冷凍庫をいただいた。

いや、そのお方は全然ご存じないから、正しく言うと、その方の書かれた著書を読んで、私が勝手に冷凍庫を造りだし、無断で自分の心の中に据えつけてしまったのだ。

以来、この冷凍庫、なんと重宝していることだろう。価値観の変転目まぐるしい現代に、生来不器用で、要領よく生きるのに不得手な私は、スムーズに消化しきれぬわだかまりを心に溜めて、日常生活の足を引っ張られることが多い。が、歳まさに働き盛り。「いま働いた！」という実感が持てなければ、私の一生何だったと悔いるに違いない。この大事な時期に、もろもろのモヤモヤ、あれもこれもと枝葉の茂る遊び心を、一時冷凍しておける冷凍庫を戴いたなんて、なんという幸せ。

そうなのです。今したくても出来ないこと、あわてて考えても結論の出そうにない。そんなことは、今までみたいにムキにならずにしばし冷凍しておきます。決して逃げたり、目をつぶったりしているのではないのです。いつか上手に解凍するのですから。（中略）

この冷凍庫を下さったのは、末次攝子先生。（中略）

すぐれた先達と汲みかわす宵、少しでもそのすばらしさに近くと思うとき、ドジな私はとりあえず何でも瞬時に冷凍できる冷凍庫を持たねば、とても時間が足りない思いにとりつかれた。」

さてこのフォーラムで先生が岸和田へのお越しは、昭和六一年の秋であったことがわかる。ご都合がよく、この時食事を共にしてくださったのだが、よくぞ夫が早めに仕事を切り上げてつきあってくれたこと。いや、逆に夫が話し好きで人好きだったからこそ、私は大胆にもこの時先生をお誘いできたのだ。

私と先生だけであったら、

「お子たちだいぶん大きくなられたのね」

「そう、テニスもしているの」

「お店とお家の両方で、お忙しくてたいへんねえ。がんばってね」

だけで、何の話の進展もなかったに違いない。

カウンターの夫は、初対面の先生と時の話題や、地方都市の行政の話、その他いろいろをご機嫌で語らっている。そばで本当に嬉しいのに、不勉強で何の話題にも入れぬ私は、日常の生活が今のペースでは、素晴らしい方を目の前にしてもどうにもならぬ。何とか時間を工面しなければ―、と思ったとたん、急に、『おんなの眼』のなかの、先生と梅棹忠夫さん（当時できたばかりの国立民族学博物館の館長）の対談が頭に浮かんだ。

「この博物館を作る仕事は、万博から七年間で、……その間、自分の仕事は全部……冷凍庫入りですよ……ボツボツ解凍作業に入らないかん……」

ン……？　この時心底なさけなかった私は、その日から冷凍庫を心の中に据えつけた。以後どれだけこの冷凍庫のお世話になったことか。

・平成四年三月発行、第十一集より

「やっぱり恥ずかしい。こんな大きな花束持って真っ昼間の電車に乗るなんて……。きれいだ。きれいすぎるのだ、花束が。みんなが見ている。私を見ている。そうよ、私が戴いたわけじゃない。今から尊敬する先生のお祝いの会で、先生にぜひお花をと思っているのです。

車中約三〇分。恥ずかしいと思った気持ちを花が感じたのか、降りる頃には心なしか花が小さく見える。会場のホテルに着くと、花屋を探して大慌てでアレンジし直してもらう。ホテルの中だからもう何も晴れがましくなんかないぞ。こんなことならはじめから地下の花屋に頼んでおけばよかった。が、当日は先生がホステスの、ラジオ番組の録音も兼ねてだから、先生への花束がお迎えのゲストに失礼にならぬか、花束なら控えた大きさかと、迷いに迷ったものだから予約もできなかった。会場入口には花、花、花。他に花束もいっぱいだったから、何も気にすることはなかったと、ほっとした。」

これは平成三年九月十五日、大阪上本町六丁目の都ホテルで行われた『日曜サロン』五〇〇回記念のお祝いの会のリスナー招待に応募して出かけた時のことである。

ソフトな菅原やすのりさんの歌。日本舞踊飛鳥流、飛鳥峯王家元の祝舞、連獅子。各界から多彩なゲストで、華やかで温かな雰囲気であった。この時の先生のエメラルドグリーンの、薄手の生地、やわらかい襟の、テーラードスーツもしっかりと眼に焼きついている。

帰ってからしばらく、お礼状も書かずにボーッとしていたら、この収録放送の時、ラジオから、「岸和田の増田トモコさん、聞いてくださっていますか」と、先生の声が聞こえてきて、びっくり。大慌てでお礼状を書いたのもなつかしい。

・平成五年三月発行、第十二集より

「『この展覧会は、残り日数がなくて失礼ですが、私は感銘いたしました』と伝言を添えて先生が切符を下さる。『ワシントン女性芸術美術館展』。梅田大丸、会期は残り三日だが、ありがたい！　明日は心斎橋の実家に出かける用がある。ルンルン気分で切符を眺めていたが、ふと、それを入れてあった封筒を見ると、きっと先生へのご招待なのだろう。きちっと、〝大阪府参与、婦人問題企画推進本部副本部長、末次攝子様〟宛で、『この封筒にてもご入場できます』と書かれてある。

友達を誘って、とのご配慮で封筒ごと下さったに違いないが、その時間もなく、ひとりいそいそと切符と封筒両方を持って会場に向かう。

入口の切符もぎりはすごくハンサムな渋い男性。とっさになぜか少し胸を張って、先生の肩書き付の封筒を出していたが、ハンサム氏一瞥もくれず、さっと箱に入れるだけ。

しまった。大好きな先生の肩書きのある封筒を手元に残せばよかったと悔やまれた」

平成四年、この頃先生は、大阪府参与で、副知事待遇と聞いていたが、婦人問題の副本部長でもあられたわけだ。そういえば、本部長は岸知事だと聞いた覚えがある。

この頃かどうか、先生が府のお仕事をなされてから、中央区のドーンセンター（大阪府女性会館）が完成したから、ひとり私は先生のお力に違いない、と思っていた。元の婦人会館といったか、正式名は知らないが、大阪城のそばに、小さなみすぼらしい建物であったのに。その横に国民会館というのもあって、それも古ぼけた建物だったから、南区に住まいながら、大手前高校にあこがれていた（学区が違って受験できなかった）私は、その学校の前のふたつのきたない建物は妙に印象に残っていたのだ。なにも先生に聞いたことはないが、この地上七階建て、図書室や大小さまざまの会議、研修の設備が整い、大きなホールや、プールにフィットネスの設備まで整えたこのセンターは、大阪の女たちへの先生の大きな贈り物だと私は思っている。

この他に中村只興展が、ナンバの高島屋で開催される時には、何度かご案内を戴いて、嬉しく出かけさせてもらっている。

・同じく平成五年三月発行、第十二集より

「『お声をかけてくださったのが増田さんだから、てっきり岸和田だと思って、岸和田駅まで行ってしまいました。』

開口一番、三〇分ほど遅れた卓話会場でひたすら遅刻を詫びながら先生がおっしゃる。

前日に「ナンバ発十一時の急行で一五分、羽衣駅でお待ちします」と、お電話をしてあった。

『ナンバから一五分と聞いたから、最近南海電車は岸和田まで速くなったかしら。それとも不動産屋さんの広告みたいに、二十数分でも一五分と聞いたかしら、と思ったのよ。あなたが迎えに来てくださっているると思ってるから、何の心配もなく岸和田駅に降りたの』と後でおかしそうに話された。

（中略）

ジャーナリストを夢みた娘時代からのあこがれの末次攝子先生だが、増田イコール岸和田と思ってくださるお心にかたじけない思いが胸にあふれた」

職業を持つ女性ばかりで組織する国際的な奉仕団体、ソロプチミストというのがあって、つまりロータリーやライオンズクラブの女性版のようなものだが、この頃私はそのメンバーであった。月に一度の例会に、当番に当たると卓話の先生をお願いせねばならない。この年十二月は私の当番で、謝礼が少ないので失礼かと気にしつつお願いをしたのだが、快く引き受けてくださった。先生の数多くのご活躍の体験の中から「出会いの不思議」のお話。あとのみんなとの食事にも気軽にお付き合いをくださった。

メンバーには、健老大学だとかで活躍の人もいたので、何度か先生に講演をお願いしたが、お忙しくて来てもらえなかったが、ここでしっかりとご予定をお聞きしてやっと実現にこぎつけた、と喜んだ人もいた。

先生はあとで、「老人大学なんてあまり好きじゃないんだけど、やっと行ってきたわ」と笑われた。

さて、その頃はもう高槻文化振興事業団のお仕事も兼務されていたのであろうか。ここでも市民大学講座や、土曜の午後のサロンのシリーズ、その他お芝居や音楽、落語、能狂言、先生が居られてこそと思われる企画が盛りだくさん。先生が行かれて間もなくに立派な「高槻現代劇場」が出来ているが、これも私は先生のお仕事に違いないと、勝手に思っている。たまにお手紙の中に、現代劇場のニュースを同封してくださって、土曜のサロンや催しものに時おり参加させていただいたが、帰りの電車の中では、いつも北攝や千里に住む人はいいなあと、うらやましく思った。

私は何か気がかりがあったり、くじけそうになる時には、いつでも高槻へ行けば先生にお目にかかれると思うと、自ずと元気になってくるのだった。

さて、毎日放送「末次攝子の日曜サロン」の放送一〇〇〇回記念は、開始より二十年を越して平成十年六月であった。この記念のお祝いは、視聴者に応募を呼びかけて、先生のお生まれになった北海道へ、というものであった。お誕生は旭川であるが、旅程は、ニッカウヰスキーの小樽工場で収録があって、二泊三日の小樽積丹半島ツアー。申し込みは二人ペアでという条件。

五〇〇回記念に参加させてもらってより、七〇〇回、八〇〇回と節目にお祝いのご案内が放送されたが、応募しても当たらなかったり、さしつかえていたりだったので、一〇〇〇回は何をさておいてもと放送に注意をしていた。募集の放送を聴いた時、すぐに夫のOKをとりつけた。そして先生に、「あのぅ、応募の葉書を出しますので」と、思わず電話をしてしまった。

先生は、「費用が高いから少し心配していたんだけど、こんなに早く反応があってよかったわ」と言われた。

これまでいろいろとこの番組の呼びかけには何度か応募させていただいても、いつも運良く当たりますようにと祈っていただけだったが、この時は、ぜひにも当たりたかったのだ。

　六月七日朝八時、伊丹空港に集合。先生はきっちりと少し深めのグリーンのスーツに身を包んで、楚々と、先にみんなを搭乗改札に見送ってくださる。あと七人ほどのスタッフと最後に乗り込まれる。私はTシャツにブレザー、綿パンツにスニーカー。夫もラフなブレザーであるが、先生はやっぱり、あっらよッ、てな格好ではいけないのだ。

　宿泊は二日とも小樽郊外のキロロホテルだったが、着いて夕食までに放送の収録があった。きれいな会議室の正面の席で先生とその日のゲストの対談。少し離れて向き合って私たちにも美味しいコーヒーの席を用意してくださる。

　先生は深紅のきれいなスーツ。部屋のやわらかく明るい照明によく映えて、テレビの中継であったらどんなに綺麗だろうかと、ほれぼれとする。

　この日の夕食が祝賀会。メインテーブルの先生の席の他に、丸テーブルが五つ六つ。

「こんなんが一番エエ。大阪でやってみい。そらお祝いも多いやろし、呼ばんならん人が多うて気遣いが大変や。正味じっくりと、気の利いたエエ企画やなあ」

　と、夫が言う。

　私たちのテーブルは先生より少し離れて、部屋の真ん中あたり。となりは、行きの飛行機の中でずっと重たいカメラや器械を持っていた中年の背の高い男の人だった。楽しく話し、周りとそつなく杯を重ねていている最中でもその人は、「センセの箸が止まってちょっとしたら、かならずセンセのそばへ行かなあきまへんねん」と、離れた席の先生への注意をおこたらない。さすが先生のスタッフはすごいなあと感心をしてしまった。

明くる日はバスで積丹半島の海岸線をまわったが、どこだったかきれいな海岸で、バスを降りて近くを散策。発車より少し早くバスに乗り込まれていた先生に、「いまキタキツネが海のそばを走ってこちらへ来てます」と、私がバスの入口に駆けてきた時、先生は「えっ」と小学生のような身軽さで、タタッとバスを降りられた。ふと、お幾つだったろうかと、思ってしまった。

三日目の午前中は、自由時間で、夫と私は近くのキロロゴルフコースへ出かけた。先生やスタッフの方々も、すこしゆっくりの時間も要るしなあ、と勝手に思っていたのだが、何の。私たちが思い思いに過ごしている間に、もう一つ次週分の収録を済まされたのだと。やっぱりすごいんだ。準備、下調べ。分野の違うお方ばかりなのに、いつ本や資料を見ておられるのだろう。ハードなお仕事だなあと、目の当たりにした三日間であった。


さて、平成十一年といえば先生が高槻に来られて十一年目だろうか。

その年、末息子の陳彦も東京の大学を終えて、三月には実家の父の二十七回忌を迎えていた私は、年明け早々、いままでの『ちいぜる叢』の小文をまとめて本にして、亡き父の霊前に供えたい、とそんな思いにとらわれた。一月の末には、東京の文芸社の審査を受けて出版の契約をかわしていた。本になるまで約半年とのことだから、お盆にはお供えができることになる。

さて、私の来し方は、先生とのご縁がなかったらここまで身辺雑記を書き溜めていたことはまずありえない。序文はぜひ先生にいただけたらと思っていたので、お目にかかってお願いをしたいと、二月の初め、先生にご都合をお伺いすべく、高槻にお電話をした。
その時の様子は、ちょっと気分を変えて映像シーンの形で。べつにきっちりとした記録や、録音があるわけではなく、正確でないかもしれないが、あの時の緊張としどろもどろさはあざやかにフラッシュバックされてくるので。

シーン①　岸和田の増田家の応接間（昼）

広さは八畳。前庭に面して明るい。絨毯の色とよくマッチした薄いチョコレート色の応接セットのサイドテーブルに、白い電話の子器がある（智子は日ごろから気をつかう方への電話は、茶の間のを使わずこの子器を使っている）。智子がかなり緊張した面持ちで、ためらいがちに、しかし思い切ったように受話器をとりあげダイヤルをする。

（受話器より若い女の子の声）

女の子「はい、高槻文化振興事業団でございます」

智子「あのぅ、末次攝子先生をお願いします。岸和田の増田と申します」

女の子「少々お待ちくださいませ」

（受話器より耳に馴染んだ待ちメロディが流れてくる）

落ち着いた中年男性の声、「今おつなぎします。少々お待ちくださいませ」

折り目正しく、背筋をピンと正している雰囲気が電話より伝わる。

また受話器より待ちのメロディ。ややしばらくして。

末次先生「あら、ますださん、何の用？」
智子「あの、先生にお目にかかってぜひお願いしたいことがあるのです。ご都合をお伺いしたくて」
末次先生「あら、ここしばらくとっても忙しいのよ。用件なら電話で言ってよ」
智子「えっ、あのぅ、実はですね、今までの『ちいぜる叢』に載せたものをですね、まとめて一冊の本にと……」
末次先生「えっ、本を出すの？　あれだけじゃ薄いでしょ？」
急に智子の顔が赤くなり、アゴのあたりが緊張して硬くなったようで、声は硬く、語尾のほうは消え入るように小さい。
智子「いいえ、あそこに載せていないのもだいぶんありますので、それを加えると一七〇ページぐらいにはなるのです」
末次先生「高くつくでしょ？」
智子「父の二十七回忌なので、一冊にまとめてお供えにしたいと思いまして……」
恥ずかしそうに、
智子「先生にぜひ巻頭にお言葉をいただきたいと思って、お目にかかってお願いをしたいと、お電話をさせていただいたのですが……」
末次先生「えっ、私でいいの？　ほかに先生だとかソロプチの偉いお方とかいろいろおられるんじゃないの？」
智子「いいえ、先生でないと困るのです。私の『ちいぜる叢』を毎号読んでくださったのは先生だけで、他はどなたにも見せたことはないのです。だからぜひ先生でないと困るのです……」
末次先生「………」
智子「………」
なんだか恥ずかしい沈黙の後。
智子「あの、すぐに原稿を送らせていただきますのでぜひ一度お眼通しくださいませ」
末次先生「わかったわ。じゃ送っといて」
先生の矢継ぎ早のつっこみにテンポが合わず、アワアワと、アワをくったうろたえた智子の電話ぶり。ホッと肩の荷を下ろしたような表情で受話器を置く。

シーン②　同家リビングキッチン（真夜中）
十五畳ほどの横長の広さ。床は淡い草色の絨毯。勝手口のある壁ぎわに調理台が並び、その前に七、八人がけの食事用テーブル。それと並んで、すこし濃い草色の毛足の長い絨毯の上に、長方形の家具型電気コタツがある。そこに足を突っ込んで、分厚い辞書を引きながら智子が手紙を書いている。
壁の時計は、午前三時。
（便箋がアップ）「ぜひ書名もよろしくおねがいします」と書かれている。

シーン③　二週間後、同家リビング（夜）
リビング入口横に幅一五〇、高さ一八〇、奥行き四五センチぐらいの飾り棚があって、その中ほどにファクスつきの白い電話機がある。壁の時計は夜の一〇時を少し過ぎている。「リーン、リーン」と電話が鳴る。智子が受話器を取る。

末次先生「もしもし」

智子「あっ、センセ」

お風呂上りだと受話器からご機嫌のいい声。

末次先生「本のタイトルなんだけど〝若竹家族〟というのはどう？　ご主人もトモコちゃんも私の眼から見たらまだまだ若竹よ。それでサブタイトルは、最近バツ一の出直し夫婦も多いから、ズバッと、〝再婚〟と入れてみたら……？　今まで私がタイトルをつけたテレビ番組はたいていヒットしたのよ」

即『若竹家族』を頂戴した。サブタイトル、―再婚どうしの三十年―は、こののち何度か先生とファクスのやりとりをして一週間ほど経ってからこれに落ち着いた。

さてこのあと、七月十五日の書店発売まで、先生は校正はもちろん表紙、帯のデザイン、色校正など、微細に世話を焼いてくださった。帯の色は先生の『女のまつり』の模倣で、おなじ緑色にしてほしいと指定をしたのだが、表紙の色とのバランスか印刷のかげんで、『若竹家族』のほうが少し明るい緑となって書店に並んでいた。

この小書に先生が序文を下さったことは、私の生涯の記念である。

さてこのあたりで初めに戻って。

『婦人公論』の「集いの歴史に重ねる私の半世紀」以前の先生はどのようにお過ごしであったのだろうか。やはり本から引用あるいは推察するしか手だてはないが、まず、読売新聞大阪社会部編『新聞記者が語りつぐ戦争』のなかで先生が書かれた「軍人の娘」より、京都日日新聞社へ入社少し前の先生を引っ張り出してみたい。


「東海道線をおぼつかなげに走っていた汽車が、掛川の駅で臨時停車すると『敵機襲来！』乗客はぜんぶおろされた。駅員や人々があわただしく行きかい、情報を求めて軍服姿の夫がホームの端のほうへ去る。赤ん坊を抱いた私は、凝然とベンチによっている。

昭和二〇年の六月末『沖縄が落ちて米軍は鹿児島に上陸する』というので、横須賀重砲兵学校の教官から、指宿に重砲の陣地を築くため、緊急出動する夫に従って、とりあえず、京都でこれも夫の出征中を一人で守っている実家の母のもとへ、急ぐ旅のさなかである。結婚が日米開戦の年、ひと月もたたぬうちに夫は満州（いまの中国北東部）へ出征。二年あまりを別れて暮らし、帰国してこの一年間に横須賀、清水、また横須賀と、しずこころなく転任をくりかえして、しかも今度こそは、ほんとの袂れになりそうだ。

生まれながらに軍人の娘、一人きりの妹もすでに歩兵将校と結婚していた。父親がいつ戦死するかわからないので、娘の個性も考えず早く軍人と結婚させることが、親たちの希みだった。

もっとも健康な男は、早晩戦争にかりだされる時代でもあった。
父親はわけても野戦型の武人だったからシベリア出兵（大正九年）をはじめ、満州事変の初期からくりかえし前線に往く。家で一緒にくらす機会はめったにない。（中略）
さて、掛川の小さな駅で爆弾はまぬかれたものの、汽車はなお順調に走れず、予定より七時間遅れて、京都駅におり立ったのが夜中の一二時半。烏丸通を北へ一時間半。上板倉町の母の待つ家へ、蒸し暑い梅雨の夜、生後一年あまりの長男を、モンペの背中にくくりつけて歩く。人気のない御所のあたりの、しめった緑の風を深く吸い込み『これが親子三人最後のときだ』と感慨が体の奥にしみ渡るのだった。（中略）
京都の仮住まい、上板倉町の留守宅に赤ん坊と二人あずけられて二か月、緊張と耐乏の連続だった。（中略）
真夏に腕も出さないモンペの上下、綿の入った防空頭巾。男手のない母娘は、町内会の務めで夜の辻に立ち、見張りや警備の役も果たすのだった。（中略）
雑音だらけの玉音放送で、しらじらしくもあっけなく戦争が終わる。（中略）
寒天の配給とオカラとサツマイモのクキだけですごした日々。横須賀を緊急に引きあげるため、倉庫にあずけて来た家財衣類の一切は、敗戦のどさくさで処分されてしまったらしい。亭主は十一月半ば、鹿児島からたどりついたが、持ち帰ったのは、小さな袋に虫のつづったカンパン。中に四つ五つ、コンペイトウの甘みが舌にとろけるようであったのを、いまに忘れぬ。
十九年に生まれて、苦難の時期を共にした長男は、栄養失調が原因でもなかろうが、戦後二年目の夏、疫痢で死んだ。

北支で混成旅団長であった父は『帰国できぬであろう』と覚悟の便りをよこし、ひどいインフレ、新円切りかえ、食糧難にあえぎながら、未亡人同様の母と、復員してきた夫と、赤ん坊と、茫然自失、肩をよせあって生きる。世間知らずの一族は、ひっくり返った世の中に、なすすべもないのだった。（中略）

焼けなかった京都に、戦後はじめての新聞社、京都日日新聞（のち京都新聞に合併）発刊というので、二十一年の早春、思い立って入社試験を受けに行った。論文のテーマが『公娼廃止』であったのは印象深い。（後略）」

（読売新聞大阪社会部編『新聞記者が語りつぐ戦争　1』一九七六年　読売新聞社）

さて、ここまでくると、今度は、ぜひ結婚されるまでの先生を主に『おんなの眼』『女のまつり』その他よりひっぱりださねばいられない。

何か所かに記述があるが、つなぎあわさせていただく、あるいはまたそのままに抜粋させていただく、などなどで、さかのぼってみたい。

お誕生は、大正十年十二月三十一日。北海道旭川二十七連隊陸軍官舎の一角。明治二十二年生まれ、当時二十七連隊長のお父上、松野尾勝明氏と、明治三十三年生まれのお母上、綏子《やすこ》氏の三女のうちの二番目のお生まれである。ただし、先生の一年前に誕生の和子氏と命名された姉上は、わずか生後一か月で身罷られた由。先生は、次女ながら、松野尾家は　あの〝天保の改革〟の水野忠邦を先祖に持つ、「サムライの家の跡継ぎ」と言い聞かされて、四歳年下の妹とはくっきり違う訓育をうけて育った、と記述されている。

攝子の命名は、明治元年生まれの祖母、たか女。達筆、明晰な文章、和歌のたしなみも相当の、男まさりな頭の良い方であったらしいが、手偏に、耳を三つの攝子とは、なんと、あらゆる情報をいちはやく聞き分けて、素早く活字や映像に置き換えてこられた後の先生にぴったりのお名前ではないか。つい最近も先生は、「祖母は何を思って攝子にしたのだろう、（母には）つめたい姑ではあったが」と、戴いたお手紙にふと洩らされたことがあったが……。

松野尾攝子は、字画が多すぎて、子供時代お習字の時間は難儀だったそう。

さて、小学校卒業は北海道の偕行社小学校。お父上の転勤につれて、四度も転校をされたそうだが、きっとどこへ行かれても利発で、あの大きなお目めでくるくると、好奇心の固まりのかわいい嬢ちゃんであられたことと想像ができる。

それよりも、『女のまつり』のなかに、「植民地育ち」として、五歳から四年ほどを過ごされたユジノ・サハリンスク（樺太豊原市）での思い出を書いておられるので、一部をそのままに抜き出させていただく。

「文京地区のメインストリートに面したわが家の右隣は、大きな博物館であった。ひっそりと少しかびくさいような館内の、大きなガラス戸の中にギリヤークやオロチョン族の展示品が並んでいて、木戸御免だったのか私はときどき遊びに行っていた。通りを左のほうへゆくと突き当たりに小学校、私が入学した学校だ。わが家の前庭には、シラカバと松かモミのような丈高い樹が群がってはえていて、玄関までの小径に野茨の垣根、膝小僧には茨のトゲにひっかけた傷跡がまだのこっている。裏にフレップの灌木がつらなる土手、甘酸っぱい味の赤い実がなった。

冬はずいぶん寒くて雪も積もった。子供は平気で、広い庭に雪山を造ってもらってスキーを楽しんだが、一生洋服を着なかった母が和服姿でおし通したことを、いま考えるとゾッとする。もっとも家の中はストーブ、ペチカで十分あたたかい。父と母と三人でトランプのツウテンジャックに興じた冬の夜。そこには、戦争を知る前の、軍人の家庭の平穏なまどいがあった。

（中略）

白系ロシア人のおじさんが売りにくるパンの味。小学校のクラスメイトにも、色白のロシア少女がいる。雪の日、両親がその子をトナカイのソリに乗せて街を走るのだった。

クリスマスプレゼントにグリーンの革表紙の『グリム童話』つづいて『イソップ物語』メーテルリンク『青い鳥』、舶来ものが流行だったかもしれない。講談社文化は僻地にも及んで、『幼年クラブ』を毎月心待ちしたが、同時に母は婦人の友社の『甲子上太郎物語』とかいう本を与えて〝よい子〟への指導を怠らなかった。

雪が解けると父は自転車を乗り回していたし、手回しの蓄音機を楽しんだし、御大典記念に父が持ち帰ったご馳走が子供の目には豪華絢爛。東京から遠いのに、物流はかなりのものだったように感じる。「あーおい目をォしたお人形はァ、アメリカ生まれのセールロイド」と小学生になりたてで歌った。たしかに西洋人形の歓迎会があった、と記憶する。アメリカからのプレゼントがさいはての地の初等教育機関にも早速届けられたとは、いま考えてもずいぶん手ぎわがいい。（中略）。

さて小学一年生のとき、クラスメイトのまねをして家で「月ィは無常というけれどォ、コリャ」と歌ってひどく叱られた。このようなタブーが年を追ってしだいに増えてゆき、私の人生を息苦しくしたのであった。『婦人倶楽部』で菊池寛であったか、恋愛小説を読んで「この女のひと可哀そうよ」と告げたら、母は顔色を変えて、以後〝おとなの本〟は厳重禁止になる。（後略）」

（末次攝子『女のまつり　地域で文化を』一九八九年　創元社）

さて、小学校上学年の頃のことは、『おんなの眼』の「若き日の読書」のなかに少し出てくるので、ここもそのままに引用をさせていただく。

「（前略）小学校の四、五年になると、私はひどい渇きを覚えて、兄姉のいる友達の家に行き、いわゆるませた小説を読ませてもらった。そのころは北海道や東京や千葉に暮らしていた。新聞に江戸川乱歩の小説が連載されていた。親の目を盗んで読むと、胸がどきどきして、いっそう刺激的だった。母の愛読する徳富蘆花全集から『不如帰』を抜いて読んでしかられたが、どうしてそんなに堅いことを言っていたのか、理解に苦しむ。（後略）」

（末次攝子『おんなの眼』一九八一年　創元社）

お母上はとてもきっちりとされた教育ママであられたのだ、と思い浮かぶが、ここで少しお母上を拾い出してみたい。『女のまつり』にも何か所か記述があるが、『おんなの眼』の「明治の女」より。

「おふくろは北海道の旭川で育ち、見合いもせずに嫁に来た。さすがに写真は見たそうだが、青年将校のころの父は眉の涼しい若者だったから、母は写真に惚れ込んだのだろう。父は明治維新に没落した東北のサムライの家の跡取りで、明治元年生まれの気性のはげしい姑と、その上に大姑とがいたから、軍の御用商人で地主の家におっとり育った母の若妻時代は、苦労が多かったことと思われる。母方は関西から開拓時代の北海道にのり込んだ、初期の大倉組の一味で、母は女学校を終えると京都師団の経理部長をしていた叔父の家に来て、花嫁修業をした。日本の興隆期と重ねて発展した時代の、陸軍将校は魅力的に見えたのかもしれないが、古都のエリート官僚で茶の湯や仕舞謡曲をたしなむ夫婦の家庭とは、趣をガラリと変え、私の父は幼年学校出身で、素朴な忠誠心ひとすじの野戦型の武人だった。

結婚するとすぐ、旧ロシアとの戦いでサガレンに出征したのをはじめ、満州事変に引き続く十五年戦争へと、男ざかりの人生のほとんどを戦地に暮した。（中略）　くり返し引越荷物の梱包に忙しかった母の姿が印象にのこっている。

おふくろは外柔内剛の典型のような人で、それだけに夫の留守を守る気構えは、ひとしおのものであったろう。姑と二人の娘と手伝いとの女ばかりの家で、きわめて禁欲的な日常。体面や世間体が重んじられる上、いつも夫の戦死の予想を伴うあけくれだった。（中略）

父が満州事変に派遣部隊長として出動した日、私はまだ稚くて（中略）見送りの群衆の歓声の中で列車がホームを離れるとき、哀しくて泣いた。（中略）ふと我に返って振りむくと、黒い紋服姿の母は、しずかに笑みをたたえて、まわりの人々にねんごろに挨拶をしていた。（後略）」

（末次攝子『おんなの眼』一九八一年　創元社）

まことにたしなみ深く、気丈な軍人の妻の鏡のような方であられたのだ。

一児を抱えて新聞やテレビ時代の先生のご活躍は、このご母堂が支えられてこそと、深くうなずける。姑さんとの同居なら、上下ちがって、今日の先生があられたかどうか、と、ふと思ってみたりしてしまうが、今も昔も働く女にとって、自分の母親との同居ほどありがたいものはないと思える。並みの母でもそうなのだから、このお母上では、本当に先生はお幸せだったと思う。

さてあと女学校時代の先生を知りたいけれど、私が見落としているのだろうが、あまり詳しい記述を見たことがない。知り合いの男の子と一緒に歩いただけでも石を投げられた時代だそうだが、私の貧しい資料で思い当たるのは、『関西おんな』（足立巻一　一九六八年　文研）のなかの先生の紹介に、何かあったかと見てみたいのだが、残念なことにこの本、私の本棚より姿を消している。三年ほど前、東京に下宿の末息子が帰省をした折、整理整頓能力のない私の本があまりに乱雑だったので、業を煮やし、古いほうからどんどん束ねて、十文字に紐をかけ、ゴミ回収車を呼んで、ドンと積まれてしまったのだ。今いくら探しても出てこないから、その時なくなったに違いない。

この本では、たしか先生が「11ＰＭ」を作っておられた頃の紹介だったと思うのだが、ご経歴に佐伯栄養学校卒業の記述もあったように思う。これは、結婚をして一か月で、ご亭主が出征されたので、万一の時に備えて。また、どなたかとの対談で、「私は京都ナンバー〇〇の栄養士免許を持っているの。一度も使わなかったけど」と言っておられたのを読んだ記憶があるのだが、いま手元にその資料もない。

勝手に、人一倍利発で好奇心も旺盛。きかん気な、けど、ひそかに付文なども多かった明るいおしゃれな女学生を想像するけれど、当たっているかしら。

さて、十九歳でお見合い結婚をされたご主人は、幼年学校出身の陸軍大尉で、銃砲兵学校の教官。ご出身は北九州。幼年学校入学の十四歳から東京で、和歌山、横須賀、清水、満州と転々とされたそう。終戦後は、鉄鋼会社の役員をお務めになられたそうだ。

最近たまにご自宅へお電話をすると、先生がお留守のとき、お元気な声で電話口に出てくださり、「今日は一〇時頃帰ると言っていましたよ」と、ていねいに言ってくださる。

七、八年前だったら、やはりご主人様が出てくださっても、いつも、「さあ、何時に帰るかわかりません」とおっしゃったから、最近先生は、お帰りのだいたいの時間をちゃんと告げておられるのだと、思ったのだけれど、そう再々お電話をしているわけではないから、たまたまその日だけだったのかもしれない。

さて、やっと私の末次攝子先生が、おぼろげに繋ぎ合わさった。いろいろと勝手な思い込みや、事実と違うこともあるのかもしれないが……。

ところで、ここまでは一方的に私の先生への思いだけであるが、この頃は、初めてお目にかかってより三十数年。先生の眼に映っている私はいったいどんなんだったろか。

あの『若竹家族』の原稿をお眼通しくださった時、やっと、「あなたをユニークなひとと感じてはいましたが、はじめてくっきりと、全容がわかりました」と手紙に書いてくださった。あの本の出版は平成十一年七月。その前の三十年は——。

とくに私が讀賣テレビに駆けつけた初対面は、

「……ンン……？　甘辛社の清水？　……『のれん』の原稿のことならさっき電話で話してあるのに……。いま電話連絡にベストタイムで気ぜわしいのに、こんな時間に……。へーぇ、水野さんのとこで修業するいうても、こんな内気な、気のきかん、おとなしい娘《コ》で、大丈夫かいな」

と、きっと一瞬思われたに違いない。だから叱るよりも何よりも、

「(あんた)何で甘辛社へ来たの？」

と、質問を発せられたのだ。

退社して初めのほうは、……ポツン……ポツン、とふいにお訪ねしてお目にかかっているだけだから、先生にしたら、「アラ、あの時の……」（と、どこか記憶の片隅にひっかけてくださってただけ、のはず）。

先生のラジオが始まってから、視聴者サービスに応募できたから、……ポツン……ポツンと少し間隔せまくお目にかかれて……。それでもやっぱり、「アラアラ、あの時の……。よく出てこられたわねぇ」という感じ……かな。

高槻へ行かれてからも、サロンだとかお芝居……ポツン……ポツンは変わらないのだが、最近になって講師の先生を送り出された後、たまに、「喫茶ルームで待っててね」と貴重なお時間をとってくださったことがあるから、やっと少しだけ「アラ、トモコちゃんが来てくれて」と、思ってくださったかしらん？

いま手元に『若竹家族』が、書店発売後のすぐ、平成十一年八月四日に、先生が『大阪新聞』一面の囲みの随筆・澪標《みおつくし》欄に「若竹家族」と題して書いてくださった随筆がある。少し私のことを書いてくださっているので、そのままに引用させていただく。

「『わたいはネコでおますメスネコでおます』漱石先生にあやかろうとしたかして、しかし、べったり大阪弁の純情居候ネコに、六人の子供を紹介させている。たのしい可愛らしい新刊『若竹家族』が届いた。岸和田の主婦・トモコの随筆集である。

この少子化時代に六人も!? ……二十七歳の時、六つと三つの子づれの男と、共に再婚同士。その後三男一女をもうけて、九年間連続のおしめ洗いと子育て。衣料品自営業の夫君をささえて精いっぱい働いた。末っ子がこの春東京の大学を卒業、ほッとした折から、実家の慈父の二十七回忌に「感謝と報告をかねての出版」を思い立った、と言う。

初めて私が逢ったのは、TV局の現場で走り廻っていた当時、食味雑誌に原稿依頼の編集者として。小柄で内気な、世間知らずの少女の印象で、船場の商家生まれとか、神戸女学院を出てソシアルワーカーの経験や、まして短い結婚生活があったなんて、想いもよらなかった。

その後何年かたって現れた時は、さなぎがみごとな蝶にヘンシン、していてびっくり。テニスやゴルフ、山登りも大好き。ソロプチミストや女性グループの社会活動にも参加する積極的な〝肝っ玉かあさん〟になっていた。いぶかしい気分もあったのだが、今度の執筆でようやく家族もようの実態を知ったのである。男の子たちのどの辺りからトモコのおなかを痛めたのかわからず、皆似たような顔立ちで、仲が良い風景を見ていたのだ。

岸和田市図書館の文章教室に十年余り通ったそうだが、初めのころのたどたどしい文字が、次第に習練上達してゆくさまが読みとれる。地方の市民学習の実績を知る思いも嬉しい。

最近頂いた、裏千家登三子夫人の追悼録の中に、昭和三十年、家元とご結婚の時の仲人、吉川英治氏から贈られた句が載っていた。

若竹の伸びよ陽の恩土の恩

いみじくもタイトルの『若竹』に感慨をもよおす。」

（大阪新聞　一九九九年八月四日掲載）

いぶかしい気分……そうですよね、普通ならとうの昔に縁の切れてるコなのに、なぜか忘れた頃にひょこっと現れて、親しげに喜んでいる。

本だとかテレビドラマとかが好きというわけでもなさそうなのに、何でだろ、ちょっとヘンな子ォ、ですよね。

でも、長の年月の間に、先生はお忘れだろうが、何かの拍子に、何度か私のことを「娘のようだ」と言ってくださったことがある。もうそのときは私は有頂天。でも、なぜかすぐその後に先生のご本や、新聞のコラムに、国内はもちろん、遠くイタリアや、フランスに暮らす、私のような年頃の女性を、娘のようだ、と書いておられるのを何度か見たものだから、「モー、先生はご自分は、ご子息だけで、嬢ちゃんはないから、きっと、誰を見てもちょっと心にキュッときたら、すぐ娘のようだ、と思われるんだ。まるで百人も娘がいるみたい」と恨みがましく思ったこともある。

その点、私には一人、日本舞踊にうつつをぬかす出来の悪い娘がいるから、先生みたいに誰を見ても娘のよう、と、夢を見る幸せにはあずかれない。自分に女の子がないのは、逆に百人の娘がいる、と言ってもいいほどに、幸せなことなんだ、と先生を見ていて思えてしまうこともあった。

私の母は大正九年生まれ。先生の一つ年上。その頃は元気にお寺の世話ごとと、観劇に明け暮れる毎日だったが、孫（私の娘）が高校生の時、花柳流の名取になった、その名披露目の舞台以来、大阪の国立文楽劇場へ出演の時、かかさずご来駕くださる先生を、いつも、「ご立派やなぁ！」と、感嘆を隠さない。

その年の二月、各流派若手名取の競演の舞踊会が、やはり国立文楽劇場であったのだが、ご多忙の先生は、娘の出番だけ駆けつけてくださった。出し物は長唄「外記猿」。八歳から習い始めて満二十年になる娘は、初めての素踊り。約二〇分強。終わったあと、母の隣の席の先生が、大粒の泪を流してくださっている。娘時代に謡やお仕舞の素養もあられる先生は、あの幼かった娘がよう頑張ったなあ、と、ご自分のお孫さんと同年代の娘に、ひょっとして女の子の孫がいたら、とだぶらせてくださったのかもしれない。先生のお孫ちゃまは、二人とも男のお子だから。

私ももう還暦を過ぎたのだから、母と同年代のステキなお方は、あつかましく、みなわが母、と思って過ごしてみたいが、他のお方ならともかく、やっぱり先生は畏れ多くてこわくて……なあ。


この年四月半ば、先生が一夕を、京都桂の竹林の中にある料亭で、筍料理におつき合いくださったことを、記念すべき日として書き記しておきたい。

その年はまだ寒い二月頃から、夫が、春になったら筍を食べに行こう、と言っていた。筍ねえ。では、長岡天神か、桂。どちらも先生のお住まいの水無瀬に近いではないか。

二月の娘の舞台の日は、先生がお忙しくて、お茶の一杯もご一緒ができなかった。では、ぜひに先生をお誘いして、と、娘も、先生のご都合がいいなら、私もついて行く、と、張り切って、先生と夫、娘、私の四人での食事。竹の精のお酒や料理と共に、満開の桜が見事であった。

明くる日、「残照のあえかな藍の空の桜の花むらは、えも言われぬ美しさでした」とお手紙をいただいた私は、一瞬立ち止まってしまった。〝花むら〟なんときれいな言葉だろう。あんなに高く、大きな樹の、すこし下向きにしなだれる小さな枝の隅々にまで、小ぶりで濃いめのピンクの花々が咲き乱れて。きれいだった。あれをこそ花むらと言うんだ。桜の後先に、梅、桃、椿、花水木と、木に咲く花は多いが、満開の花の塊を花むらとは言わぬよう。風に柔らかくそよぎ、どの枝にも満遍なく楚々と群れるうす紅。花むらは桜だからこその言葉なのだ、と、ひととき止まって感慨にふけった。

先生の言葉はなんときれいなのだろう。

この先まだ高槻文化振興事業団におられるに違いないが、それにしても、もっともっと先生からいろんなことを学びたい。もし先生が高槻を引退されることがあっても、サロンや市民大学のお弟子さんで、誰か「先生をむしる会」なぞ旗揚げしてくだされば、私はきっと付いていく。ちょっとこわいけれど、「先生と○○を読む」、「先生と○○を歩く」、などなど。その時には、すこし気楽に、何でも大目に見てくださる先生が嬉しい、と希っているけれど。

故司馬遼太郎氏、田辺聖子氏ともに、異能異才の人と言われる先生は、私にとっては、春から秋と咲き誇る、高嶺の四季薔薇のように思える。実際に四季薔薇がどの程度まで高嶺に咲くのか知らないが、新聞、テレビ、ラジオ、地方行政、サロン文化と、先生はいつの時代もあざやかに咲き誇られた大輪の四季薔薇なのだ。凡人には手の届かぬ高嶺に。

サムライの家の末裔。軍人の娘。なるほど凛として清らかに、世俗のカビのようなものは一切寄せ付けず。妻、母、姑、祖母、と、円満な家庭のにおいは出さず、いつの時代も正々堂々、仕事の本道を歩まれた先生。艶然と咲き誇る薔薇の形容こそがふさわしく思える。

現実に高嶺に四季薔薇が咲こうが咲くまいが、私にとって先生は、高嶺で誇らかに咲き続ける、深紅のまぶしい薔薇なのだ。

さて、ここまでの記述は、実は平成十五年夏ごろ、先生がお目通しを下さっている。

その節、ドキドキしながらこの草稿の郵送お許しを乞うたのだが、先生も配達された少し分厚い大きめの封筒を前にして、正座をして拝見しないといけませんね、朝から緊張をしているの、とファクスを下さったり……。

数日後、先生が大阪市内肥後橋のYMCA近くにあった、今でもあるのかどうかセンチュリークラブといったか、会員制のクラブに席を取ってくださった。昼食後にご指導のつもりでいてくださったはずだが、食後のコーヒータイムになっても、所どころに赤い付箋をつけられている草稿は、テーブルの傍らに置かれたまま……、いつものお目文字と変わらずの楽しい語らい先行で、あっという間にお別れの時間となってしまったのです。かろうじて、発表するのなら私が死んでからにね、と言われたのは記憶しています。

この頃はまだ高槻文化振興事業団や、京都桂の日文研他、多方面でご多忙であられた。が、あの竹林でのお食事以来、春、秋の時候のいい時、年に二、三度は、時には夫や娘も交えてお食事をご一緒してくださる幸せに浴している。

また、何年来だが、讀賣テレビや読売新聞主催のルノワール展やルーブル美術館展、正倉院展他、また文楽や日本舞踊の会のチケット等も頂戴して、楽しませてもらった。前進座の「夢千代日記」「唐なす屋」だとか、松竹座での「紫式部日記」などなど、お芝居は何度か隣席でご一緒させて頂いて、嬉しい時だった。


平成二十三年、先生は卒寿を迎えられます。

「いつまでもみっともないからね」と、十年ほど前から、順次公職は外してこられたが、それでも「どうしても外せないものが、まだあって、役所の期末は、何かと会議が重なって忙しいのよ」と言われる。

この頃もお酒の量が衰えられることはないし、先生と一緒のお食事は本当に楽しい。お誘いのお電話をしても、まず早くて二週間後ぐらいでないと、予定を入れてもらえない。

「スローモーになって、一日に二つも三つも会議や仕事をこなせないからよ」と笑われるが、日が決まると、その何日か前から、私は自ずと背筋を伸ばしている。

いつお会いしても、きちっとしたスーツに、お洒落なイヤリングとネックレス。バッグもオシャレ。靴もヒールで、駅の階段では、手すりを持たれることもない。

そんな先生に、洒落っ気もセンスもない私は、せめて姿勢正しく、まっすぐに先生の目を見て話す、を心掛けることぐらいしかできないのだから。

明くる年、平成二十四年に頂いたファクスを、原文のままに。

「増田智子様。　九月二十三日　夜十時。

お電話で失礼いたしました。今夜になってから　明日のお約束を中止にするなんて、申し訳無く思います。お詫びを申し上げます。

大晦日誕生日、九〇歳になってしまった、という気の弱みか、時々体調をそこねたりします。京都のかかりつけの整体師のところへまいります。

次回梅田でお昼をご一緒しましょう。

何卒悪しからず、ね。　　　　末次攝子」

相変わらず、しっかりした紙質のB5二〇〇字詰め、うすいグリーンのマス目の、攝子用箋の枠をはみ出す勢いのいい筆勢、何十年も前とちっとも変わらない力強い筆圧、どこが九十歳？　と首を傾げるファクスなのだが、この時は後日、新阪急ホテルの鉄板焼き、「有馬」のカウンターにお誘いくださったのを覚えている。コの字型カウンターの手前奥に並んでご一緒させて頂いたが、「忙しくて時分時に帰れなくなった時、時々一人であの奥のほうで食事をしてるの」と話してくださり、「朝食からビフテキでもOKなのよ」

そう、先生のお元気の秘密を垣間見せていただいたように思ったことを忘れない。

この年から二、三年も後だったのか、何かの時、朝の一〇時を過ぎていたが、ご自宅にお電話をすることがあった。同居されている息子さんのお嫁さんが出られて、「今日はまだ起きてきません」。では、と午後三時過ぎにお電話をしても「まだ寝てます。多分今日は起きてこないと思います」のお返事。

こんなことが少し続いて、一切の公職を降りられて、これまでのご多忙の寝不足をまとめて取り返しておられるのだ、とも思っていた。

そしてその夏も、いつも先生がとても喜んでくださる白桃を、和歌山の桃畑から直送してもらった。が、あの筆まめな先生からなんの音沙汰もない日がかなり続いたので、何だか胸中落ち着かず、とうとうお電話をしたら、お嫁さんが、

「枚方、御殿山の老人ホームに入ってます」

えっ！

ちょうど我が家の三男が枚方住まいなので、車で御殿山駅へ迎えにきてくれて、一緒にホームへと付き合ってくれた。二十数年前から、娘の日本舞踊のほとんどの舞台にお越しくださる先生に、五人の息子たちもそれぞれに劇場でお目にかかっていて、みんな先生が大好きなのだ。

ホームのお名前は聞かなかって、行けばすぐにわかるはず、とタカをくくっていたが、なんと御殿山に老人ホームは四軒もある。ここかな、と受付で、「末次攝子さんは入居されておられますか」とお尋ねをしたら、一軒、二軒、三軒目、みんな「ノー」。四軒目、高台の見晴らしのいいホームで、

やっと、「イエス」。嬉しいこと。よくぞ息子が根気よく付き合ってくれたものだ。

さあ、そこの三階。六〜七畳ぐらいの明るいワンルーム。先生はお元気そうで、ラフなブラウスにスラックス姿でくつろいでおられたが、突然の来訪をとても喜んでくださった。窓から辻向こうの公園の大きな桜の木が見下ろせた。先生は、春になったらこの窓から花見をするの、と。そして、「トモコちゃん、そこにコンビニが見えるでしょ。お酒を買いに行こうと、玄関を出たら、もしもし、と呼び止められて、一人で出歩くのはダメ、と連れ戻されてしまってね」と情けなさそう……。

お安いご用、とすぐに、先生のお好きな菊正宗があれば、と出かけて、ワンカップ大関だったのだが、お口に合いそうな、柔らかそうなアテも一緒に見繕ってお部屋に戻った。が、その夜、やはり気になって、ご自宅にお電話をして、「先生はお酒は大丈夫ですか」とお尋ねをしたら、「別にドクターストップがかかっているわけではないけれど、どちらかというと、アル中傾向もあるので」、というお話。

ごめんなさい、先生。やっぱりお口にしていただくものは、時々のお身体のご様子で、万一何か不具合があったら大事《おおごと》ですから、次のお訪ねの時は、やっぱり遠慮させて頂きますね。と、心の中でお詫びして、今日お伺いして、お部屋のテーブルの位置や高さもよくわかりました。とりあえずお邪魔にならず、またベッドでお休みの時でも先生の目線に無理なく入る大きさのランの花を送らせていただきますので、と独り言ちて、明くる日すぐに花屋に、「荷物の梱包解きはホームのご担当の方で、また時に水やりもどうぞよろしくお願いします」と送り状に添え書きをして、先生のお部屋に届けてもらった。

自宅近くの小さな花屋だが、ランをメインに扱って、気さくな店主だったので、以後何度か、今はこのランのほうがいいよ、とかのアドバイスに従っている。もちろん先生が喜んでくださるのは嬉しかったが、ヘルパーさんとか、職員さんなどもお部屋に入られるはずだし、そんな方々も先生のお部屋でひと時ホッと和んでくだされればそれも嬉しい。それに、やっぱり先生は、他の入居のお方とちょっと違うの、とそっとアッピールしたい私の我儘もあってのことですが……。ホントは薔薇の花をお送りしたいのだけど、切り花の日々の手間まで担当の方にお願いできるわけもなく。

何度目かの訪問の時、ちょうど三時のお茶の時間で、「どうぞ一階談話室にご集合ください」のマイク放送が流れてきた。さあ失礼せねばと思っていたら、担当のヘルパーさんが、「はい、どうぞ」と、その日のおやつのケーキを部屋に持って入ってこられた。

先生は下へは降りられず、「いつでもお部屋でのティータイムです」と。そして私が先生先生と呼ぶものだから、「手芸か何かの先生ですか」と聞かれたので、即座に「いいえ」と答えたものの、さて、入居に肩書きなど、いらないだろうけど、どのような経歴でホームにお入りになられたのかわからないので、うかつに何も答えられなかったのだ。

帰るとき玄関前の植え込みのお掃除をされてたその方は、追いかけてきて、「どうぞもっともっと来てあげてください」と。

何度かお伺いするうち、私は先生の隣の部屋に入居されてる婦人とも、廊下でご挨拶をするようになっていた。とても気さくな方とお見受けして、先生も世間話ぐらいならなさるかしらと、「お隣にとても良さげなお方がいらっしゃいますね」と、幾度か話しかけたのだが……。

そうだ、先生はまだホームに入居される前、ちょっと珍しいお菓子などお送りした時には、必ず「亭主の仏前にお供えをして……」とお葉書を頂いているし、誠に円満なご家庭であられたことは、何度も伺い知っていた。が、でも、そう、来し方ただの家庭人であられた事は一度もなかったんだ、と思い直してもいたのだった。


お部屋の先生のベッドの周りには、いつも読売新聞と『中央公論』誌。それに何かオピニオン誌のようなもの、また各方面の著者からの謹呈本なども置かれていた印象。テレビも備え付けられていたが、「見ることはないのよ」と。

往年のテレビ電波の送り手、制作現場の大プロデューサーは、近年のテレビ番組にどんな感懐をお持ちだったのでしょうか。


さてその頃もずっと、下手なテニスにうつつを抜かしていた私は、守口や京都で試合のあった時は、帰り道いつも同じ京阪沿線の先生のお部屋を訪ねていた。

先生はベッドでウトウトされている時も多かったが、

「ね、このウエア強そうに見えるでしょ」と、根っからお洒落な先生に、黒地のシャツに力強いイラストの胸を、恥ずかしげもなく突き出していた。

試合後の着替えの時間も惜しく、一刻も早く先生のお部屋を訪れたかった私は、いつの間にか、そこで汗でべたべたの上下を、着替えさせてもらうのが、習慣になっていた。が、部屋はワンルームで、何の隠れもなかったから、そのたび「横を向いていますからね」と、壁側に寝返りをうってくださった。

そんな頃から二、三年。体調不良で何度か枚方の厚生年金病院や、ホーム近くの有澤総合病院などに入院されたことがあったが、亡くなられる二週間前、娘と共に病室でお目にかかったのが最後になった。

その日先生は、二か月前にホームに訪ねた時より、一気に二回りもと思えるスリムさではあった。が、相も変わらずお顔には一点のシミ、皺もなく、透き通るような美しさ。髪は真っ白だったが、ボリュームもあるし、何よりとても九十五歳のお歳とは思えない眼の力。

点滴の管や心電図のモニター画面やらに囲まれた、今までにない病室の景色だったが、娘の直近の、「長唄・傀儡師」の舞台写真をじっと見つめて、

「これ誰？」

娘が、「私です。花柳羽玎です」と、ベッド脇に私と並ぶと、娘が十代で名取になった時から二十数年。ほとんどの舞台を見てくださっているからか、しみじみ、「老成したのねえ……」。

「今度は東京の国立劇場、小劇場の方ですけど、お迎えにあがりますから、ぜひ来てください」と私が言うと、

「まあ、嬉しいこと！」

この時も、帰り際いつもの通り、しっかりと私と娘、交互に握手して、バイバイと手を振って病室を送り出してくださった。

その時から覚悟はしていたが、平成二十八年九月二十八日付各新聞、特に読売新聞には、きれいなお顔写真と、「テレビ草創期の礎築く」の二段タイトルのもとに、逝去の記事が載った。

「読売新聞大阪本社社友。腎不全で死去。告別式は近親者で行う。（後略）」

近親者ではないが、ご子息から通夜、告別式のお知らせを頂き、娘と共に旅行中の東京から急遽帰阪して、お通夜に間に合った。

翌日のお葬式、最後のお別れでは棺のなか、真っ赤なスーツのお姿が、目いっぱいの白いランのお花に囲まれて、透き通るような肌の穏やかなお顔。なんと神々しく美しかったことだろう。

帰り道、そう、あのお洋服は、たしか先生が喜寿を迎えられた時、日航ホテルで娘と三人でお食事をご一緒してくださった時お召しになられていた、と思い出したし、かえってご迷惑かと逡巡もしたが、謹んで極く細やかに四十九日のお供えもさせていただいた。

平成二十一年秋から、季刊誌『大阪春秋』（新風書房）に、〝なにわ甘辛エッセイ〟一年半の連載執筆は、先生が同誌のベテラン編集者に引き合わせてくださったことによる。

また先生が書名を付けて、序文も寄せてくださった小書『若竹家族――再婚どうしの三十年』（一九九九年、文芸社）も、いまだ一部地域で、朗読素材として親しまれている。

もう早くに絶版で私の手元にもほとんどないので、たまにブックオフだとか、アマゾンに落ちていたら拾っているが、北海道から沖縄まで、全国百十二の公共図書館にあるのは心強いこと。

そう、その出版の少し後だったか、民放ラジオの「ちょっといい話」。たしか大阪の一心寺の提供だったと思うが、一〇分ほどの朝の番組に、私のことを紹介してくださった時は、飲み屋のママやら遠い親戚、古い友人からも思いがけない反響があって、びっくりしたこともあったのだ。

思えば、五十年も昔、たった一度原稿依頼でお目にかかっただけのご縁なのに。

諸々そのご縁をかたじけなく思う。


一年後、平成二十九年九月下旬。先生の一周忌近く。娘から知らせがあった。

「今日な、会社に「増田智子さん、いてはりまっか」言うて、ちょっと小柄なおじいちゃん来はってん。昔、大阪府の岸知事の秘書課長してはった人やねんて。末次センセがラジオの『ちょっといい話』で、母さんのこと喋りはった時、その話が載ってる本持ってきはって。岸和田で、増田さんの話やし、衣料品店と言うたら、きっとココに違いないと思うたんやて。府庁のＯＢ会の集まりで、いつも末次先生のことが話題にのぼっても、ここ何年かの消息を、誰も知らんのんで、増田さんがもしご存じなら、ぜひ今度の集まりで話してもらいたい……やて」

えっ、つい四、五日前。先生が最晩年まで特別顧問を務められた、高槻文化振興事業団で、先生の下におられた方からも、お仕事のまとめが出来上がっている、と。

告別式でその方にお会いした時、お願いをしていたのが、この秘書課長さんとタッチの差で丁寧なお便りをいただいている。

「きっとセンセが呼んではる。書かなアカン」

「……………」

この一年。約五十年間に、Ａ４幅強、高さ二〇センチを超すダンボール箱三つにいっぱいになっていた直筆のお手紙や、諸々の関連書類などを、整理するともなく眺めて、どれだけモヤモヤとしていたことか。


まずは走りながら考えようと、先生がメインで活躍された讀賣テレビの開局時からの『讀賣テレビ十年史』『同二十年史』他、千里中央文化サロンの講座一覧、また毎日放送「日曜サロン」放送ゲスト一〇〇〇回分のリスト。高槻でのたくさんのお仕事の概略、またご自身のごく初期の著作『原子力と私たち』（河出書房、一九五六年）他、著書はもちろんお手紙なども、ざっと分けて、Ａ４サイズのストッカーボックス六箱に整理して、身近に置いていたのです。

が、先生のメインのお仕事、テレビプロデューサー時代のこと、これは当時の話題番組、ヒット番組多々と聞いてはいても、私はまだ幼かった六人の子育ての真っ最中。ほとんどテレビを見る時間もない時期だった。膨大な資料を見ていても、どの番組も印象が薄く、心許ないことこの上ない。

「あら、そんな過去のことなど、だれも知りたいなんて思いませんよ」

「小説家ならともかく、ジャーナリストは今しかないのに、来し方を書くなんてナンセンス」

これは、六十年間全力疾走の職業生活を終えられた時、

「先生、やっと落ち着かれたのですから、寂聴先生や聖子先生みたいに、ぜひご自分の来し方を書いてください」

と、私が言った時、即座に返された言葉。

そう、最晩年のホームでお暮らしの時も、四回病院にお見舞いをしているが、どの時も先生から、「どこかが痛くて」だとか「しんどい」だとか、そんな後ろ向きの言葉は、何一つ聞いたことがなかった。だからいつも入院をされた時の病名は、知らないまま。

新聞の死亡記事に腎不全、と書かれていたのを見て、やっと病名を知ったのだった。

そういえばホームをお訪ねした時、何度かベッドの横に導尿の袋があったのを見ていたが、先生はいつの時も、そのひと時を楽しくご一緒してくださっていた。

ご自分のお身体もちろん、お仕事にも、いや、お仕事だからこそ、当然のこと、金輪際後ろ向きの発想は、皆無であられた。

先生は終生一ジャーナリスト!!

私のパソコン机横の飾り棚に、先生のお写真が一葉。
脇の鶴首に、深紅の薔薇一輪。

合掌。

V

気ままにスポーツ

軽井沢のゴルフ

「オヤ、どこかでお見かけいたしましたね」

「万平ホテルに泊まっているの。コンペか何かですか」

「いいえ、主人と二人です」

「いいですねえ。私は一人。下手なんだけどねえ。好きなんでね。まあ、迷惑をかけなければいいやと思っているの」

軽井沢プリンスホテルゴルフコースの、朝のスタート前の化粧室。互いにせわしく日焼け止めクリームを、顔や首筋にすり込みながら、鏡に向きあって話している。急には思い出せないが、彼女はきっと、テレビドラマなどでよく見かけた、少し以前に活躍した女優さんのように思える。夏のしゃれた薄い濃紺ベストに、同色同素材のバランスのいいパンツ。長袖シャツは純白で、オシャレなエリの立てかげん。靴もスマートな紺白コンビ。バイザーも透明度の高い紺色と、頭から足の先までよく神経が行き届き、スキのない装い。パッチリと大きな目。上手なお化粧。髪もつややかでとても感じがいい。背丈は私と同じぐらいで小柄。年恰好も同じようにも思えるが、お化けが商売のお方だとしたら、五十代は超えていそうだ、とだけ言うのが正直なところだろうか。さっきまで入れ替わり立ち代わり、何人かの人がいた化粧室が、一瞬フッと二人だけになっていた。初対面の方などにはいつも口の重たい私が、思わず引き込まれて、珍しくこちらから話しかけていた。

スタート前、パターの練習場でボールをころがしていると、後ろから、

「九時三〇分、インコースのスタートなの」

と彼女の声がする。

「えっ、ご一緒じゃないですか！　私たちもそうなのです」と、あわてて夫を紹介する。

挨拶をする夫は、もう目が垂れ下って、

「光栄です」などと、みるみる気分ハイなのが手に取るようにわかる。

オヤオヤ、まあいいけどねえ。


スタートホールへ行くと、もう一人のパートナーは、同じく一人で来られている痩せぎすの背の高いおじいさんだ。こちらの方は黄ばんだ麦藁帽子に、平凡な白の長袖シャツとグレーのズボン。腰にタオルをぶら下げると、そこらの農家のおっさんそのまんまというスタイル。「よろしく」と、型通りのご挨拶で順番を決めると、彼女が一番。私が二番。「レディーファーストですなあ。さあ、どうぞどうぞ」と、二人の男性はとても機嫌のいい声だ。

聞けば、彼女もいつもレギュラーティーから打っているという。レディースティーはだいぶん前方だが、私もいつもレギュラーからだった。「一緒ですねえ」と笑いあって、まずは彼女が白マークからティーアップをする。

「ムムッ」。けっこうアドレスが決まってる。白樺、赤松、モミの木。真っ青な空。高原の澄み切った朝の空気。刈り込まれた緑の芝に、小柄な彼女の紺白が、なんと綺麗なことだろう。

「ナイスショット！」

予想した通り、ゆったりとしたいいリズムで、打ち下ろしのフェアウェイど真ん中、一六〇～一七〇ヤードぐらいの所にボールを運んでいる。

次は私。今ゴルフはお付き合いで誘われた時だけと決めているので、〝あせらず、ひがまず〟が私のモットー。ティーグランドに立てる幸せだけで胸を膨らませて、いつも通りの平常心でティーアップする。出だしいつも落ち際にボールが右へスライス気味なので、ドローボールを打ちたいと、それだけを願っている。彼女のナイスショット、一瞬私にはもう遠いことのよう。

ボールに集中！　ふところ深く、だけを意識して、やや低めのトップだが思い切って振り抜く。

「キーン」と音はいい。まっすぐに出たが、やはりフェアウェイ少し右めに落ちて、彼女のボールと並んだ。

三番目は夫。軽くバランスよく振り抜くととても気持ちよく距離も伸びるが、力が入るとちょっとやばいゾと思っていると、案の定ひどいフック球で、思ったほどに距離も出ていない。紺白ウエアのとびっきりの美女を前に、エエかっこしたくて肩に力が入っていたのがありありとわかって、面白くもおかしい。自分でも「モー、しゃあないなあ」と笑ってる。

最後はおじいさん。構えは老人独特だ。手首を使って上手にコックをされるが、アレアレ、ひっかけのチョロで、急勾配のむずかしい左ラフにスポンとボールが埋まってしまった。

〝レレッ、いいのかな〟とかふっと思いながらティーグランドを降りたが、とんでもない。「暑い間しばらく休んでましてなあ」と、久しぶりのゴルフだそうだ。リカヴァリーショット、フェアウェイウッドは素晴らしいし、バンカー越え、ピン手前のアプローチもきっちしとピンにからむ。むずかしいラインのパターも絶妙で、そのころがりにはうっとりと、またそこだけ違う時間が流れているような錯覚にとらわれる。むろん次からのティーショットは、まっすぐで力があってほれぼれするボールなのだ。

昼食時、黄ばんだ麦藁帽子を脱がれると、みごとな白髪を七三に分けて、日焼けした顔は何とも上品で威厳がある。毎年夏の一か月を軽井沢の別荘で過ごされるそうだが、「イギリス生活が長くてね」と、向こうのゴルフ場やクラブハウスの話など、楽しい話題がつきない。

紺白美人のお名前もついに聞かずじまいだったが、軽井沢のゴルフはさすがにいつもの地元のメンバーコースとは一味違う。

「パートナーに恵まれて……」はコンペの優勝者の常套句だが、コンペならずとも、その言葉通りのことが本当にあった、夏の軽井沢のゴルフであった。

ヒマラヤトレッキング

「かわいい消しゴムや鉛筆がものすごう喜ばれるンよ。子供がいっぱい付いてきてね」

私がネパールのヒマラヤトレッキングに出かける時、友人が言った。

そうなんだ。漠然と何か持って行こうと思っていたけど、鉛筆なら、ゴルフでスコアカードをつけるのに、小さく薄べったくて、先にだけ芯のついたものがたくさんある。

準備のリュックに、まずはセーター、Tシャツなど、着なれた普段着を余分に詰め込む。これらは、テント泊まりで世話になるシェルパたちに、帰り際にあげると、とても喜ばれると聞いていた。そこに鉛筆もいっぱい詰め込んで日本を出発。

トレッキングの前夜は、ポカラのホテル泊。ここで三泊四日のテント泊まりに必要なものだけを小さいリュックに移し変える。明日からどんなシェルパに世話になるのか。例の衣類に、非常食、防寒具と、すぐにリュックはパンパンだ。

どんどん山の中に入るし、子供はそんなにいないだろう。あとでカトマンズにも泊まるから、街中のほうが子供が多いにちがいない。少しでも荷物は軽くしたいと、鉛筆は迷った末に、ホテルに残した。

標高一四〇〇メートルのカラバンからトレッキングを開始。歩き始めは、山間の段々畑の村の道。オヤオヤ、集落が見えると、裸足の小さな子供たちがいっぱい寄ってきて、手をさしだす。ずず黒く汚れた（薄汚れた）顔にも、くるくるとした瞳、とびっきりの笑顔だ。

あれれ、困った。鉛筆を持ってくるべきだった、と悔いたが、言葉が通じないし、ゴメンネと、手を振ってノーのジェスチャーだけ。

二日目、三日目は標高二〇〇〇メートルより上に向かう。もう子供たちに合うこともなかろうと思っていたが、なんの。かなりの高さにも集落があって、必ず飛び出してくる。ネパールは山岳民族なのだ。快晴の青空に、アンナプルナからマナスルと、エヴェレストに連なる山々を眺めながら快適にウォークをしたが、鉛筆をホテルに残してきた情けなさをいやというほど味わった。

帰国前日に泊まったカトマンズは、物売りの活気で満ちている。観光客に付いてくる子供など全然見かけない。鉛筆は飛行場まで見送りに来てくれたシェルパに、山の子供たちに配ってくれるよう、ことづけた。

小さな鉛筆に、つくづくその国の国情を知る大切さを思い知らされた、ヒマラヤトレッキングであった。

モンゴルマラソン

二〇一二年七月二十日から五日間の日程で、モンゴル陸上競技連盟主催の第一六回モンゴル国際マラソン大会に参加した。

五、六年前、このマラソンの表彰式の写真が、新聞の片隅に載っていたのを見て、すぐ次年度の開催要項を取り寄せていた。が、諸々の事情でその翌年には参加できなかった。以来このマラソンはずっとどこか頭の片隅にひっかかったまま、転宅して住所が変わっていたことから、その案内を目にすることはなかった。あまり宣伝はされていないようだし、もうほとんど忘れていたことだったが。

転居後五年もたっているのに、いまだ年賀状を旧住所にくれる友人もある。郵便局でアルバイト経験のある息子が「お母さん、転居届けはその年だけと違うて、何年も続けて出しといてもエエんやで」と教えてくれた。それでこの年はまた届けを出した。すると、なんと夏前に、マラソン日本事務局を兼ねる旅行社からの案内が転送されてきたのだ。

マラソンは最長でハーフ、次一〇キロ、五キロ、三キロ、さらに一キロもある。おおっ、大いに熟年むきではないか。三キロや一キロなら、歩いてでも完走はできる。しかも直筆で「今年あたりぜひご参加をお待ちしています」と。

おや、何年も転居先不明で返送されていたであろうに、この丁寧さ。すぐ感慨を催し、この夏は迷いなく「モンゴルに行こう」と決めた。

昨年古稀の記念に歩いたスイスの山、その地図に赤い線を書き加えるべく計画を立てていた真っ最中だったが……。

三十路を過ぎた娘が一緒に参加してくれた。古稀過ぎの私は、まことに心丈夫。

出発日七月二十日。関空集合は朝九時三〇分、ウランバートルへモンゴル航空直行便の予定であったが、出発二日前に旅行社より「急に直行便は飛ばなくなったので、韓国でトランジットします」と連絡があった。それで集合時間は二時間も早く、七時三〇分になった。

「理由は何もわかりません。飛ばないと言ったら飛ばないんで。これがモンゴルなんです。だから現地のトゥルグへの両替もホテルで出来ますが、昼間でも急に窓口が閉まってしまうこともよくあるので、開いていたら素早くしておいてください」

要するに理不尽とも思えるハプニングが起こっても、それでカッカしたらモンゴル旅行の資格なし。突発のいろんな事態も、大いに楽しむゆとりをもってください、だと。なるほど前もって獣医さんのモンゴル紀行だとか、商社員の駐在記を読んでいた時は、ハプニングも面白く、フンフンと読み飛ばしていたのだが、のっけからこれ……。

家から空港まで、私鉄の最寄り駅へいざ出発と思った時、運悪くザ～ッと、一度に道が濡れてしまうような雨が降ってきた。おおっ、小雨なら何とかなっても、これでは駅まで五分でも、大きな旅行鞄を引っぱって、傘はさしにくい。娘がタクシー会社に電話をした。

来てくれた運転手が、「お宅は、ほんまに運がよろしおまっせ。朝六時前のタクシーは前の日の予約以外は、会社で待機しとらんし、電話が鳴ってもほっとくんですわ。たまたまワシは今そこで予約の客降ろしたばっかりで、それで会社が電話取りよったんです。ほんまならこんな時間になんぼ呼び出してもあきまへんのやで」

そおゥ、そうなんだ。まずはラッキー。

駅が近づくと、トランクを下ろすのに、「一番雨のかかりにくいのは、中央口？　それとも南口？」きっちり梱包した荷物の中から今頃傘なんか出したくないと、運転手と話しながら、やはり中央口か、と車がすべりこんだ時、おおっ、雨がスカッと止んだではないか。まるでタイミングをはかったように。まあ、ハッピー！　幸先はいいぞ。


関西空港に着いて、指定の搭乗受付を目指して歩いていると、五、六メートル先から近寄って「増田さんですね。お待ちしておりました」と、親しげに声をかけてくれたのが、このツアーの社長さん。電話の声では、かなりの年配のように思っていたが、まだ若く、四十歳代前半か。あと次々と集まる参加者も、なかに何年も参加している年配夫婦やリピーターが多く、なんだかとてもアットホームな雰囲気。ほう、なるほどこれでは、娘と二人連れの新入りは、増田さんですね、とすぐにわかるわけだ。

受付終了ぎりぎりの時間には、おっ、さっき電車を降りてエレベーターに乗る時、私と同年輩の一人旅か、同じく大きなトランクだったので、乗り降りを譲り合った旅なれた気さくそうな女性。「ああ、さっきエレベーターでご一緒でしたね」と、どちらからともなく話しかけたが、社長ともずいぶん親しげ。聞くと、このマラソンには六年前に参加して、その時に同じく参加していた人と、一緒に泊まったゲルの遊牧民の家族と親しくなって、以来すっかりモンゴルにハマってしまって、退職後は毎年夏はそのゲルに泊めてもらうのです、と。

だから、行きの飛行機だけこのツアーの便で同行して、ウランバートルに着くと、別行動で二十日ほどゲルに滞在して、ひたすら馬であちこちの秘境に出かけるのだと。空港には先行している友人が迎えに来てくれるので、と屈託のない明るさ。どうりで旅なれた雰囲気のはずだ。

「マラソン？　ああ、あんな牛や馬のフンがいっぱいのボコボコの草原走るのん、一回だけで充分ですわ」

えっ、草原のちょっとぐらいのアップダウンは承知やけど、そこに牛や馬の落し物？　それも出来たてホヤホヤも混じってる？　へーえ、そんなん……。

けど考えてみたら、牛や馬の放し飼いの草原に、人間のほうが勝手にゲルを作ったり、マラソンを主催したりするんやから、人が牛馬の領地に踏み入ってるわけ。向こうにしたら迷惑な話やろう、てなことを話しながら、あっという間に搭乗時間が近づき、機上で四時間半。午後二時頃にはウランバートルのジンギス空港に着いた。

出口にはツアー社長のお母さんが。この方はモンゴル大学教授で、日本語を教えている現役の大学生数名と一緒に出迎えてくださる。小柄で一昔前の女優、何とかさんのようなやわらかなムード。年の頃は？　そこそこ若く見えたが、昭和十六年生まれで私と同い年だそうだ。あとで知ったが、読売新聞の記者を定年退職後、それまでに第一回から参加したマラソンで、モンゴルにはまっていて、その事務局の役を引き受けたのを機に、モンゴルに移住されたそうだ。

ここでも広島から毎年参加して四年目だという年配夫婦や、他のリピーター参加者は、あちこちで嬉しい再会。学生を囲んで喜びの渦ができている。初対面から人懐っこい学生たちが、みんなの大きなトランクを手早く貸し切りバスに運んでくれる。バスに乗っても、窓際に席をとる私たちに一人ずつ隣の席に座って、流暢な日本語で自己紹介から、ウランバートルの町の紹介をしてくれる。モンゴル大学法学部日本語学科の学生で、二年生から四年生。日本語学習歴はわずか二～四年に過ぎないのに、日常会話に何の遜色もない。うっかりすると、日本の歴史にも、私たちよりはるかに通じている気がする。

「えらいねえ。よく勉強すること」と褒めると、しっかり日本語を勉強して、日本の六法全書を読みたいのだと。まだ未開発の国モンゴルでは、いろいろとこれから地下資源が発見されるに違いない。自分たちがしっかりしていないと、ロシアや中国にみないいところを持っていかれて、上前をはねられてしまう。日本の法律はモンゴルよりもはるかに進んでいるので、しっかりと勉強して、自分たちの国を守らねば、という使命感にもえている。きっと日本人の教授のお眼鏡にかなった優等生が、自分たちの勉強を兼ねてボランティアガイドを買って出てくれたに違いない。人懐っこくて礼儀正しく、なんという親切さ。モンゴルがずいぶん身近に感じられた。

ホテルに着くまでに、町全体を見渡せるザイサンの丘へ連れていってくれたが、そこでもバスを降りて長い階段で、手荷物を入れた私のショルダーバッグが少し重そうだと見えると、小柄な女子学生が、さりげなく持ってくれる。そして私の足に合わせて横を歩いてくれて、日常膝腰にケアが欠かせない身には、嬉しい心配り。一事が万事で、五日の滞在中、誰彼ないこの親切なお世話で、モンゴルの印象はすごく良くなった。

到着した日の夕食は、ツアーの案内では自由、各人で、となっていたが、特別の予定がなければ、ホテル近くのロシア系のレストランで、と誘われる。もとより現地に知り合いもなく、大方のツアーの人、また学生たちも一緒に食事をしたが、そこは社長の母上教授が、日本人の口に合うメニューを予約してくださり、飲み物もアドバイス。学生も一緒に改めて一人ずつの自己紹介をして、明日からの乗馬体験、マラソンを前に、全員がとても仲良くなれた。支払いは、勘定書きを見せてくれて、学生を除いて、社長、お母さん教授も公平にすべてを割り勘。なんとも気持ちいいではないか。

ウランバートルのホテルは日系企業の合弁会社の経営で、日本のビジネスホテルのようで、不便はない。湿気がなくカラッとしているので、冷房はない。ツアー社長の心配りで、各室に扇風機が用意されていたが、その出番もなかった。

さて、明日の予定は、オプションでウランバートルから車で二時間ぐらいの大草原で乗馬トレッキング。本命のマラソンはその次の日だ。私と娘は、馬は日本の乗馬クラブで体験していて、その際、両足の膝内側に力がいったのと、腰もつらかった覚えがある。それに馬の背は地上からけっこう高く感じてこわかったし、このトレッキングは申し込まず、マラソン前の安息日にする予定であった。が、食事を共にして親しくなった参加者の全員が、最年少九歳の男の子から、七十歳の夫婦まで、みんなが行くという。

「えっ、そんなら体調もいいし」と翌朝眼が覚めて急に申し込んだが、「ああ、原住民のことだから、馬なんてどこからでも用意してくれますよ」と、こころよくＯＫしてもらえた。これは予定していなかったのだが、牛や馬、羊、駱駝までも群れ遊ぶ雄大な草原を、馬で行く小半日のトレッキングは、おお、これぞモンゴルの醍醐味！

えっ、そりゃ、はじめ馬の背に跨るのは、鞍だってボロボロだし、自分の足の長さは鐙《あぶみ》にも足りないし、おそるおそる、やっ！　と掛け声もろとも担ぎ上げてもらうのがやっと。

モンゴルの馬が日本のより小柄で、やさしそうな顔をしているのと、見はるかす穏やかな草原。そばに昨夜一緒に食事をした、日本語にも馬にも堪能な学生が同じく馬に乗って、私の馬や娘の馬の予備の？　手綱を持って、娘と私の二頭の馬の真ん中を、学生が乗る馬のお尻と私たちの馬の鼻先がくっつくぐらいにピタッと寄せて、先導してくれるのだけが、安心材料。

この親切で賢い学生さんたちが一緒でなければ、とてもこの広い草原で乗馬など楽しめたものではない。馬上の話で、わたしたちに付いてくれたアンハ君は、生まれた時から馬と一緒に育った遊牧民の子で、小学生の騎馬競争で常に優勝していたそうだ。

で、「アッ」と言って急に馬を止めたことがあったから、そばの私たちも「えっ」と、あわてて手綱を引っ張った。と、絶妙のタイミングで、アンハ君の馬が、ジャーとホースをぶちまけたようなすさまじい勢いで、えらい量の……。

アーびっくり。なにげに私たちとしゃべっているのに、どこで感じたのか、絶妙のタイミングでピタリと止めるなんて。えっ、ホカホカの塊のほうは、私の馬など歩きながら、自在にポロポロ。おおらかなものです。

えらいもので、馬上で視線落とさず、背筋を伸ばして、姿勢よくを心掛けていると、馬も心地いいのか、パカパカとリズムもよくなって、小さな川を平気で横切ったり、小高いゆるやかな丘をリズムよく早足で駆けたり。あちこちに群れで草を食んでいるヤクや、小さなラクダ、子牛などのうち、人懐っこいコが、群れを離れて近寄ってくる。そうよ、何にもあげるものがないの、しっかりと草を食んでおいしい空気をたっぷり吸って、大きく立派になってね、と、心の中で励ましながら、パッカパカ。

飛行機で一緒だった佐藤さんが、モンゴルにハマって、信頼できる遊牧民と、馬で観光ルートとは縁のない秘境をめぐるわけが、充分に理解できた。

さて、三日目は、いよいよマラソンの日。前日に到着した成田空港発の東京組の参加者も一緒に、午前九時に専用バスでホテルを出発。二時間ほどで、会場のソルジンボルドック草原に着いた。標高は二〇〇〇メートル。寒い。草原の真ん中に、本部席と休憩所のテントを少し張るだけで、着替える場所はないから、ホテルからすぐに走れる服装で、と言われていた。だから、ランニングシャツとパンツの、無駄を削ぎ落としたシンプルな出で立ちに、薄い上着を羽織っただけの選手が多かった。

たしかにホテルのあるウランバートル市内は暑かったから、またバス内も空調で快適になっていたから、下車してからのこの気温差。マラソン経験も豊富で、スリムで一切の贅肉のない、見るからにアスリートという中年の女性が、バスを降りた途端、寒さでその場にうずくまってしまった。出迎えの事務局の人に、すっぽりと山用のポンチョのようなものを掛けてもらっていたが、顔色もずいぶん悪かった。

マラソン出発は一時ときいていたので、私は、もとより足腰を冷やせぬ身。ぴったりとしたトレーニングタイツに、その上から長ズボンをはく用心をしていた。

バス内で弁当を済ませ、スタートまでたっぷり二時間はある。が、バスターミナルの近くに、モンゴル国内では最大だというジンギスカン博物館があって、トイレはその館内にしかないということだから、入場券をもらっているし、やはりスタート前には、用を足しておかねば。一〇分ほど歩いて入口に到着。内に入ると、桁違いの大きさの銅像、ガリバーさん用のような大きな靴。なんせ周りの見るもの、触るものみな珍しい。その屋上に上がると、二キロ離れているというマラソンスタート地点に小さなブルーのテントが見える。三六〇度見渡せる草原の景色はもちろん、そこに咲き乱れる高山植物も。バスを降りてこの博物館への入口までにも、エーデルワイスがひときわ目立っている。マラソンコースはそんな可憐な花にも一切頓着なしに設営されている贅沢さ。

近くを馬の隊列整えた一団が通り抜ける。草原遠くを牛の群れが横切っている。展望台にいると、時間の経つのはあっという間。

屋上から長い階段を下りて、草原の真っ只中をひたすら歩いて、マラソンのスタート地点に着いた。優勝商品の男子の部と女子の部、馬二頭を遊牧民の子供が引っ張ってくる。また優勝カップも表彰台の横に。今なら台にも乗り放題。娘と交代で、優勝台に乗って記念写真を撮ってきた。

いいえ。走る前の今なら、ひょっとして限りなく優勝の可能性だってあるのですから。

私のいでたちは、筋肉サポート線入りの黒のタイツを穿いて、その上に薄いナイロン生地で、ピンクの濃淡、黒、白の粗い市松格子の、軽いランニングパンツ。上着は薄手の黒のぴったりとしたアンダーシャツの上に、吸汗素材のショッキングピンクの丸首半袖をコーディネートしていた。日焼け防止UVカットの薄い手袋も黒。帽子はピンクの薄くて軽い野球帽。

出発前私はなにげないテニスの半袖と濃紺のショートパンツを用意していたが、なんせ日本舞踊で舞台に立つ娘と一緒だから、ああだこうだと、マラソン会場を舞台に見立てたように、衣装合わせのダメ出しがとんでくる。「モー、母さんは地味でいいの」と言っても、「テニスとマラソンは違うんやからそれなりのカッコでないと」と、チェックがきびしい。なるほどたしかにきちんとそれなりのものを買い求めると、その気分にはなれる。

おかげで、と言っていいのか、スタート前は、スタイルだけが好評で、年齢も言わずともそれなりに見えていたのか、「一緒に写真を」と、他の参加者からよく声をかけられた。そして、「えっ、一キロしか走らないの？　勿体ないわ。そのかっこならもっともっと。一〇キロぐらいは軽く走れそうよ」とか……。お世辞でも充分に衣装合わせの効果はあったのだ。

さてスタート。先導は二匹の馬に遊牧民の子が跨って、モンゴルと日本の国旗をはためかせる。それからよーいドン！　ハーフを走る人も、一〇キロ、五キロ、三キロ、また一キロも、それぞれゴールが違うだけで、スタートはみな一緒。本気で優勝を狙う人はもう目が違う。賞品の馬はモンゴルの人には大きな財産なのだろう。私たちの参加した一キロの部は、主にモンゴルの市議会議員だとか、市の名誉職の人、来賓の参加が多いのだと。みなランニング姿にゼッケンをつけた、似通ったスタイルなので、どなたがどんだけ偉い人なのか見当はつかない。

私は目を瞑って歩いてでもゴールのできる距離なので、気楽にマイペースでスタートして、呼吸も無理なく自然体。ストレスも何もなかったのだが、遠目には平らと見えていた足元が、意外と小さなアップダウンがある。

えっ、足首にこたえるやないの。膝はサポーターでバスを降りた時からしっかりガードを怠ってないけど、足首サポーターは、スタートまで充分時間があるから、間際につければいい、と思っていた。が、おおっ、これがミステイク。写真撮影や何やと気を取られることが重なって、このおだやかな草原に足首のケアは頭から抜けていた。

折り返し点にはもうすっかり馴染んだアンハ君たちがいてくれて、しっかり！　と励ましてくれる。足首が痛いともいえず、笑ってターンをしたが……。

ゴール近くでは、日の丸の小旗を振ってさかんに応援してくれるモンゴル在住の日本の人たち。あとで聞くと商社員の奥さんやその子供たちが多いのだと。今年はモンゴルと日本の友好四〇周年の記念の大会だそうで、参加ランナーは現地の人と日本人が多いが、あと欧米人もちらほら。

優勝は毎年モンゴルの人だそうだ。昨年の優勝者が今年はロンドンオリンピックに参加しているので、今年こそ去年二位だった九州電工の鬼塚選手にチャンスあり、とツアー全員が応援したが、やはりタッチの差で現地の人には勝てなかった。

私と娘のタイムもゴール地点でとってくれていたが、別に聞く必要もない。一キロの部の優勝は、遊牧民の男の子だって。現地の小学校五、六年の男女が、たくさん真剣に走っていたが、そのなかの一人。距離によってカップの大きさに差はなかったから、馬を獲得したハーフの優勝者と、同じ大きさの立派なカップをもらって満面の笑み。よかったね、おめでとう。

そう、なんとその表彰式では、私も表彰されたのだ。

モンゴル陸連の会長から、参加者の最年長賞だと。白地の柔らかなバックスキンに、きれいなモンゴル刺繍の、使い勝手のいいバッグを戴いた。ツアーで一緒の、広島からママと共に参加した九歳の豪太君には、最年少賞。何かと行き届いている。これもきっとツアー社長の母上教授が、マラソンの本部役員で、きめ細かく目配りをされている賜物なのだろう。

四時過ぎだろうか。表彰式が終わると、友好四〇周年の記念のアトラクションだと言って、草原にモンゴルのきれいな民族衣装の長うた（日本の胡弓を大きくしたような楽器の伴奏で、独特のモンゴルの民謡を歌うもの。日本の三味線音楽の長唄とは違う）歌手だとか、モンゴル舞踊、アクロバットの披露など。いずれも見事だった。

それが終わると、この本部席テントのなかに、一匹丸ごと石で焼いた、羊の窯が運びこまれて、その骨付き肉がマラソン参加者にふるまわれた。たしかホルホック料理とか言ったような。あとサンドイッチやスイカ、オレンジの果物や、酒類はビールはもちろん、ウオッカもたくさん。

羊一匹の骨付き肉にすこし抵抗感はあったが、意外にあっさりとして食べられた。が、骨にはたくさんまだ肉をつけたままで、現地の人ほどうまくセセれない。草原で車座になって食べている私たちの輪の上空に、いつの間にどこから来たのか、トンビが二羽大きく舞っている。誰かが骨を空に向かって放り上げると、はじめはキャッチに失敗していたが、何度かするうち、上手に低空飛行もできるようになって、見事に空中キャッチをして、また遠くの青空に飛んで行った。まあ、私の下手な食べ残しも、無駄にはなっていないのだ。

その翌日は、ウランバートル駅からモンゴル鉄道の列車に乗った。終点はロシアなので、いつでも汽車で夜をすごせるように、客車は全部寝台車になっている。私たちは二等車だったが、デッキから乗り込むと、片側に長い廊下が客車の端まで通っていて、四人室が、ずらり。入口にはちゃんとドアがついているが、なかの二段ベッドが昼間は畳まれていて、向かい合わせの席となる。窓際にテーブルがついている。二時間ほど乗っただろうか。草原の名もないような小さな駅で降りた。駅舎のスピーカーで、私たちの到着がアナウンスされると、駅近くの公園に、近くの子はもちろん、遠くからも馬に乗って遊牧民の子たちが寄ってくる。このあたりで、学生たちと母上教授は、絵本の読み聞かせを定期的にされているのだそう。来た子たちに、小さなお菓子をあげると、なんとも嬉しそう。遠巻きに暇そうなおばあさんもあちこちにいて、孫をそっと見守っている。その足元には犬が侍っていたり、また付近には、いかにもよく仕事のできそうな犬も目立つので、私は子供よりもそちらに親しみを覚えて、近寄って笑顔でおばあさんにもお菓子をあげた。一見ずいぶんな年齢と見受けるが、あるいは私よりもうんと若いのかもしれない。

また犬も何とも凛々しく力ありそうで、いかにも仕事をしている、人間のお役にたっている、という印象。日本に多い愛玩用の、優しそうなのとは、比べものにならない。みなこの大草原で牛や羊を守ったり、充分に人々の暮らしのお役に立ってますという、精気と気概をみなぎらせた面構えが、なんとも頼もしい。私は猫派で、犬にはあまり関心がないが、はるかかなたモンゴルでは、まだほんまに犬らしい犬がいるものだ、と嬉しかった。

二時間ほど逗留していただろうか。草原の地平のかなたの線路から、ロシア発のウランバートル方面行列車が近づいてきて、草原のど真ん中で暮らす子供たちとの交流は終わりになった。

さあ、今夜はいよいよモンゴルの遊牧民の丸い大きなテント、ゲルに泊まるのだ。場所はウランバートルからバスで一時間強ぐらいだったか、チンギス村というところ。バスの駐車場からゲルまでは、すぐといってもゆるやかな、でも足元かなりでこぼこの平原を五、六分は歩かねばならない。

ここがツアー最後の宿泊地なので、全員が大きな荷物を持って移動している。ここでもバスを降りると、すぐに学生たちが手分けをして、草の上をコロコロと転がせないトランクを、ひょいと片手に提げて、各人のゲルまで運んでくれたのだ。本当にありがとう。この立地でこの距離、膝、足首に不安を抱く私には、まことに嬉しいことだった。

ここはまだ数年前ぐらいか、映画のロケ用に建てられた、十数個のゲルが、そのまま観光客用に残されているそうで、一つのゲルにはベッドが二台から三台が配されている。

私と娘の泊まったゲルも測ったわけではないが、直径はざっと六～七メートルくらいかな？　片開きのタタミ一畳ぐらいの木のドアをあけると、真ん中に豆炭を燃やすブリキのだるまストーブがあって、その煙突がまっすぐに、ゆるやかな円錐の屋根の上に突き出している。足元は草の上に帆布のような布地の敷物。円形の内側壁面は、フェルト様のようなものが、張り巡らされている。

ベッドは荒木作りのシンプルなものが二つ、両壁面に。これは宿泊用ゲルだが、これらがポツンポツンと立ち並ぶその草原の真ん中ぐらいに、すこし大きな食堂ゲルと、集会用ゲルがあった。

そしてだいぶん離れたところに、小屋のようなトイレとシャワー棟がある。このトイレには番人のおじさんがいて、その人に鍵をあけてもらわねば入れない。勤務は夕方までらしかったが、その日は夜中も鍵なしにしているから、自由にどうぞ、と。

またシャワーは、いつお湯が水になってしまうかわからない、ということなので、日が暮れてからの寒さは日本の冬並みなのに、シャワーが水ではたまらない、とパスをした。

さてまずは夕食で、食堂ゲルに集合。おや、このゲルは普通の宿泊ゲルよりだいぶん大きくて、入口両側の屋根の部分に、日本の祭りの纏《まとい》のようなものが立っているから、迷わずともすぐにわかった。そのゲルに一歩足を入れると、なんと！

丸い天井からゲルの円型の壁面いっぱいに、びっしりとオオカミとユキヒョウの毛皮が敷き詰められている。ユキヒョウは、真っ白な艶のある柔らかな毛に、黒の斑点があざやか。オオカミはグレーの毛だったが、これがたくさんあるということは、ステイタス高さのしるし、だと聞いた。

もう、何頭分とも知れない豪華さに圧倒されて、「これなら一、二匹抜いて持って帰ったところで、まるでわからないよ」と、あちこちでヒソヒソどころか、おおっぴらに……。実際に糊などを使ってひっつけているわけでなく、ゲルの内側の斜め格子になった薄い木の桟に、無数の頭付きしっぽ付きの立派な襟巻が、ひっかけてあるだけの印象だもの。そうよねえ、と、大いに納得もしていたのだった。

やはりゲルの真ん中に、ドラム缶のようなブリキのストーブ。それを囲むように周りのテーブルもまあすごい。先年小泉首相が着席されたというメインテーブルが、ひときわ玉座のように煌びやかだった。

テーブルクロスはどのテーブルもだが、牛だか馬だかの茶色に染色された分厚い皮。あと椅子も、ゆったりとした幅に合わせた直径一五センチぐらいの円柱の深紅のクッションを二段に積み重ねて、周りのユキヒョウの毛皮の豪華さを一層引き立てている。

肝心の食事は、ウオッカや馬乳酒など、飲み物も自由に。またメインディッシュは一応何とかと決まっていたが、後はバイキング形式で、ゲルの真ん中テーブルから好きなだけ、というスタイル。ここでも先に母上教授のお心配りがあったのか、まるで口に合わないと思うものはなかったし、美味しくいただいた。

馬乳酒も丼鉢になみなみと注いでサービスされる。初めての体験だったが、少し発酵し過ぎて、すえたような匂いと思ったが、私には口当たりよく、お代わりをした。まあ、日本人は極端にはまる人と、一切受け付けない人に分かれると聞いたが、さもありなんと納得ができる。

ついでにウオッカも最後の食事だし、と遠慮がちに。あのマラソンのテントで羊の骨肉をかじっていた時、テーブルにあった瓶から無造作に水だと思って飲んでいた。が、あとでウオッカとわかって、えッと思ったが、カラッとした草原の風に気持ちよくて、いい印象だったのだ。

食事が終わると、野外で演奏を聴く予定らしかったが、外は急激に冷えているのでこの食堂で。モンゴルの煌びやかな古典衣装を着こなして、笛、琴、胡弓、マリンバのような、いずれもモンゴル楽器を携えた男女の一団が登場した。歌あり、踊りあり、アクロバットも。馬乳酒の酔いもあってか、もうただうっとり……。

遊牧民の草原の国に、こんな見事な芸術が育っているのだ、と、歴史も文化も何もに疎い私は、けっこうなカルチャーショックを受けていた。冬のモンゴルは、劇場でオペラが素晴らしいので、ぜひ来てくださいと誘われたが、本当に素晴らしい文化も大切にしている国なのだ。


終わって外に出ると、気温が更に下がっている。自分たちのゲルに帰る道中、娘と、

「火を点けるおっちゃん、順番にゲルを回ると聞いたけど、もうストーブに火点けてくれたやろか」

「大丈夫やろ。だいぶん時間たってるもん」

と、話しながらドアを開けたら、おっちゃんが懸命にストーブの中の豆炭を覗いている。何軒も回ってきて、今やっとここに着いたとこだと。何でもマッチから火を移すダンボール紙が湿っていて、手こずっているのだと。

ああ、寒い寒い。こんなままでは今夜眠れそうもない。慌ててかなりのティッシュペーパーを丸めて渡して、やっと火が付いたのだった。

真夜中、ないことに尿意で目が覚めた。何時頃だったのか、娘は気持ちよく寝息をたてている。そう、あのトイレ棟まで懐中電灯で行かねば、とゲルを出て近くまで行くと、なんと、夕方は草原のだいぶん上のほうで固まっていた馬たちが、トイレの前に、一〇頭だか二〇頭だかが、集合している。ええッ、こんなこと！

怖くて近寄れないし、仕方なく引き返して、後はもう……、とうとう月明かりのゲルの陰で、そうっと、お花摘み。致し方なく、若い時の山での経験も、遥かモンゴルで生かさざるを得なかったのですが……。

明くる日は、朝早く空港集合で帰途についた。

はじめ申し込み時、シンプルにマラソンだけ参加の予定が、日程が許されるのをいいことに、シベリア鉄道乗車、ゲル体験なども追加のプランにしたのだが、あれもモンゴル、これもモンゴル。マラソンをメインに、近頃になく初体験いっぱいの、思い出に残る旅だった。

古稀からの出直しテニス

古稀を迎えて

身辺棚卸

平成二十二（二〇一〇）年六月、古稀の前年、身辺の棚卸をしてみた。十年一区切りで、〇〇の時代とネーミングをつけて励まれる、某作家にあやかって、私も向こう十年を△△の時代、と宣言して、有意義に過ごすために。

今家族は、喜寿前の夫と三十路半ばの娘、私の三人。大阪近郊の住まい。

五人の息子たちはすでに妻帯して独立しているので、もし何かがあっても、それぞれをお守りくださる神様がついていてくださるはず、と都合よく思うことにしている。

夫は、父の代から受け継いだ会社の経営を退いて数年。最近は、ゴルフや学生時代から馴染んでいる囲碁と好きな勉強に励む毎日。

娘は幼少より日本舞踊に親しんで、演劇学校で日本舞踊講座の講師を務めたりして、踊りの弟子も少々。が、日ごろは事業を継いだ兄と共に、しっかりと会社を支えている。

さて、この二人に囲まれた私。十年前のまだ独身の息子たち五人が勢ぞろいをしていた頃に比べると、なんと荷の軽いことか。その分根気、体力など身体の基礎能力は低下している？　いや、断じてそんなことに負けてはならぬ。八十、九十歳を軽くクリアしてバリバリ活躍のご先輩も、目の前にいっぱいではないか。

そうか、私は還暦の時、これからは年齢はバック、と決めていた。だから古稀は五十歳。この先もそのつもりで予定をたててみよう。道中なにか不都合に出会ったら、その時は微調整をすればいい。と、そんなわけで生活のウエイトは、これまで通り、まずはテニスに置く。テニス歴は軟式の学生時代も含めると、四十年近くなるが、心技体、まだ課題がいっぱい。これからは確実に目の前の目標を、一つずつクリアしていきたい……。

そうだ、来る古稀からの私の十年は、改めてはっきりと〝トライの年〟と名づけよう。


私が初めてラケットを握ったのは、軟式のそれ。高校、大学と軟式テニス部に所属したが、いずれも府県大会一、二回戦どまりで強い学校ではなかったし、コーチもいない。卒業後は結婚子育てのブランクを経て、また地元の軟式ママさんクラブで十年。近隣の大会にはずっと参加していた。が、準優勝の経験はあっても、優勝はない。社会人になってからのテニスは、勝ちだけを競う学生ではなし、六人の子育てと仕事の合間に、良いお付合いができたら嬉しい、の思い。北アルプス中心の登山やゴルフも同等のウエイトで楽しんでいたので、あくまで「テニスもするけど」のスタンスを崩さずにいた。

が、どうやらそれは私の勝手な思いのようで、テニスはやはり勝ち負けのはっきりとしたスポーツ。「コートに立ったら勝つ以外に何があるねん！」と執念を燃やす人もいる。狭い地域のママさんばかりで十年もやっていると、試合ごとの人間関係もなにかと煩わしい。五十歳からは、仲良しの数人と今度こそ試合など関係なく、本当に楽しく遊ぶつもりで硬式のボールに触れた。

それからざっと二十年。

初陣試合

ただ楽しく遊んでいたが、試合によく出ている別グループのお仲間に誘われて、私にとって硬式では初めての対外試合、兵庫県赤穂市で開かれた「第七回関西シニアテニス大会」に参加した。

この試合は、参加者が一人ずつ会場でくじを引いて、六人のグループに分かれ、その同じグループ内の誰彼とペアを組む。そして他のグループと団体戦をする。

大会初日、互いに初対面のペアと三試合をこなしたが、なんと三戦三勝。

オッ、やれたのだ、私にも。いつもコートのなかで、いざ勝負！　という場面では、気弱にビビッてしまうことも多かったが、なんと、バックハンドのロビングがクロスコート深くによく決まった。ゴルフの優勝者の常套句、「パートナーに恵まれて」もあったかもしれないが、チームとしても八勝一敗で翌日の決勝戦に臨むことになった。

次の日、私の成績は一勝二敗。チームも三勝六敗の負け越しで、結果、準優勝になってしまったが、私にとってこの試合は、これまでのテニス意識を画期的に変えてしまうものとなった。

初日ペアを組んで三戦三勝した、昭和一ケタ生まれのTさんとは、また来年も会いましょうと約束をしている。次の年にはぜひ実戦キャリア豊富な先輩に、よりふさわしい自分になっていなければ。

夫は言う。「テニスは勝負やないか。なんぼ練習でうまかっても、勝負で使えんと何の役にも立たん」

勝つための戦術を練ってトーナメント上位を目指すというプレーヤー本来の姿は、六人の子育ての合間に、ラケットを握れることだけで幸せと思っていた私には、とても贅沢な別世界のものだった。が、これからは試合のための戦術戦略も一から学ばねば。

そうだ、そうなんだ！　これまで何十年とテニスをしてきたが、コートのなかで、はっきりと自覚をもって勝負をしたことはなかった。よし、これからはボチボチとでも勝負をせねば。

創身慈雨

さて何事も決心するとしないでは大違い。その夏は、灼熱のなかでもきちんと週に三日の練習をこなした。最近は足もよく動いて、右に左にボールを振られても追いつける。先日もかなりワイドに入った速いサーブをレシーブできて、おっ、すげえ。とれたぞ、と思ったとたん、思い切りサイドに踏み込んだ右足の膝、お皿の前辺りにするどい痛みが走った。

あっ。実は一年前膝が痛くなって以来、テニスの後には、マッサージを欠かさない。この一年、アフターケアとセットで練習に励んでいたのだが、一年前に比べてしつこい。また近所の整形外科医をたずねた。

医者は昨年のレントゲン写真と今年のを見比べながら、

「膝軟骨の間隔がちょっとだけ去年より狭いなあ」「年齢相応に、体の潤滑油切れやから、しょうないけど」「七十歳になったら、膝だけやのうて、目、耳、歯、あちこちガタッと悪うなるのん速いでェ」「テニスは回数を半分に減らして、膝の負担を軽うしてやらんと」「それに足にもっと筋肉付けるトレーニングをせな」

昨年は体重を減らすと膝の負担も軽くなると言われて、八キロ減量しているのだが、あるいはその分筋肉も落ちているのかも。

ああ、せっかく調子が尻上がりなのに、膝痛でブレーキがかかるとは。

「私よりもっと年上の方がたくさん元気でテニスをしてはるのです」と言ったら、医者は、

「そらアンタ、言えへんだけで、みんな一生懸命筋肉鍛えてるで。ほっといたらこれから筋力は落ちるばっかりや。筋トレをせな」

古稀からのテニスは、まず体作りに意を用いねばならぬことを思い知らされた。なんと、これまでは思ってもみなかったことから計画をたてて取り組まねばならない。

体の備えに時間をとられるとなると、技術的にも戦略的にも、無駄なく、着実にレベルのあがる方法を模索しなければならない。

ありがたいことに、膝痛後の三日目、どうしても欠席したくないと思っていた神戸でのレッスンや、クラブ内の親睦試合が、雨で中止になって、いま十日近くの休息を得ている。連日連戦の高校野球などで、エースピッチャーに恵みの雨とよく言っているが、ほんとに今その言葉をかみ締める。休息こそ宝。古稀からの出直しテニスは、まずゆっくりと休息からの出発となった。

ベテラン

納得の休息あと、私は隣町の会員制のTテニスクラブのメンバーに誘われて、練習試合に参加した。コートに四人が揃った。他の三人もキャリアの長いクラブメンバー。すぐダブルスのゲームを開始した。

じゃんけんで決まった私のペアは、挨拶を交わしただけで、安定感のある落ち着きを感じていたが、なるほどとてもうまくてしっかりとしたプレー。彼女が前衛側に立ってくれた。私はバックラインいっぱいの深いボールを打っていれば、彼女のポーチ、スマッシュ自在の活躍が目に見えているのだが、なんせ、相手チームも相当のツワモノ。ネットを越えて飛んできたボールが着地後、大きく弾む、沈む、滑る、止まる、自在の球さばき。

一球目は迷わず相手クロスコートに深く返球、の定石通りを心掛けているが、敵もさるもの、初球から甘いコースにくるわけがない。振り遅れから、おっとっと、と体泳いで返球するだけで精いっぱいとなってしまう。と、すかさずネット近くに詰められて、先にボレーやスマッシュで決められてしまう。こちらのボールが甘いのだから仕方がないが、まあそれからはつい後手後手の展開に。早めに相手コースを読んで、こちらが先手の態勢に持っていかないといけないが、テキのプレーにも穴がないのだから、先に嫌なところ嫌なところに配球されて、拾いまくる、の展開が六割か。

「(コートで) よう走って拾いはりますね」と言われることが多い。

これって今まで多少は褒め言葉、と嬉しく賜わっていた。が、何だい! 自分がじっくり余裕を持って、相手を振り回しているのではなく、テキに自在にボールをコートに落とされて、フーフーとにかく追いついて返している状態。が、これって、後手後手に回っている展開が多い証拠ではないか。

この時も……結果は言わずもがな。

「軟式テニスをされていましたか?」

終わってベンチに腰掛けていると、私とペアを組んでくれた同世代のKさん。

「はい。西宮ですけど、大学時代はずっと後衛でした」

「東京だけど、私も大学時代は後衛でね」

「おや、東京では私たちが在学中 (昭和三十年代後半)、昭和女子大が全日本トップでした」

「私はその昭和女子大だったの。伊勢で開かれた全日本大会で、優勝しているの」

「うわア、私その時、個人戦ですが、一〇チームほど出られていた昭和女子大のどこかのチームと当たって、5—2 (大学軟式の試合は九ゲームのうち五ゲーム先取) で勝ちました。それが七チームほどエントリーしていたうちの唯一の勝ちゲームだったのですよ」

話し出すと際限がなかった。今は月、水、金をこのコートで過ごされている由。

他の会員の方も、「ええボールやなあ」と思う方に、「週何日テニスをなさっていますか?」と尋ねると、ざらに「五日です」と返ってくる。ウーン。飛んでくるどんなボールも、自分のボールにして、ゆとりを持って相手を走らせるには、やはりその練習量あってこそなんだ。日常あちこちに気を散らしているようでは、とても思うさまボールに言うことを利かせられない。

体力、持ち時間も考慮しつつ、今私の為すべきこと……と考えると、その日は目が冴えてずいぶんと寝苦しい夜になった。

教室入門

さて、私のやらねばならないこと。それは言うまでもない。この地域では唯一の会員制クラブに集う中上級者とも、まずは同等に戦えねばならない。そのためにはもっとたくさんの確かな技術を自分の引き出しに貯め込まねば……。

最近テニスのレッスンを受けだした娘が言う。

「そら、お母さん。何でもプロにノウハウを習うのんが一番やで。勝手になんぼ時間かけてても、遠回りするだけやし、たとえ上手になってからでも、絶えずそばで修正してくれる人がなかったら、崩れてても自分ではわかれへん。芸事もスポーツもやっぱり金かけてなんぼやで」

ほんに、日本舞踊で三十年近く親父のすねを齧ってきて、今は教える立場でもある娘の、説得力のあるアドバイス。膝痛、腰痛と体に不安のある私は、また素直にとりあえず一期二か月、Tテニスクラブに併設されている教室の生徒となった。レッスン生の資格で、ここのベテランメンバーに混じって、クラブオーナー杯などの試合にも出場ができる。

経験を積みたい、いろんな人の、球筋の違うボールをたくさん打ちたい、はるかな上級者に混じって物怖じしないようになりたい、の強い思いで、まずはさっそく四月初めの、クラブオーナー杯に申し込みをした。参加者三六名。一チーム六人で、計六チーム。そしてダブルスの総当たりリーグ戦で、勝ち数の多いチームが優勝となる。

四月初旬、桜が満開の季節にちなんで、チーム名は、若桜、葉桜、山桜、姥桜、紅桜、八重桜と、きれいなこと。

「おお、姥桜言うたら、井上さんと佐藤さんのための言葉やろうに、二人が若桜チームやなんて……」

「紅桜……、祇園小唄の世界やろに、ここはむさ苦しいおっさんばっかり揃とるやないか」

試合前からコートサイドはかまびすしい。私は葉桜だったか山桜だったか？　桜づくしはきれいな語呂だが、還暦や古稀近くの参加者が多いこの試合は、ゲームに夢中になるうち、自分のチーム名を忘れたり、こんがらがったり。私も姥桜でなかったのだけは確かだが、はて何チームだったか。

その日、私は強豪相手に三勝二敗の勝ち越し。チームとしては四勝一敗で優勝しているのに、チーム名だけはまるで頭に残っていない。

まっ、こんなネーミングなどはともかく、同じチームにおられた、まだ還暦前の年頃であろうか、塩谷フミ子さんの理想的な打球フォーム、軽いフットワーク、華麗なラケットさばきは、目に焼き付いて離れない。

今私が教室で習っているストロークのお手本そのもの。スマッシュ、ボレー、これもまあきれい。終わって思わず、

「学生時代からなさっていましたか？」

と訊いてみたら、やっぱり、

「そうです」と。

高校、大学と、硬式テニス一筋だったそう。私も同じ年月、軟式だったがテニス部に席を置いて、春秋は気候も良く試合も頑張った。が、夏は山、冬はスキーにうつつを抜かした、そんななんちゃってテニスとはわけが違うのだ。過去を悔やむことは主義に反するが、最近、ことテニスに関する限り、あの若い日、テニス一筋にやっていたら、と時に思うこともある。

チームメイトやパートナーに恵まれたこともあって、まずは優勝。ラッキー。

試合参戦

私が生涯大切にしたいと思っている試合、それは毎年秋に兵庫県芦屋市で開かれる「芦屋グランドベテランテニス大会」。これは日本全国はもちろん、遠くニューヨークや在外の邦人も参加する。それに元デビスカップ選手も混じえて、半世紀以上も続いている伝統ある試合である。男子は六十五歳、

女子は六十歳以上が参加資格だが、私はその年初参加。

一か月前に送られてきたドロー表を見ると、私はシルバークラス（ペアの年齢合計が高い順番に、ダイヤモンド、エメラルド、ゴールド、シルバー、ブロンズクラスとなっている）で、一回戦は不戦勝だが、なんと二回戦で第一シード、そう、私の大学の後輩で、学生時代からテニス部のキャプテン。トルコやクロアチアで開かれている世界大会にも出場の常連で、全日本のランキングプレーヤーチームと当たる。

おお、これは！　普通に考えると、また誰に話しても、笑って「コンソレーション（初戦の負けチームだけで戦うトーナメント。こちらも優勝者は表彰される）で頑張ってください」と励まされる。

そう、そうだよねえ。相手は定評のある強豪チーム。でも、初めから勝てないと決め込むことはない。互いに人間だもの、ミスもあり、シード破りの番狂わせもあり、だ。

私は月に二度、同好会の練習で、その会場Aテニスクラブへ行く。先方は誇り高きそのクラブのメンバーだから、何度か顔を合わせて、親しく話もしている。同窓、私のほうが先輩でもあり、あまりにぶざまなゲームはしたくない。頑張るっきゃないのだし、それに普段はこんな上位プレーヤーと手合わせさせてもらえる機会はない。これは願ってもないチャンス、と思うと、なんだかワクワクウキウキとしてくる。

相手がわかった一か月前から、テクニックはもちろん、メンタル、フィジカル面でも、当日にピントを合わせて、抜かりないよう細心の注意を払ってきた。

本当に、「あわや？」の期待を持ちつつ、四十年のテニスの集大成と心得て、この二年間のレッスン記録はもちろん、テニス本、メンタル本、フィジカル本、トレーニング本の、ダイジェストメモを読み返す。

昔軟式テニス時代の私の友は、「そんな、なんぼ本読んで、頭でわかってても、コートで足が一歩前に出なんだら、何の役にも立てへんわ」と、本など見向きもしなかった人が多かったが、テニスの上達の仕方も百人百様、とこれもテニス本に書かれている。不器用な私は、ことスポーツにも、読み、書きと無縁ではいられない。

あと、オンコートでは、〝なりきり君〟作戦。すなわち、私は、チェコのペシュケ。あのウインブルドンの女子ダブルス優勝経験者で、ボレーの名手、そのペシュケだと、自分で自分を騙すのだ。一八〇センチクラスが居並ぶプレーヤーのなかで、一六五センチと小柄だが、そのネット際でのあざやかな動き、サービスのリズムは大いに参考になる。イメージを目に焼き付けるため、何度かビデオを見ていたら、とうとう娘が私のことを、「ぺーちゃん」と呼んで、〝なりきり〟に協力？　をしてくれた。

フィジカル面でも当日に合わせて、スタミナ配分、ストレッチ、マッサージでの疲労回復を怠らなかったのも当然だ。

そんなこんなの準備を重ねて、前日に持ち物の用意をしていた。二日分のウエアの着替えはもちろん、プレー後の膝や足首、肩痛予防のためのアイシング用保冷剤。さらにお茶やスポーツドリンクも。これは現地で自販機で買えばいい、とは思うものの、自分の口に合う銘柄品があるという保証はないし、売り切れていたりもする。大事な試合に水分補給が思うにまかせないでは、落ち着いてプレーが

できるわけはない。これも二日分。用意したコロコロスーツケースが、あっという間に重量を増す。そばで見ていた娘が、

「お母さん、そら大変やわ。そんな重いもん持ってラッシュアワーの電車に乗ったら、ラケット握る手が震えるのんとちがう？　土曜日で仕事休みやし、車で送るわ」

　さて当日朝、車での道中は、どんなハプニングやもらい事故があるやもしれず、と少し早めに家を出た。

「もう、ホンマにえらい相手と当たるわ。ペシュケみたいに、ネット際でアングルボレー、スカッと決めてみたいわぁ」

「そらお母さん、遊び心やで。びびらんと、どんどんやらな！　どっちに転んでも相手は強いチームやねんから、開き直って遊ばな！　あれこれとやりたいと思うてるプレー、遠慮せんとみなやってみいな、遊び、遊びやで」

　日本舞踊で何度かオランダに出かけたり、国内でも大きな舞台を経験する娘との車中の会話は、おお、そうや、と参考になることも多い。第一、車で送ると言ってくれたのも、元はといえば、オランダ公演のたび、大きな舞台衣装をいれたトランクを、移動してすぐ舞台に立つ娘には持たせられない。ここは私の出番、と何度か荷物持ちをしてきた、お返しのつもりもあるのだろう。実際重い荷物を持った後では、舞扇を持つ手が震えるという。その経験が、試合前のラケットを持つ手を案じて運搬役をかって出てくれたに違いない。が、道中の何げない会話も、つい固くなりがちな私の心を大いにほぐしてくれた。

順調に走れて、開会一時間前、大会係の人が、まだ受付準備中に会場に着いた。伝統ある大会への初出場者が、会場にぎりぎり着くようでは、落ち着いて試合に臨めるわけがないのだ。みごとな秋晴れに、年輪を重ねた立派な松林の中のテニスコート。このトップ到着は、心に大いにゆとりができて、まず連なる一〇面のコートが発する気、すべてを味方に付けるべく、ゆっくりと深呼吸をした。

試合待機

さあ、すこし早いが、いつものルーティーン通りに控え室で膝、足首のサポーターをつけ、スポーツドリンクを飲んで、だんだん心を臨戦態勢にもってゆく。役者さんが楽屋で化粧して衣装をつけながら、仕上がる頃には、すっかり役になりきっている、というのと似た心境、かな。

私はペシュケ。そう、もうこの控え室を出ると、あの王者のオーラを出して、歩き、笑い、落ち着かねばならない。そのように振る舞うことは、誰でもできるし、また勝利のためにはいたって大切なことだ、とこれもテニス本に書かれていた。素直にそれの実行は今！　おお、やってやろうやないの、と、多少は気負っていたかどうか、その気持ちを秘めて開会式に臨んだ。

あとすぐに三〇分のトレーニングタイムが与えられる。出場の常連さんは心得たものですぐに近くのコートに入られるが、初めての私たちは、まだ空いていた一番遠くのコートに足を運んだ。

いざ肩慣らしのストロークをと思ったら、おやおや、練習ボールを持ってない。こんなはずではないんだよ。ボールはどんな時でも必ず二球は持参する。このたびこそいちばん取り出しやすい、バッグの上に入れて、しかと確認をして家を出た。が、さっき控え室で、コートのベンチまで持ち出すドリンクやハンカチと、試合後の着替えなどロッカーに残す荷物を選り分けた時、どうやらまぎれてロッカーに残してきたようだ。もう！

パートナーもボールはいつも持っているはずだと言いながら、「あれっ」とか言っている。これではどうしょうもない。限られた時間なのに、ロッカーに取りに戻るには、ここからでは遠すぎる。「あのう、一個貸して頂けませんか？」と、同じコートで練習をされていた見知らぬペアにお願いをして、その場をしのいだが、「ペシュケはん。こんなことではあきまへんな」。

何だかどこかが浮ついているのかも。

初戦は一回戦不戦勝で二回戦からだから、少し時間がある。知り合いチームの応援をしたり、また、いつも他の試合でお目にかかり、この大会でもお世話になる役員方や神戸でのチームメイトに、娘と共にご挨拶にゆく。娘は今日一日付き添ってくれる俄かカメラマンだから、近しいお方におことわりは当然だ。何かとくったくも、必要以上の遠慮もない娘だから、案の定私の親しい役員さんから、余分にあったのかスタッフ、選手に支給される昼食券を、ちゃっかりと頂戴していた。

またカメラがデジカメの一眼レフで、カメラ好きの間では有名な品らしく、上品な役員のおじさんから、早々に「報道陣の方ですか？」と、声をかけられたそう。「いいえ。母が出させてもらっています」と答えたら、わざわざ私の試合をずっと見てくださったようだ。そして、「今母は月に二回、ココの同好会テニスクラブでお世話になっています」と話したら、「おお、私もその同好会に入っていたのです。毎年暮にはこのクラブの新規会員募集をするので、ぜひお母さんに入ってもらってください。選考委員してますし、いつでも推薦人になりますよ」と言われた、だと。エーッ！

娘が、

「お母さん。ホンマにAクラブやったら、少々会費高かってもメンバーになる値打ちあるんと違う？」と真剣に言う。

ほんに踊りの世界でも、いい師匠、いいお手本のある所に居なければ、なんぼ長い間やってても何にもならへん。自分より上の、できる仲間がどんだけ大事なことか、と。きっとテニスの世界でも同じなのだが……。

本戦開始

コートは一番から一〇番まであるうちの四番と決まった。おおっ、ここはいつも隔週私がお世話になる、いわば芦屋での私のホームコート。ついてる！　風向き、太陽のまぶしさなど、コートによってみな違うから、こんな大きな試合にいつものもの、というのはまことにラッキー。

ネットを挟んで、対戦相手と向かい合う。審判員が、コインをトスして……？

えっ、普通私たちの試合では、どちらかのチームがラケットをくるくると回す。そしてもう一方のチームが、ラケットの表、裏をコールして、当てたほうが、サーブ権をとるかまたは、ネットを挟んだコートの左右、どちらサイドをとるかを決めるのだが、このやりかたは、テレビで観るウインブルドンの試合開始みたい、とかふと思って、戸惑っているうち、ペアの上田氏（ミックスダブルスで出場したので、同世代の男性）が、どちらを言ったのか、それが当たっていたらしく、「サーブをとりますかサイドですか？」と聞いてもらえた。即座に氏が「サーブ」と答えて、さあいよいよ。

ゲームの開始まで五分の練習タイムがもらえる。この五分は、公式試合などテレビで見ていると、乱打、ボレー、スマッシュ、サーブと流れるように時間を配分しているが、なんせ、国際試合の経験のある先方はともかく、こんな大きな大会は初めての私は、ただ落ち着いて、そう、ペシュケのコート入りの如く、とだけ心掛けていたが……。

まずストローク。この時に、相手の弱点をさぐるべくボールを散らしたり、強弱をつけたりしてみよ、とテニス本に書かれているが、なんだか相手のキャリアに気おされて、そんな気分になれなかった。むしろテキに初対戦の私たちが試されている、と思ってしまうことのほうが多かったような。

「ツーミニッツ」

審判の声がかかって、慌ててサーブ練習に切り換えたが、これも無意識に、相手に技量を測られてるんだろな、とか、かっこよく、とか雑念が入っていたのか、見事に二球続けてフォールトで、いいとこなし。

「ワンミニッツ！」

さすがに相手にもサービスタイムがなければ失礼だ。慌ててボールを送って、レシーブにまわった。もう、ヒヤヒヤ。

「タイム」と審判の声がかかった。

「先ほどのコイントスの結果、上田、増田組がサービスを選びました。プレイ！　上田武志サーブ！」

なんと丁寧なコールなのだろう。審判員は国際審判員資格を持つ人も多いと聞いているし、ここは先年、イギリス・ウインブルドン大会の会場である、オールイングランドテニスクラブの会員を迎えて、交流試合をこのコートでされているから、国際流が板についての正式のコールなのだろう。

我がチーム。ダブルスのサイドは、上田氏がフォアー。私がバック。開始一球目。上田氏のサーブが入って、あぶなげのないラリーの四、五球め。ネット近くで、攻撃のチャンスを窺う私のバック足元に、相手から鋭いボレーが打ち込まれた。とっさの反射で面を作って、素早く相手前衛に返球。相手はミス。

すかさず審判は、「ラブ、フィフティーン」。

みんなが、当然のごとくサイドを移動して、上田氏が、次のサーブの体勢に入ろうとした時、あわてて審判が、「コレクト！　フィフティーン、ラブ」。

おや、さっきのは明らかに私たちのポイントだから、サーバー側から先にポイントをコールするのは、常識中の常識。なのに、この時は、私も含めて四人のプレーヤーのうち、誰一人としてこのとっぱなの間違ったコールに気づいていない。この様子はその時の、娘が撮っていてくれたビデオを見ればよくわかるが、審判もちろん、誰もが、名のある相手チームが先にポイントを取って当たり前、の空気。なんてこと。普段の試合ならこんなことはありえない。ポイントゲットしたプレーヤーはもちろん、誰かが気づいてすぐに抗議をするはずなのに。審判も含めてみんなどこか上ずっている。

次。これも相手のレシーブミスでカウントは「サーティ、ラブ」。

いいぞ、いいぞ、という出足。コートチェンジごとに、「私はペシュケ」と言い聞かせて、深呼吸をしながら自分を落ち着けた。おかげで悔やむべく大きなミスもなく、浮き足立った試合とも思えなかったが、やはりテキは百戦錬磨。いいとこまで頑張っても、ココというポイントは見事に抑えられて、終わると六ゲーム先取の一ゲームしかとれず敗戦。が、なんと私にとっては自信のつく、終わってさわやかな試合であったことか。

「お母さん、あれは、無理やで。上田さんとたしかにようやってたけど、まるで違う。別に打ち負けてへんし、同んなじように打ってるように見えるけど、相手の一球一球は、たとえつなぎのボールでも、みなこのコースへ、と、きっちり打つ前から先に意識が飛んでる。大事なココという時は、そのビームがプンプン出てて、打ちたい場所に、百発百中やないの。

お母さんもたまにそれらしいボールはあっても、大方は、ああ、きれいに返せたわで満足してる。ゲームのなかでのボールの意味が全然違うんやもん。そらお母さんもあと何年か頑張ったら、何とか勝負できるかもしれへんけど、今はどうにもなれへんで」

試合中コートサイドの通路で、ビデオ撮影しながら、カメラも構えてくれていた娘の見立てと解説であった。

これ以後私が練習に出かける際、娘が玄関に追いかけてきて、

「お母さん、打つ前に左目のこめかみの上ぐらいから意識飛ばしといて、イメージしたとこへ確実に

持っていくようにするんやで」

と言うようになった。

娘の馴染んだ日本舞踊の舞台でも、頼りになるもの、確かなものといえば、自分のイメージ、フィーリング、また自分の放つオーラしかないのかもしれない。私に踊りの世界は不案内だが、舞台も瞬間。テニスも瞬間。きっと相通ずるものがあるはず。忠告はおろそかにすべきではない、と思っている。

さあ、即次の試合に備えねば！

ボタン姫

さて、芦屋のグランドベテラン大会で知り合ったプレーヤーに誘われて、今度は、九州熊本のコートへ、新幹線を乗り継いで出かけることになった。

車中、うとうとしていたら、おや、襷がけの着物に短めの袴の裾ひるがえしてテニスコートでボールを追ってる人がいる。

あれ、あれ、あの人は？

昔、あの熊本のお城の三の丸に住まわれたボタ姫様のお孫ちゃんで、ボタン姫さまだと？

まあそれはそれは。何でも先々代の姫様は、迷い鯨に布きれを巻きつけたようで、お着物の前うち合わず、目と鼻はゴマ粒みたいなお方だった、とは噂に伝え聞いておりますが、当代は似ても似つかぬあでやかなベッピン。

こんな時代に珍しくなぎなたよりも、まだ異国でも始まったばかりという庭球にうつつを抜かしておられるそうな。

やっぱりお城の若殿さまがこの姫に夢中で、つい先日も、

「わしもテニスなるものをしてみたいのじゃ。新之助、わしにその網の目のデカしゃもじのようなものを貸さぬか」

と、いつも姫様のお相手をつとめる家来のラケットをとりあげて、ウキウキとコートに入られたのはよいが、刀や弓の心得はあられても、生まれて初めて手にされるラケットではチトようすが違う。

なんのこれしき、とサーブを思いっきり振りかぶられたのはいいのだが、なんと振り納めのグリップエンドが鼻に当たって、鼻っ柱を折られてしもうた。面目なく只今はお城にこもってご静養中だそうな。

「新之助、単純に打ち合う練習はもう飽いたぞよ。わらわには試合のほうがスリルがあって、面白そうじゃ。これよりは試合に付き合ってくれぬか」

「おや、姫様。これはお言葉でござりまするが、試合と申すものは、一旦地面に撥ねたボールを打つだけではできませぬ。手前の四角にはみ出ませぬように、サーブを入れることから始まって、ネットの網の近くでは、ボールを地面に落とさずに、空中でそれを打ち返す技など、もっとお稽古を重ねてからでないと、とてもゲームはできませせぬ。ささっ、もそっと今度はボレーと申すネット近くのボー

ルを地面に落とさずに打つ練習をいたしましょうぞ」

「イヤじゃイヤじゃ。練習は単調でもう飽いてしもうた。ゲームをしたいのじゃ」

言い出されますと姫様はもう頑として聞く耳は持たれませぬ。では、と新之助がお相手をつとめたのでございますが、これがなんと！

後日談によりますと、まあ、姫様はひとつひとつの技術がまだ形にはなっていないのに、「ボレーなんてラケットでチョウチョをつかまえるようなものよの」と、いとも簡単に自然なラケットさばきで、ポトン、とこちらの手の届かぬ所にボールを落とされるのでございます。いつの間にやら技を目で見るだけで盗んでおられたのですな。

サーブでも何でも、フォームも何も、自分のやりたいように、やりたいことだけやりまくって、勝ちたい、のお気持ちがありありと目に見えるのでございます。が、これがまた大胆で、ここという勝負どころで思い切りがええもんですから、つい気おされてしまいまして……。

「どうだの新之助。おぬしは上背もあってそのうえ足も速いときておるから、わらわはできるだけ汝の足元へ打つ算段だけしておったのじゃ。どうじゃ、頭の上ならともかく、その長い脚では、足元のボールは取りにくかったであろうが」

「いや、これはまいりましてござりまする」

つまり技はともかく、確かな戦略で、ちゃんと勝ち方を心得ておられまする。いざ実戦となりますと、ボタン姫は何とも大したお方でござりますぞ。

スーとローカルな電車が駅に滑り込んで、心地良いウトウトから目が覚めたが、あれあれ、コートにボタ姫さまのお孫ちゃんが登場だと？

やられたなあ。なんと技術はともかく、見事な戦略で試合に勝っておられる。

そう、試合はまず勝ってなんぼ！　きれいなフォームできれいなボールを打つことが勝てるテニスか、と言うと、必ずしもそうではないのだ。ネットを挟んだ相手が、自分の予測外のボールを打ってくることなど当たり前。そんな相手をどう困らせ、料理して自分に勝ちを引き寄せるか、勝つためにはあくまで勝つためのテニスをすることが大切。車中の夢に見たボタン姫の戦略、あれが大事なのだ。

試合は勝負。よし、コートの中では、徹底して相手を困らせることに徹する。ボタン姫の夢にあやかって、これからは身近な対戦相手の戦略戦術を練ることから始めてみよう。

合宿試合

誘われて、大阪の名門靫《うつぼ》テニスクラブゆかりのメンバーがメインの、合宿に参加させてもらった。場所は淡路島の津名。リーダーは、テニス本も数冊出版されているT氏。氏の息のかかった、シニアプレーヤーが、地元大阪はもちろん、京都、滋賀県、神戸などから集っている。なかには氏のレッスンの生徒さんも混じっているが、なんせ全員が年季入り。

最近、その旧靫のメンバーの練習会に、たまに参加させてもらっているので、「上手な人に混じっての合宿もエエ勉強やし、おいで」と、T氏が誘ってくださった。多少の気後れはあったのだが、迷った時は「古稀からの十年はトライの年、と決めたんだもの」と、その忠実な実行の途次と位置付けて、素直にお誘いに従った。

参加者は男女合わせて二十四名。テニスコートに着くと、二面のコートに振り分けて、きちんと組み合わせ表が張り出されている。私の顔見知りは、大阪練習会のメンバー三、四名だけ。後はずらりと知らない名前なのだが、私の最初の試合は、コートの三巡目。時間にしたら一時間後ぐらいになる。

さあ、この間に私のやることは？　ほら、テニス本に敵の観察、と何度も書かれていたではないか。いつものシステム手帳では、嵩も高いので、サブの小さな手帳を取り出して、対戦相手の名前を書き出した。一、二巡目にそのプレーヤーの名前があったら、ペアのうちどちらのお方かわからないが、服装の色などを書いて、打ち方の特徴、足の速さなどをマークする。技術的にはそんな大きな穴のある人などいるわけもないし、もっと細かな、目線だとか、肩の入り具合、軸足の向き、なども観察ポイントなのだろうが、いかんせんこちらの未熟な目に合わせての情報しか視野に入ってこない。自分としては、ざっとながら精いっぱいの観察メモをとった。

さて第一試合は、ミックス（男女混合のペアのこと）。相手もミックス。私のペアの足は速い。私はバックサイドを守った。そしてもしバックハイにボールが来たときには、下手に手をだして、半端な技術で相手チームにチャンスボールを送ってしまうより、ボールが私の頭上を越したらペアに走ってもらう。ペアの足を生かして、ポジションチェンジをしたほうが得点に結びつく、の思いで、私は手堅く目の前に来たチャンスボールのみをきっちし決める作戦。

この初戦は、大いにパートナーに助けられて４―１で勝利。次戦も同じくミックスどうしの対戦だったが、あぶなげなく4―1で勝った。ふつうアマチュアの試合は六ゲーム先取が多いが、この時は参加人数とコート面数のかげんで、四ゲーム先取の試合だった。

私たちが女子ダブルスの組み合わせに、相手が男子ダブルスというのもあったが、これも見事に4―1の勝利。私のペアは、腰の曲がった私よりだいぶ年上と見受ける方なのだが、とても配球がよくて、相手ボールコースの読みもいいのだろう。そんなに速い足とも思えないのに、早くにボールの落下点に入っておられる。やっぱりパートナーに感謝。この日は五回させてもらったが、都合三勝二敗の勝ち越しで、嬉しいこと。

この中には軟式でも硬式でも両方の全日本のタイトル保持者の、私より一つ年上のYさんが居られて二度対戦しているが、なんと二度ともこちらの勝利。その夜の食事の席で親しく話す機会があった。「私は腰の手術をした時には、半年車椅子生活を送りながら、テニスのために、どれだけ泣いてきたか知れません。やっとできるようになったのですが、まだ満足に走れないので……」とのこと。どうりで。私の手帳には、「足あまり動かず」の走り書き。戦術としてはドロップショットだとかを有効に使っていた気がする。

二日目は、何よりもコートに入ったら、ボールにのみ集中して、と思っていたので、何の意識もなく、時々を戦っていただけ。四戦して二勝二敗。あとで「サーブが安定していましたね」などと褒められても、本人的には何とかボールにだけ集中していたようで、大して何も覚えてはいないのだ。

やっぱり主役であるボールを視つめ、まわりの一切に惑わされずの集中は、テニス、いや球技の基本中の基本なのだろう。まだいわゆるゾーンに入ったという体験はないが、一度昨秋に、よく野球選手が言う、飛んでくるボールが止まって見える経験はしている。

合宿から帰って、野球人、野村克也氏の『野村ノート』『野村の眼・弱者の戦い』『野村主義』また『頭脳のスタジアム』など一流アスリートの本や宮本武蔵の『五輪書』なども夢中で読んだが、その読後感はまた後に。

生涯上達

「最近横田さんが上手になりはってん」

「そうや、そうや。要らんボールに手ェ出さんようになりはってん」

私たち世代のテニスの試合は、ダブルスが多いので、その勝敗にはペアとの連携が、大きなウエイトを占めている。前後、横併行といろんな陣形で相手チームと戦うが、特に前衛は、ポイントゲッターの役割をになう。慣れぬうちは、届くからといって少々無理なボールにも手を出して、結果それが相手にチャンスボールを送ることになって、瞬時に逆襲を食らってしまうことも多い。

つまり要らんボールに手を出さない、というのは、あきらかにゲームの流れ、勝負どころもわかって、上達している証拠なのだ。

ちなみに、これは八十五歳と八十四歳のレディースプレーヤーに、九十歳のおじいちゃんが褒められている会話。

横田さんというのは、白いピッカピカの大きなBMWでテニスコートに乗りつける、ダンディなおじいさん。長年社会人野球のピッチャーをされていた。広い肩幅のがっしりとした体躯。身長は今でも一八〇センチ近くはあろうという堂々とした体格で、柔和な丸顔。カモシカとまでいかなくとも、足元もしっかりされている。本当に年齢を知るとびっくり。定年後からテニスを始められたのだと。それでもキャリアは三十年。その間何度かこの二人のレディースとミックスダブルスの試合に出られていたに違いない。

二人のレディースは、八十五歳が森川さん。八十四歳は松本さん。森川さんは背筋まっすぐ、すらりとした体型で、肩に贅肉などこれっぽっちも付いてない。やわらかいウエーブの栗色の毛染めのショートヘアに縁どられた顔は、柔和な目にしっかりとした勝負魂が感じられる。

松本さんは森川さんに比べるとすこしぽっちゃり体型だが、やはり背中など少しも丸くはなく、何事にもくったくのない、いかにも柔和なおばあちゃんの印象。が、ひとたびボールを追うとどこまでも諦めない執着心、ねばり、確かなフットワーク。

どちらも旧制の女学校時代からのテニス選手で、過去シニアの全国大会出場など戦歴は豊富。実際、普段の練習試合でも、私のほうが十歳以上若いのに、コートの中では苦しめられていることが多い。深くてコントロールのいいボール。強くはないが確実なサーブ。緩急多彩なショット。頭上を越えたボールへの反応の速さ。

なんと。このお二人にもゆるやかでも日々進歩、向上が感じられて、傍目にも年齢は感じさせない。やはり大きな試合経験豊富なキャリアは、筋金とファイトが違う。

私の場合、同じ年月コートにいても、学生の時の軟式時代は二回戦がやっとの弱い学校だったし、中年を過ぎての硬式転向は、いい汗がかけたら、楽しく遊ぼう、が主旨であったから、地元の市民戦にすら出ていない。古稀前になって、そんなキャリアが集う大阪や芦屋のお仲間に誘われて、いやというほど未熟を思い知らされているのだから、目の前には課題が山積している。

いや、これを楽しまなくて何とする、の心意気は充分持ち合わせているものの、最近はフィジカル面で何かと気になる部分も増えてきた。肩、腰、膝、足首、どこかが湿布やテーピング、貼り薬と仲良くしていないといけない。

テニスは九十歳を過ぎても「上手になりはってん」と、褒めてもらえるスポーツ。私は今、レッスンの受け直しをしているが、現状の体力で無理なく進化を期待させてくれるであろうコーチの人選。またグランドベテランにふさわしいレッスン内容のリクエスト、など今度こそじっくりと考えてから行動を起こさねば……。これまでは、いいと思ったら、即行動を起こして、結果回り道と思えることも多々あったが、もう無駄なことに使う体力も時間も乏しいことは、とくと肌で感じているのだから。

「増田さん、最近ごっつう強うなりはってん」
「そうや。あの勝負根性ええやんか」
こんな後輩の会話も耳に入ってくるよう、精進をかさねたいものだが……。

招福亭ラケット君登場

戦術開始

さあ、ひろみちゃんもみっちゃんもみな早よおいなはれ。トモコちゃんの試合が始まりまっせ。試合はコートの横より縦から見るのんが、ボールのコースがよう見えてよろしおまんのや。はよこっちゃへ来て座わんなあれ。

ほれ、ネット挟んで、サーブを取るかコートを取るか、ラケットトスの最中でんな。あっ、サーブは相手が取りはった。

さあ、トモコちゃんがレシーブだんな。これを返すのんに、五つほど定石のコースがおますんやが……。相手サービスにもよりまんが、さあ、どうしはりまんねやろ。

えっ、おまえは誰や?

あっ、迂闊なことでえらいすんまへん。わては招福亭ラケットという、駆け出しの落語家でおます。はあ、高校時代にテニス部でちょっと活躍しとったもんでっさかい、いまだその楽しさが忘れられんで、トモコちゃんと同じスクールでレッスンに通うとります。いや、わてら定期的に日を決めて行けるわけおませんが、フリーチケット言うて、都合のエエ時だけ、レッスン受けられる券買うてますねん。それでトモコちゃんのクラスで何度かご一緒して、あれこれテニスの話で盛り上がることも、ようおました。こないだも、クラブハウスでお茶飲んでたら、「ラケットちゃん。今年の私のテーマは〝作る〟やねん」言わはるんだす。わては「そら良ろし。それこそが一番大事なことでっせ」と、すぐに受けましたがな。そらわてもいつも実戦で心掛けてることだっさかい、ツーカーでおます。

一回試合付いてきてくれる？　ちょっと観といてほしいねん、言わはるもんでっさかい、今日の日になったんでおます。まあこれから、〝作る〟は、ほんまに奥深いテーマですよってに、時間都合つけてできる限り、トモコちゃんのお連れやみんなとご一緒に、応援さしてもらうつもりだす。もちろん、わても大いに勉強さしてもろうてるんだす。

おっ、もう試合始まってまっしゃないか。相手さんはええサーブでんな。けどトモコちゃんのストローク力もなかなかのもんだす。おうおう、レシーブは無難にクロス深くへ。そう、テニスの基本はクロスだっさかい、相手もそれをクロス深くに打ってきて、二、三、四、五球。ちょっと角度つけたり、長短つけたり、回転を加えたり。二人ともコントロールが良ろしおまっ。

テニスはなんぼしっかりボール打っても、これが一本調子の、ちょうど相手の打ちやすいとこへばっかり打ってたら、余裕で相手に先に攻められてしまいます。ボールの長さ、速さも自在にコントロールできて、相手さんの嫌がるとこへ正確に打つことこそが大事でおます。

さあ、ぼちぼちどっちが仕掛けるねん？　どっちも打ち負けてないから、意に反してボールが短かなったり、前衛の前に行ったりすることはおませんやろが、ほなら……、おっ、トモコちゃんが深いロブで相手前衛の頭の上を抜きはりました。

ええぞ、ええぞ。敵の後衛はコートの端まで走って体勢崩して、ホラ、やっぱり甘いロビングがふらふらと。相手はポジションチェンジして前衛が反対側をカバーしとりますけど、その空いた真ん中深こうにトモコちゃんのペアのマイコちゃんが、得意のスマッシュエース。

イヨーッ。相手走らして、エエ空き〝作って〟、ポイントゲット。良ろしおまんな。

前衛後ろの、バックライン深くへの配球で相手陣形を崩します。そんでコートの空きのできたとこへ、パートナーが決め球を打ち込む。代表的な〝作る〟の定石パターン、その一だす。マイコちゃん、あざやかだっせ。

ラブ、フィフティーン。

身体鍛錬

えっ、今試合始まって一ゲーム終わったばっかりやのに、なんやら西のほうから雲行きが怪しゅうなって、ポツポツと大粒の雨が降ってきよりましたで。何でんねん。天気予報は夕方からひょっとして、とか言うとりましたが、ちょっと早すぎるやおまへんか。

おうおう。トモコちゃんらも屋根のあるベンチのほうに行きはりました。こら、わたいらもちょっとクラブハウスで、お茶でも飲みながら再開を待ちまひょか。

まあ、この雨もトモコちゃんにとったらエエ休息。恵みの雨かもしれまへん。なんせさっき控え室で、

「ラケットちゃん。今週は五日ぶっ続けのテニスやネン。土、日曜は安息日に決めてるから、予定は入れへんけど、月火、木金のいつものペースに、どうしても断り切れへん水曜日のテニスが入ってしもうてん。週に三、四回のペースやったら、膝や足首の古傷の痛みも何とか支障ないと思うてんのやけど、それがなんと、五日連続テニスしても大丈夫やったねん。もう、嬉しいて嬉しいて。

そやかて、あちこちに練習試合に行って、うまいなあと思う人に、週に何日テニスしてはりますか？　と聞いたら、たいがい、五日です、と返ってくる。くやしいけど、もう体力的には私は無理や。最大限四日ぐらいしかアカンと、思い込んでたんやけど、どうやら自分で自分の限界勝手に作ってただけやったかな。ただきっと毎週は続かんやろけど、今日の試合は、練習足りてるし、張り切るで！」

言うてはったんだす。

そういえばわての友達に、スポーツ障害専門の医者がおりまんねん。そいつが、野球でもテニスでも、どんな競技も、なんぼ年齢とっても、向上を目指すかぎり、技術は進化する、言いまんねん。ただ若い時に比べてそのスピードは遅い、言うとりましたが。

良ろしおまっしゃないか。古稀過ぎても、八十歳超えてても、ゆっくりでも技が進化するやなんて。筋力も鍛えたら九十歳超えてもそれなりに強うなる、言うてましたで。

まあ、スポーツは心技体の充実が大事、言いまっけど、技を伸ばすには、まず土台となる体しっかり作らな。筋トレ、ストレッチ、柔軟体操、いずれも欠かせんと思いまっけど、トモコちゃんはどの程度してはるのんか、また今度訊いてみまっさ。

あっ、ぼちぼち雲の切れ目から青空が見えてきましたで。

深慮遠謀

さあ、ここも人工芝に砂を撒いた、水捌けのええコートだすけど、やっぱり四隅のコーナーは、プレーヤーが一番よう立つとこでっしょってに、水溜まりまんな。コートキーパーがおおきなモップ使うて、絞りだしてはりまッ。まあこの様子やと、雨やんだいうても、試合再開までまだちょっといきまへん。

さてと、ほんならこの間にちょびっとビッグニュース、スッパ抜いときまひょか。ホレ、日本にも、イギリスのウインブルドンと同じような芝生のコートが、九州佐賀におますやろ。そこで秋に、日本シニアテニス連盟主催の、全国大会が開かれるんだすが、トモコちゃんは、これには出たい！と、いつになく積極的に手を挙げはりまして。

実はな、この連盟は、あの世界で活躍してるプロプレーヤーもみな統括してる日本テニス協会とはちゃいまして、テニス愛好の高齢者のための団体で、わずかの年会費払うとくと、行きたかったら、国際大会でもＯＫだっせ。

五月にはこのシニアの春の全国大会が山口県であって、トモコちゃんは何人かのお連れから、えっ、申し込んでないの？　言われはったんだす。その時はそんな、全国大会なんて……と言うてはったんだすが、けど、サーフェイスが芝生となると、コトはちょっとちゃうで！　行きたいわあ、と素直に口にしはったら、ちょうど一緒に練習後のコーヒー飲んではった仲良しのマイコちゃんが、「そうやね。行こ、行こ」と。

マイコちゃんは、古稀になりたての、前衛サイドの得意なネットプレーヤー。ボレーはもちろん、スマッシュも得意。ココという勝負どころのポイント能力は、試合経験も豊富やから抜群でっせ。この点、真面目で安定したテニスやけど、修羅場の経験の少ないトモコちゃんにとっては、願ってもないポイントゲッター。

おお、二人が組みはったら、トモコちゃんは、ストロークは安定してはるし、補い合うて、合性はばっちりだっせ。わてもぜひマイコちゃんと行きなはれ、と背中押してますのんや。

さあ、マイコちゃんが一緒に行こ行こ、言いはったんを、トモコちゃんは素直に喜んではるんだすが、学生時代からテニス歴は長うても、道中、ゴルフに夢中で、テニスはその足腰鍛えるため、とか言うてはる時期も長かったんだす。

マイコちゃんは、子育てが一段落した三十代後半に、初めてラケット持ちはったらしおまっけど、その頃はちょうどスクールの草創期で、ええコーチにも出会うてはりますのやろ。試合の経験も多いし、おとなしいけど、芯の強い勝負根性も持ち合わせてはります。

トモコちゃんは、もうこうなったら、秋までまだシニア連盟主催の試合が、近畿一円はむろん、全国あちこちにあるから、コレと言う試合には出て、経験増やしとかなアカン、と心中密かに決心しはりましたようで、今日はそのはしりでもあるようだす。

トモコちゃんは、普段は原点に返って、基本のグランドストロークをもう五〇センチベースライン深うに打つ練習。またサーブも強化と、当たり前やけど、マイコちゃんと一緒に、より有利なゲーム展開を作れるように頑張りたい、言うてはりました。いま現にサーブだけ練習しはる時間もスケジュールに組みこんではります。

努力の分だけ花が咲く、と言いまっけど、ここしばらくはきっちしと、このへんもよう観察して、トモコちゃんのテニスを解説さしてもらいまっさ。

高低落差

さあ、もうモップで水も吸えて、試合再開という頃でっしゃろが、わて今コーヒーお替りしたばっかしやし、ここでおしゃべりしてるほうが気分が落ち着きまッ。

みっちゃん、かずよちゃん。あんさん方はコートに戻って、トモコちゃんの応援してきておくれやす。わてもコーヒー飲み終わったらすぐ後追うていきまっさ。

話は変わりまっけど、ついでに、こないだ桜満開の時に京都のコートで、偶然トモコちゃんとご一緒した話も披露しときまひょな。いや、ミックスダブルス（男女でペアを組む試合）やいうても、わてとトモコちゃんが組んで出たわけやおません。五十五歳から八十歳以上まで、きっちりと五歳きざみにクラス分けされてて、男女単独で申し込むシステムだす。ペアは主催者側で決めてくれはるんだすが、一試合終えるごとに、そのペアも変えて次の違う相手と対戦せなあかん。

一ブロック六チーム。ブロック内で平均四回対戦をして、勝率を競うというもんだす。もちろんわてはトモコちゃんらと違うて一番若いブロックだすよって、みんなボールは速いし足も速い。バリバリの現役にもひけとらんようなテニスだす。早うに負けてしもうてあかんたれでしたが、なんと開会式の時にトモコちゃんに会うたんで、向こうもびっくり。互いにがんばろな、と。そんでわたいの試合が終わったら、すぐに応援にまわっとったんだす。

この日トモコちゃんは実にええ試合しはりましたで。なんせこのグループは、男七十六歳、女七十四歳が平均年齢でしたが、男で、シニアの全日本や、関西オープンでよく知られたプレーヤーが二人もいてはりました。そらそんな人と組んだ時は心強いでっしゃろが、試合ごとのパートナーチェンジがルールでっしょてに、自分と組めへん時には、手ごわい対戦相手となるわけだす。

第一試合。トモコちゃんのパートナーは関西オープンで活躍のＡ氏。向かうテキは、全日本で活躍のＫ氏と七十五歳女性。

プレイ！

わても、全日本の雄Ｋ氏はどんなサーブやろ、と息を呑んで注目しましたが、そこは七十六歳のお歳。えらいサーブでもあれしません。コースはトモコちゃんのバックサイドへ。おおむねバックハンドストロークのほうが苦手な人が多ますよって、これはサービスの定石。安全パイだすな。

トモコちゃんはきっちりとクロスへ返しはりました。が、つぎＫ氏は、何の力みもなく絶妙のロビングをトモコちゃんに向けて。もちろんトモコちゃんは落下点を予測して、早くにそこで構えてはりますのやが、ボールがまだ青空高く舞っているとき、瞬間「アッ」。

エエッ？　これ、このボールが一瞬きっちし太陽の中に重なって、全くボールが消えたらしおます。

打点もタイミングもなにも、気づいた時には空振りで、ボールはフェンス際にコロコロ、だしたて。

ひどい。ふつうならこんなただのロブの返球での凡ミスはあるわけがない、と思いはったそうだすが、横でペアのA氏が、「あっ、そう来るか……」

一ゲームの中で、トモコちゃん相手に、この太陽を入れた高低落差大のロブが三回あったんだすが、三回ともきっちし太陽とボールが重なったから、やっぱりあれは偶然とは思われへん。ロブはロブでも相手打点のタイミングに合わせて、絶妙に太陽をからませる技術。これはやはり並な人にはできんこと、とその時強く思いはったそうな。

一ゲーム目は先方先取だしたが、ここからだす。トモコちゃんが頑張りはって。以後はそのロブも想定内に入れてはって、もっぱら相手女性のほうにボールを集める作戦で、ミスを誘いはった。もちろん相手もトモコちゃん狙いだしたが、これがまあ、たいがいのボールも安定して返してはりましたから、ここ、というチャンスにペアのA氏がポイントゲット。終わったら6―4でトモコちゃんチームの勝ちでおました。

いよっ、ご立派。

そのあとの三試合も、二勝一敗。その一敗も、5―5のジュースで競って、どっちに転んでもおかしない試合でおました。出がけ、今日は接戦をしよう、簡単に6―0や6―1で負けたり勝ったりはするまいぞ、とだけ固く決心してはったそうだすが、お見事だした。

トモコちゃんはよう言わはるんだす。

「勝つ負けるは相手のあることやから、こら、時と場合で、なんぼ自分が調子良かっても、どうにもならへんこともある。けどなあラケットちゃん、時々に悔いのない試合やったらそれでエエやんか」

ほんにそうだすな。我々はプロや学生とちゃうねんから、勝つことだけにこだわって、人押しのけたり、人間関係ぎくしゃくさしたら、それだけで晩節の人生大きなマイナスでおまッ。けどトモコちゃんには、これからも心技体の充実はもちろん、もっと大きなトータルパワーで、やっぱり一遍は優勝で落とし前つけてほしおます。

あっ、この京都の試合は準優勝だした。


「ラケットちゃん！」

「あっ、トモコちゃん。もう試合終わったんだっか？」

「そうやねん。強い相手やったけど、6—2でもろおてきたわ」

「そらよろしおましたなあ。次までちょっと時間おますんやろ。ここ、コーヒーいけまっせ。マイコちゃんの分も注文しときますよって、ちょっとゆっくりしなはれな」

日本シニアテニス全国大会参加

準備開始

ホンマにこの夏は、暑おましたなあ。こんな時はテニスも夏休み……がエエかもしれまへんが、なんせトモコちゃんは、十月に芝コートでの試合控えてはるだけに、週三ペース崩さず……のようでおました。

こないだ「有馬温泉のおみやげや」言うて、好物の炭酸せんべい貰うた時、「えっ、有馬でテニスだっか?」と聞いたら、「いや、ファミリーでのゴルフやねん」と。

「ゴルフ復活でおますのか?」

「いやいや、ホラ、十月の全国大会が芝のコートやんか。高麗芝と聞いてるから、ちょっとゴルフ場のその芝で、テニスボール撞《つ》いてみたらどんなバウンドやろ。と思うて、主人と息子、娘がティーグランドに向かうた時、私はそっと練習グリーンでテニスボール撞いてきてん。さすがにラケットは持ってなかったけど、でも感触はわかるやん」

「へーェ、ほんでどないでおました?」

「はじめボールのバランス見る時みたいに、肩の高さからポトンと落してててん。周りのゴルファーに気づかれんように、そっと」

「ほんならボールが三分の一ぐらいしか弾めへん。えらいこっちゃ。これはよっぽど腰落とさんと打たれへん……。けど、朝のスタートが全部終わって、練習グリーンが空になった時、今度は遠慮せんと上から投げて。つまりテニスのストロークで打ってるぐらいの強さで芝にぶっつけて。ほんならいつものコートの三分の二ぐらいはバウンドしてる。ハハン、これならまあ何とかなる、思うて」

「そらよろしおましたなあ」

「けど芝の微妙な剝げ具合や、刈り込みの長さの違いで、イレギュラーが多そうやし」

「まあその感触だけでも先にあったら、だいぶん違いまっせ。これから二か月、いつものコートでも、バウンドは三分の二をイメージしてはったら、エエのんとちゃいますか？」

「そうやなあ。ネットには芝コートの練習風景もたんとアップされてるし、そこで一番上手に打ってる人を、自分に置き換えるイメージしてみよ。ほんで練習試合の時も、誰と組んでても、パートナーはマイコちゃん。それもイメージして本番に備えてみるわ」

「そんで、ガットも芝のコートはナチュラルがエエと聞いてたから、三本のラケットのうち二本を張り替えたねん。ほんならなんと、重さ、バランスみんな一緒やったのに、ソレを持ったら、アレッという微妙な重量感。秤に載せてみたら、やっぱり八グラムぐらい重うになってる」

「そうでんなあ。ナチュラルはちょっと前までは、シープらしおましたけど、今は豚の腸や言うから、ちょっと太めで、重いと聞いとります。わてら高うつくし、張ったことはおませんが、湿気にも弱いそうで、曇った日や雨の時は使うたらあきまへん」

「ほんでこの間からボチボチ慣らしとこ思て、晴れの日に使うてる。ガットの吸い付きは何とも言えん感触やし、これはエエぞ……。ほんなら手に合うてた残りの一本、今までのガットのままのほうを振ったら、ちょっと軽いのんがどうにも気持ち悪うて……」

「そんで、ゴルフクラブの重さ調整用の、鉛の薄板、全体のバランス測りながら、ラケットに張り付けてん。これでこっちも違和感なく使えるはずやし、準備は上々」

「あと靴も芝用は普通のテニスシューズと違うて特別。現地でレンタルもあるらしいけど、ちゃんとマイシューズ買うて、履き慣れといたほうがええで、言われてるよって、メーカー名と品番問い合わせて、もう用意ばっちしできてるんよ」

アルバム

「ね、見て見て。ラケットちゃん」

「おっ、きれいなアルバムでんな。このテニスコートの緑は、みな芝でっか？　全部で一六面？　ホーゥ。芝生のコートて、日本では九州佐賀のここにしかおまへんのか」

「そうらしいよ。ここが今回で、三一回目になるシニアテニスの全国大会会場やねん。レディースで七十歳から上のエントリーは、七十四歳までが一五チーム。七十五歳から七十九歳は八チーム。八十歳と八十五歳以上は、それぞれ四チームずつ」

「フーム。こう聞くと、つまりは五年たったら参加チームは確実に半分になってる、いうことだんなあ」

「ペアも、北海道の人と九州の人が組んだり、多府県にわたってるけど、今回大阪からは七十歳グループには私とマイコちゃんの組だけやったわ」

「そうでっか。そらまあ、そこまで飛行機で行って、わざわざ大阪の人と対戦せんでも、普段は会うことのない遠方のお方が多いほうがよろしおます」

「試合初日は、佐賀県は朝の五時頃まで雨が降ってて。芝生は乾かな使われへんから、九時の試合開始は人工芝の屋内コートやってん。けど晴れ間が出てきて、一一時には芝コート使用ＯＫになって、ちょうど私らの第一試合からで、ラッキーやったわ」

「感触はどないだした？」

「足元フカッとしてて、ただ立っててても膝の沈み込みできてるような気分になれて、私は好き。近くやったらきっとここのコートの会員になってる」

「よろしおますな。ほんでこの写真の広い会場のどのコートだす？」

「11番コート。本部席のすぐ横で四面並んでるけど、いちばんフェンス寄り。私は真ん中コートは両隣に気が散ることもあるし、好きやないから、ココで良かったわ」

「相手？　そう、静岡の人たちで、落ち着いた感じ。あとで聞いたら、もう全国大会でも優勝経験のある有名なチームやて」

「私ら何もそんなこと知らんし、初出場やけど、あがってもないし、メンタルしっかりしてたつもりやねん。けど、やっぱりゲーム運びに、何とも言えんうまいとこあって、強いボールやないのに、なんかこっちの思うように打たしてもらわれへん」

「ほう、ほんで二ゲームぐらいは取れたんだっか？」

「いや、面目ないけど、それがゼロやってん。初めての芝コートのバウンドにも、ちょっと手こずってたけど、そんなこと言い訳にもならへん」

「あとで、パートナーのマイコちゃんも、ホンマにうまいわねえ。あのテニスはちがう、あれはしゃあないわ、と二人で感心しきりやってん」

「堂々、おんなじ土俵に駒進めてはりまんのに、感心ばっかりしてはったらあきまへんけど、でも地元では出来ん相手と対戦しはって、よろしおましたなあ」

「ほんで次は、秋田の人と熊本の人が組んではるチーム。このチームは、第一試合が終わってからの休憩時間に、ほかの組との試合見てたから、おっ、ここはもらうぞ、と心中密かに思うてね。ちょっとは芝にも慣れて、エエ感じで打ててきてたし」

「けど終わってみたら、相手のセルフジャッジ（アマチュアの試合のほとんどは、審判はつかず、自分サイドのコートの内、外、オンラインの判定はそのチームに審判権がある）はきつかって、これは大きな試合に慣れてない私らにはえらいショックやったけど、結局一ゲーム取っただけで、何や負けてしもてた」

「ほう、むずかしおまんな。ジャッジはな、エエ言葉でいうたら厳しい、きついやけど、はっきりホンマのこと言うたら汚いヤツ、男でもたんとおりまっしょってになあ」

「初戦はゼロ。けど今は一ゲーム取れたし、ラリーの調子は尻上がり。その時、さあ、次二つはいける、の強い予感がして——」

「ほうほう」

「ほんなら次の岡山組には、やっぱり危なげなく、二ゲーム先取してね。おっ、ええぞ！　と思うてたらすぐ、2—2に追いつかれた。やっぱり全国大会クラスになると、スッとはいかんけど、あとのゲーム連取して初勝利」

「よっ、これで念願の一勝。リーグ内で零敗はのうなったわけでんな。けっこう、けっこう」

「ほんで四試合目。初日最後の相手も福岡の人どうしのしっかりしたチームでね」

「あっ、ここに写ってはるこの揃いの白のウエアで、どっちもスラッとした長身。見るからに足も速そうやし、二人とも勝ち気そうな目して、隙のなさそうなチームでんな」

「そうやろ。ここは相手もきれいなボールやったから、打ちやすかった。そんでこれも出だしすっと二ゲーム取れて。いける！　と、コートチェンジの時はマイコちゃんと、力強いアイコンタクトでファイト満々やってん。けど……」

カウント

「ン？　何から話そかしらん。結果？　それ大事。けど、まわりくどいようやけど、ちょっとゲームカウントのこと聞いてくれる？

ほら、このゲーム、はじめポンポンと二つ取ったやん。これでゲームカウントは4—2」

「そうでんな。朝の雨で、芝コートは昼前からしか使えなんだから、大会本部の裁量で、六ゲーム先取のルールが、どのチームにも初めから二ゲームずつの下駄履かして。つまり2—2からのスタートと聞きましたな。そんなら二ゲーム取っただけで、正式のカウントは4—2でんな。つまり手っ取り早う言うたら、この大会は四ゲーム取ったら勝ち、いうことだんな」

「そやから、実質は次三ゲーム目。これもラブサーティで、レシーブ側の私らが二つリードしててん。オッ、このゲーム取ったら、あとはもうこっちのもん、と思うたとたん、私のネットすれすれを狙うたレシーブが白帯に当たって手前にポトン。あっ、こんなはずでは……」

《フィフティーン・サーティ》

「次、マイコちゃんの深い絶妙のバックハンドレシーブで、チャンスや！　とネットに前進したら、足元へ相手から重くすべるスライスボールが。それをローボレーでアングルへと反射的にラケット合わせてたけど、そこが芝といつものコートとの違い。これでばっちり、と思うた手の平の感覚が、微妙にずれてて。ほんでまたボールはネットの白帯へ。エエィ、まだ芝コートでのボールのバウンドに、体がほんのちょっと付いていってってない。あっという間に追いつかれてしもて……」

《サーティ・オール》

「えっ、そらふんばりどころやおまへんか」

「私の凡ミス二つ続いて、結局このゲーム落としてしもたんやから、よう忘れん」

《ゲームカウント4—3》

「ネンついとくけど、4がうちで、3が相手チームなんやで」

「ふんふん。相手もやっと一ゲーム取りはったけど、まだ一つリードしてまんな。まあ、普通のストロークとか、滞空時間の長いロブならわりと早めに芝のバウンドに慣れても、とっさの反射神経が勝負のボレーや、微妙なタッチのドロップは、すぐにはちょっと難しいやろし、ミスもしょうがおまへんで」

「相手も同じ条件やからそれは言い訳になれへんけど、なんせこのチームも全国大会常連のベテラン。あとのゲームもジュースでよう粘ってたから、フェンスの外から見てた人に、エエゲームやったね、と褒められててん。けど結局続けてこの後三ゲーム連続で取られてしもたから、相手は3＋3で6。私らは4のまんまやから、ゲームカウント6―4。つまり相手の勝ちで、ゲームセット」

「惜しおましたな。結局強いチーム相手に、なんぼ競ってても、大事なポイントを取らしてもらわれへん」

「ほんまに、勝ちあがるチームと負けてしまうチームの差は、まさにココ一番を取れるかどうかや、とつくづく思い知らされたわ」

「まっ、初陣としては、ゲーム内容はまあまあでっしゃないか」

「それよりも、ゲームセットの時、セルフジャッジやけど、コートサイドに居てはった本部の審判補助員の人が、ゲームカウントのボードが6―3やったから、『これでいいんですね』と、念をついてくれはってん」

「そやんか。初めにずっと二ゲーム取ってるから、6―4のはずやのに、ボードは6―3のままになってて。チェンジの時に変えなアカンねんけど、ここのボードは、黒地に白抜き文字で、どっちのチームも同じ色。どのボードが自分らのほうか、慣れてへんし、私らよう触らんかった。そんで、ずっと相手の人が変えてはってんけど……」

「ん！　ほんならそれは、相手が一つ取りはって4—3でコートチェンジの時、ほんまは3のほうを変えて4—4とせなあかんのに、自分らが4のボードやと思い込んで、そっちをどんどん変えていきはったから、3はそのままで、結局6—3になってたんだすな」

「最後はラリーが続きまくってたから、ゲームセットの時、フーと、みんなが一瞬ボーッとしてて。とっさに審判補助の人に、誰も返事もようせんかったねん」

「それは……」

「そうやろ。ちょっと落ち着いてから、これはどう考えても私らが一ゲームしか取ってへんいうことやから、ベンチを引き上げる時、『あのう、初めに二ゲームいただいてますが』と、帰り支度の相手に話しかけてん。けど、『それなら、ゲーム中にきちんと訂正してもらわな。終わってから抗議してもダメ』、と軽くいなされて」

「けどそれがねえ、へたにゲームをごまかすやとかと違うて、自分たちが二ゲームも取られるはずがない、と自信持って思い込んではる様子がありありと見てとれてね。こっちもタイミングを外してることはあきらかやし、どうせ負けは負けやからと、ハイと素直に引きさがってしもうてん」

「リーグ戦は同率になった時、勝ちゲーム数を数えて、多いほうが上位になりまっしょてに、たとえ一ゲームでも勿体ないこってす」

「その前の試合で、ジャッジのきついチームと当たった時も、マイコちゃんに、こんな人らは百戦錬磨で、一旦口にした判定は絶対に変えないから、と言われてもいたし……。けどこの相手は、ボールもきれいで試合運びも気持ちよかって、善戦して後味悪いのんはイヤやって、二人ともいい人してしもてたんやけど。こんなチームに二ゲームも取られるはずはない、の、相手の思い込みと貫録に負けてしもた印象やねん」

「そうでんなあ。その日の天候、太陽や風の向き、セルフのジャッジ、あれもこれもみなひっくるめて、それがテニスの試合や、とわてらもよう先輩から言われてるんだすわ」

「いかに二人が大試合に慣れてないか、言うことやし」

「ほんまだす。全国大会出場の常連いうたら、この秋は佐賀県だしたが、その前は宇部、北海道、沖縄と、金とヒマかけて日本全国どこへでも行ってはるんだっせ。いや、バンコックの国際大会にも出てはりまっしゃろ。技術的にはおっつかっつでも、この経験だけは一朝一夕にできるもんやおません。年季の違いは大きいことだすなあ」

「ほんで、次の日は、二試合して一勝一敗」「ほう、初陣の成績としたら、まあまあやおませんか。ぜひ次は頑張っておくれやす」

反省総括

「あっ、男子ダブルスの試合はじまるのん？　ありがとうラケットちゃん。よう今まで付き合うてくれてて。えっ？　そらチャンピオン狙うつもりなら、最低でも三年は続けて全国大会に出な、と思うけど、次は正直どないしょうと思うてる。あとちょっと気落ち着けて、このたびの総括だけはきっちりとやってみるわね。

ほんで八十歳越したら、ケイ君（錦織圭）が、何年か前全米オープン準優勝で、ジョコビッチを破った時言うたみたいに〝勝てない相手はもういないと思います〟と、言わいでか！　の心意気で頑張ろ、とは思うてる。ラケットちゃん。これからも付かず離れずでそれとなく見ててね」

さて毒にも薬にもならん、また何の気を遣うこともない、気さくで適度にテニスのわかる男、ラケット君が居てくれたおかげで、何となくな全国大会の反省はできている、が、この先の私のテニスの方向性をいかに、と思うと、よりしっかりと自分の立ち位置を見定めるためにも、ここは一層の沈思黙考をしてみたい。

以下は大会終了翌日にパートナーのマイコちゃんに送った私のメールの抜粋。リアルタイムの私の気持ちだ。

「（前略）心技体の反省、またそれを踏まえた精進課題も明白に浮き彫りになった貴重な大会二日間でしたが、（中略）私たちアマチュアテニスの世界でも、究極は、やはり『勝ちたいのですか？　きれいなテニスをしたいのですか？』を問われているよう。結局は勝つことへの執念が大きなファクターと思えますし（後略）」

そう、まず心。大会当日決してあがってはいなかった。むしろ嬉しくてわくわく。

それよりもエントリーしてから本番までは四か月もあったので、その間に、技、体については共にあれもしたい、これもしておきたい、と、心理的あせりがあったことはいなめない。四か月もあるのだから、その間体はトレーニングで、より下半身を鍛えておきたいと、ジムの門を叩いたし、技は、よりよいサーブへの改造も間に合うはずと、いろいろトライを試みて、結局はよけい迷いを深めた。試合経験も一つでも多いほうが、と、誘われるままに、新しいグループの、試合合宿に参加もしてみた。

結果、ジムは行き始めてすぐ、股関節痛になり、休会。そしてやっと治って再開と思った矢先に、これまた合宿先で、急な欠席メンバーの穴埋めで、予定より多い試合回数を断れず、右肩と二の腕に筋肉痛発生。

結局、体は何一つ鍛えられた実感はなく、技のほうも向上心だけは負けていないとは思っても、実質が伴ったとは思えない。

右肩痛は意外に長引いて、大会当日も湿布とテーピング、サポーターが離せなかったから、情けないことこの上なし。サーブやストロークに支障が出て、マイコちゃんに迷惑をかけたらと、どれだけ気をもんだことか。おまけに、出発前に風邪まで引いてしまったのだから、飛行機の狭い機内で、マイコちゃんもちろん、他の人に移してはと、マスクとうがい薬も手離せなかった。さらには寒気もしてたから、密かに足裏、腰、背中にカイロを貼っていた。

普通はどの試合もエントリーしてから一か月ぐらいで本番だから、考え過ぎたり欲張る時間もないのだが、この四か月に、つい気負ってしまったというのが、このたびの正味の私の実力だったのだ。

それから、大会六試合を通して、ほんとにセルフジャッジは、己の組より対戦相手に厳しいチームが目についてビックリ。いや、一瞬の人間の目での判断だから、当然ミスもあるが、最後はどれだけ勝ちへの執着が強いかで、自ずとジャッジも、少しは変わってくるだろう。

とどのつまり、実力相半ばの戦いだと、当然だがやっぱり勝とうと強く思ってるチームが、勝ってゆく。オンラインボール、それに近いボールも、瞬時に、パッとそれをアウトと言いきってしまえる強さ。これも百戦錬磨の経験があってこそのこと……？

この総括メールをマイコちゃんに送った時そばにいた娘に、「なあ、きれい、うまいを目指すよりも、ただ勝つためのテニスに宗旨替えしたいんやけど、母さんにできるかなあ？」

と言ったら、

「とにかく〝やる〟っと決めることや。ほんならまずは飲み会をせなあかん。大阪駅地下のめっちゃ大衆酒場やけど、私が案内するよってそこへマイコちゃんを誘うて、作戦会議をすることが第一やな」だと。

さあ、第一回目の会議を近々に。

諸事覚書

あと少し。事前準備やコート外でのことも記しておきたい。

まず九州への交通手段は、新幹線、飛行機と選べたが、格安航空会社を利用すると、飛行機のほうが割安だと。大分が実家のマイコちゃんが、行きはジェットスター、帰りはピーチの手配をしてくれた。私は九州行き飛行機は初めてだが、彼女と一緒のおかげで、機械での発券もちろん、何かと安心ができた。

ただ機内に持ち込み品の大きさ規定が、ジェットとピーチでは少し違っていたし、またテニスラケットがＯＫかどうかは、大きなポイント。これの可否で宅急便に託す荷物が変わる。出発一週間ほど前から、持ち込みがダメな時は、ラケット二本を寝かせて入るぐらいの大きな手提げバッグを。またＯＫの時はコロコロ付きのトランクが良い、と、ぎりぎりまで準備を並行で進めていた。

ネットのホームページの規定を見ると、スポーツ用品のところで、テニスラケットは持ち込みＯＫになっている。が、両航空の持ち込み品の寸法表示では、その長さが明らかに規定違反となっているのだ。

これはきちんと確認をしないと、飛行機に乗る時になって、ラケットはダメ、と言われたらもう取り返しがつかない。何度も航空会社に電話をしているのだが、話し中ばかりで、どうしてもつながらない。時間を変えて何度かトライして、やっとつながったと思ったら、「手荷物のお問い合わせなら、ホームページをご覧ください」の自動音声。

なんだと、もう！

マイコちゃんがやっとのことで、関空の現場係員に問い合わせてくれたが、やはりダメだというので、ラケットは少々乱暴に扱われても、壊れないよう厳重に包み込んで、大きな手提げに入れて、やっと荷造りは落ち着いた。そしてまさに宿泊ホテル宛て送ろうと思っていた時、マイコちゃんからの勢い込んだ電話！

「発送はまだ？　アー、よかった。すみません。私、ホテルの名前は、〇〇だと連絡してましたが、今確認したら、ルートイン佐賀、だったの。間違って発送したら大変だと、青くなって……」

佐賀県はビジネスホテルの多い土地柄なのか、〇〇佐賀、佐賀▽▽など、よく似た響きの名前が多い。主催者推薦のホテルは早くに予約で満杯なので、このホテルは、全国大会に常連出場のTさんが、自分たちチームと一緒に予約してくださった。が、その前に私たちも会場に近くて便利そうなホテルを、いろいろネット検索していたので、そのうちの一つと勘違いをして、二人ともいつのまにかそう思い込んでいたのだ。

荷物発送の一時間ほど前だったから、よかったものの、さすが実年齢は古稀過ぎの二人、やっぱりどっかが抜けてて危ない。

が、このホテル、駅前のこぢんまりとしたビジネスホテルだが、一階にそこそこの広さの浴場（ホテル側の案内は大浴場）があって、嬉しいことだった。

ただ、ロビーの少し奥まったところにあるので、利用するとき、フロントに部屋のキーをあずけて、代わりに風呂の入口キーを受け取るシステム。誰でも出入り自由なロビーだから納得だが、これも初日、試合を終えてホテルに帰ったのは四時過ぎだったか。夕食と親睦パーティまでたっぷり二時間はあったので、私はお風呂でゆっくりと汗を流せた。

が、マイコちゃんは、部屋で着替えるだけでいいわ、と言ったので、私がルームキーを持ち出した。さあ、この時はキーをドア横のポケットに差し込んでいないと、部屋の電気が切れてしまうことを、二人ともまるで気にもしていなかった。四時過ぎの部屋は窓からの陽射しが明るかったし、第一外出も風呂も今まで一緒に行動していたので、どちらか一人だけ部屋に残るというパターンは無かったし。私はお湯のなかで充分ストレッチもし、ほん気持ちよく部屋に戻ったのだが、あっという間に、時間がたっていたのだ。部屋に帰ると、窓の外は暗く、部屋に明かりはなく、空調も動かない。マイコちゃんが「もう、暑うて汗だっくだく……」

「ゴメンナサイ。お風呂に窓は無くて、外の暗さや空調のことにも全然気づかなかったの」

コート外でのおばちゃん連れはどっかが抜けててトンチンカン。

帰途、福岡空港の搭乗ロビーで係員の案内を待っていると、目の前をリュックにテニスラケットを突き立てた、トレパン姿の中年の男性が横切るではないか。えっ、思わず駆け寄って、

「あのう、ラケットはダメと言われなかったですか？」と、聞いていた。

「黙って通してくれたで。オレなんも考えてなかった」だと。

これって何？　準備中からずっとラケットだけは手から放したくない思いが強烈だった二人にとって、これはほんとに何？

帰宅後ゆっくりとこのたび第三一回大会までの、歴代の優勝者一覧を観ていると、なんと十六年前第一回大会に六十歳台で優勝されて、いま芦屋でご一緒しているFさんが、八十歳台でも優勝をされている。おお、ずっとなぞっていくと、七十歳、七十五歳と名があって。これは、開催地も沖縄から北海道まで全国津々浦々だが、ほぼ毎年追っかけておられることがよくわかる。こんなお方が他にも

ちらほら。フゥーン、うぅーん。

やっぱり古稀からの出直しテニスではあっても、頂上を目指す夢を捨てたくはない。

（夢）十年後・乾杯！

澄み切った秋晴れ。ここは九州佐賀県のグラスコート佐賀テニスクラブ。そのメインコートで、日本シニアテニス全国大会女子ダブルス八十歳以上クラスの決勝戦が行われている。

今まさに六ゲーム先取のマッチポイントを、トモコ（八十四歳）のチームが握っている。

長いラリーが続いた後に、パートナーマイコ（八十一歳）の、ウイニングボレーが鮮やかに相手コートに突き刺さった。ゲームオーバー&セット。

スワ！　優勝!!

その瞬間、二人の目からは滂沱の涙が……。

ああ、どれだけの苦難を乗り越えてきたのか、この一瞬にかけた二人の思いが、傍目にもひしひしと伝わってくる。

表彰式で大きな優勝カップを抱きかかえたトモコの胸には、志を立てた十年前からのことが走馬燈のように胸を去来した。

「ね、十年後にぜひ全国大会で優勝しようよ。その頃には今の強い先輩方はだいたい引退してはるし、私らは八十歳以上のクラスで戦えるし、絶対チャンスやよ」

十年前、当時七十一歳のマイコにこの試合出場を誘ったのは七十四歳のトモコだ。古稀からの出直しテニスを志したちょうど五年の節目の年。これまでの反省を踏まえて、今後の具体的な目標が欲しかった時だった。

はじめマイコには、冗談としか思えなかったようで、第一その年までたとえ生きてても、健康でいるかどうか、「来年のことも約束出けへん年齢やのに……」「どちらさんでしたかな？　って、首かしげてるかもしれへんし」とか、もっぱら茶化すばかりだった。

が、トモコ自身は来し方を、ずっと十年一区切りで、自分なりのテーマを決めて過ごしてきたこともあって、古稀を迎えた時には、これからの十年は〝トライの年〟と決めていた。

古稀を少し過ぎて、マイコと出会ってまだ日も浅い時。たまたまその年のシニアテニス全国大会が、この今のコートが会場だったから、トモコが、「やあ、芝生のコートが日本にもあるなんて、行ってみたいわあ」となにげなく言った時、そばで一緒にコーヒーをのんでいたマイコが、「そうやね、行こ、行こ」と受けたことが、二人で戦った最初の公式試合。トモコ七十三歳、マイコ七十歳だったから、五歳きざみで組み分けされる七十歳代ダブルスの部に出場をしていた。

まあ、この初陣は、ビリでもなし、優勝でもないが、一応全国大会の感触はこの時につかんでいた。

この年はこの後、マイコがシニア連盟関西支部の試合にペアで出ようと誘ってくれたり、試合経験の少ないトモコは、心からマイコに感謝した年であった。

が、その直後、地元の会員制クラブや、あちこちの練習会にも籍を置く彼女が、どこかの試合に出ていて、そのゲーム中に右肩故障、の知らせを聞いた時、思わず聞き間違いであったら、と耳を疑った。マイコはその時、二人でと予定していた試合に、ひたすら誰か他の人と組んで行ってほしいと言ったが、トモコはとてもそんな気にはなれなかった。

マイコが半年以上もテニスのできなかった時期は、何かと連絡を取り合いながら、ひたすら早くテニス復帰をと、それだけを願っていた。

が、マイコが本復してからのこの十年、二人の間は決して順風満帆の時ばかりではなかった。この年代になると、互いの時々の体調、家庭の事情などで、いつも決まったペアと一緒に試合に出られるわけではない。またテニスは勝負の絡むこと。一度組んで勝てなかったら、使い捨ての如く、勝つためにすぐ別のペアを探す人もいる。

マイコはそんなタイプではない。が、大根《おおね》はしっかりと、子育てに余裕のできた四十歳代からの試合経験も豊富で、ごく自然に勝負根性も身についている。

トモコは、学生時代には軟式テニスで、大きな大会への出場キャリアがあっても、勝ち経験は少ない。長いブランクの後、古稀を過ぎて、初めて硬式シニアの大会にデビューした、いわば新人同様。特に社会人になってからの試合経験の少なさは、百戦錬磨のみんなの中で、一朝一夕に埋まるものではない。

また勝ちに拘り続ける競技テニスは学生時代で終わり。社会人になってのテニスは、いいお付き合いの一環だとの意識が抜けきれなかったトモコは、自ずと勝つことへの執着心も、社会人からテニスを始めて、試合好きな人たちに比べると、淡白なものに違いなかった。

その頃何年かは、マイコとペアでは試合に出ていない。またトモコは、試合経験に明らかに差のあるマイコに、自分からの誘いはおこがましいこと、と決して一緒に組んでほしいと、口にしたこともなかった。

そして、これまでの道中、何か些細なことなのに、トモコはもうテニスなんかやめてしまおうか、と落ち込んだりしたこともあったが、でもまあ、十年後なら二人で優勝の夢も、とはトモコのシナリオ。

これはこの先きっと互いに自分の健康はもちろん、家族の健康にも気を付けて、常に前を向ける本当の〝元気の種〟になるはずだ、と確信しての発想だが、よくぞ二人でここまで来たものだ。

その夜、美酒に酔う晩餐会の会場で、トモコが優勝スピーチをし終えた時、続いてマイクを握っていた隣のマイコが、「私たちは、コートの中でも外でも、本当にいい友達です」とスピーチしているのが耳に入ってきて、トモコはまた涙で、目の前が何も見えなくなっていた。

VI

テニス夜明け前

お城でテニス大会

「サクラ姫様、お急ぎください。アヤ姫様の試合が意外に早う終わって、もう呼び出されております」

「勇之進。そんな無理を申すでない。たった今準備の球打ちを始めたばかりではないか。わらわは不器用ゆえ、もそっと体を温めてからにしたいのじゃ。たれか先に代わってもらってたも」

「とは申されましても、殿も本部席で姫の試合をお待ちかねでござりまする。早う早う」

もう！　短めのハカマに筒袖のたすき掛けゆえ、いつもの殿中よりはるかに身は軽くとも、慎重に足を運ばねば……。足元がもつれてコートに着くまでに転んでいたのでは試合どころではない。

「ハーイ。サクラ姫様お着きにござりまする」

ここはお城の三の丸近くの馬場のとなり。遠くに遠的の弓道場も見える広場の片隅のテニスコート。本部席とおぼしき緋毛氈を敷いた床几には、日焼けしていかにも敏捷そうな初老のお殿様が座っておられる。

この殿は、かつてのコート開きの折、デカしゃもじの形に竹を曲げた枠に、芋上げざるをひっつけた家来のラケットをとりあげて、なんのこれしき、と生まれて初めてのサーブを、思い切り振りかぶられた。が、勢いあまって振り終わりのラケットを足に打ち付けて、不名誉な骨折。その名誉挽回のためもあってか、それからはテニスの大方の技を極められ、家来の誰もが殿に勝つことができない。毎朝テニスコートで、ラケットを持たねば夜も昼も明けないというテニスにぞっこんのお暮らしです。

今日は年に一度、お城のテニス大会の日。好天に恵まれて、すぐ隣の城のユウ姫、アヤ姫、タカ姫の三姉妹はじめ、近隣の姫君が、腰元、家来をひきつれて、にぎにぎしくコートサイドに集まっておられます。

「ではサクラ姫様と勇之進、ユウ姫様と権之助組の試合を開始いたしまする。先ほどの小判トスの結果、サクラ姫様勇之進組が先にサービスでござります。始め！」

この頃の姫の試合というのは、もろに姫対姫、つまりシングルスで戦うという、はしたないことはしない。姫どうしで組んでダブルスというのもあまりない。みな、足も速く、腕に自信もある家来を連れて二人で戦う。今でいうミックスダブルスの先駆けのようなもの――。

「姫、サーブはできるだけ真ん中に深く入れまするゆえ、もし姫の前に打てる球が返ってきたら、エイ！　と勢いよく権之助の足元に打ってくだされ」

「あい」

さあ、これは？　相手ユウ姫と権之助では、はっきりと権之助のほうが足速く、守備範囲が広いし腕っぷしも強いはず。それをあえて権之助に向けて打て、とは？

いや、普通はまず、か弱き姫にボールをもっていくほうが自軍有利、と思いましょう。けど、主君の姫君と組む家来というのは、いつでも姫が攻められないよう、やられないよう、と、自分のことはともかく、意識のおおかたは姫のサイドにいってます。で、ストレートに自分が攻められると、意外ともろく、ミスの確率も高い。

なるほど勇之進と権之助は同じく家来衆。互いの心の機微をよく知った、うまい高等作戦です。たとえ直に権之助のミスなど期待しなくとも、力ある相手なのだから、サクラ姫組も、打ったボールが返ってくることは充分に想定内。とっさに打ち返す心の準備もできてます。

それで、ラリー中に、いざほんとに絶好のチャンスボールが飛んできた時は、弱い姫のほうを狙うと、返球される確率は低く、確実にこちらのポイント……。こういうシナリオを下敷きにしての姫への指示なのです。

相手レシーバーの権之助は、バックハンドストローク。サーバー勇之進へのクロスの返球が、ちょっと真ん中寄りになったから、すかさずサクラ姫が、「ヨッ！」とラケットを振り下ろして、ボールは権之助の足元へ。

おおっ、姫様の見事なボレーエースでございます。

「これぞ、ザ・ダブルス。いよっ、ご両人！」

《フィフテーン・ラブ》

次はユウ姫のレシーブ。こちらは隣のお城の姫様相手でもあり、勇之進は、自ずと力任せのサーブは封印して、ゆるい大きな山なりのサーブ。さあこれでどうぞ自在に打ってください、の気持ちがボールに乗り移っているかのよう。

姫も大きく高い球での返球です。このレシーブにはサクラ姫の出番はなし。ユウ姫はクロスで勇之進とゆったりした深いボールの打ち合い。粘り合い。

ネット前でユウ姫の相棒権之助が、勇之進の球が甘くなったら取りに出て、少しでも早くユウ姫をラクにさせたいと、虎視眈々と狙い澄ましている。が、勇之進は意に介せず、安定した強くも弱くもない、ごくふつうのボールを打ち続けています。

そう、テニスの基本ストロークは、コートの対角線で打ち合うクロスですから、辛抱強くコートの半面で、緩急をつけて、前後左右はもちろん、高低、長短、回転、自在に打ち分けられたら、無理な強打よりずっと強いのです。まあ、勝負とはいいながら勇之進は、権之助にはつかまらないよう、ユウ姫相手に気遣いのあるボールを、うまく配球しています。

「ひゃあ！」ユウ姫のとっさのかわいい叫び。かなりのラリーの後でしたが、姫の打点がすこし遅れて、きれいなフォームで打たれたスライスボールが、ネットにかかってしまったのでした。つまり、ネットアウト。

《サーティ・ラブ》

サクラ姫様と勇之進組。出だしセオリー通りの試合運びで、安定した得点ぶりでございます。

日本でのテニスの発祥とわかっているのは、文久元年（一八六一年）イギリス人やフランス人、アメリカ人が横浜居住区に住みついてから。特にイギリス人が本国から持ち込んで、夫人やその友人たちと共に楽しんだのが始まりと言われています。

アメリカのペリー提督が嘉永六年（一八五三年）黒船で江戸湾に現れるずっと以前。まだ我が国のテニス夜明け前にお城で姫様方のテニス大会が催されたとしたら、半ば家来の腕競いの様相も、大いにありましたことでしょう。

神社の境内で

真夏の暑い日。お江戸の町なか「深川の八幡さま」として親しまれている、富岡八幡宮の明るく広い境内。大きなクスノキがあちこちに林立して、ミンミンゼミの声が空から降ってくるようだ。ここは一日中近くの町の子供たちの、かっこうの遊び場になっている。男の子は、組んず解れつのわんぱく相撲やチャンバラごっこ。また石蹴り遊びをしたり、大きな木の幹をぐるぐる回って鬼ごっこをしたり。

お社から少し離れた柳の木の下では茣蓙《ござ》を敷いて、八歳のお菊とおきみ、お安の仲良し三人組が、ままごと遊びに余念がない。お菊の家は、神社の表通りのはずれにあるが、母一人娘一人の母子家庭。母のお八重が呉服屋さんの仕立てもので細々とした暮らしをしている。そして昼間は、近くの、お菊よりすこし年上の子供たちがお針を習いにきているので、家にいても落ち着く処がない。おきみとお安も、家は、二人とも神社の裏手の細い道を入った棟続きの長屋。漬物売りのお喜久ばあさんの家も同じ並び。いつも裏手から漬物の匂いがぷんとする、手狭な六畳一間っきりのところで、母親が手内職をしていたり、夜勤明けの父親が大の字になって寝そべっていたりする。いずれも昼間に家での居所はなくて、この境内こそが天国だ。

「あれ、お千代ちゃんが来たよ」

「またお梅どんに小行李持たしてる……」

小行李の中身はきっとあのテニス道具に違いない。三人は一瞬顔を見合わせて、息を詰めた。案の定、

「一緒にテニスしょう」

お千代ちゃんが誘ってきた。

同い年のお千代は神社の表通りにあるこの界隈で有名な材木問屋の一人娘。何不自由なく暮らして、いつも外出はお梅どんを従えている。金持ちの家を笠に着て、何かと偉そうにするし、負けず嫌いで意地も悪く、気に入らないとすぐに泣きだすから、この時もお菊たちは一瞬黙って誰も返事をしなかった。

が、あのラケットでボールを打つ楽しさは、手毬を撞くだけや、ままごと遊び、人形遊びの比ではない。とっさに誰もが莫蓙の上の、細々としたままごと道具をまぜ返す。

「そうやね。テニスがええわ」

「わたしもしたい」

「そうそう、お梅どんも、線引くのん、手伝うて」

「私このラケット借りるよ」

もうみんなは素早くお梅どんの小行李から、てんでにラケットや、ネット代わりに使う縄跳び紐を何本も引っ張り出している。

ラケットはお千代の店で、最近扱い出したばかりの竹細工を担当する、指先器用で若い寅太が、でか団扇の形の木の枠に、細かい竹を編み上げて作ったもの。釘は一本も使っていない。ボールはいつも材木の仕入れにやってくる大工の棟梁市太郎が、持っていた。あの、当時としては珍しいテニス三昧のお城の殿様から、三の丸近くの馬場の柵修理をおおせつかった折、隣のテニスコートから飛んできてロストボールとなっていたものを何個か拾っていたのだ。

遠目に見ていたお城でのテニス大会のようすを面白おかしくお千代に聞かせたものだから、もう大変。何が何でもその、テニスなるものをしてみたい、と父親の弥助にねだって、ラケットを虎太に作らせた。町中でこんな遊び道具をもってるものは、お千代をおいて他にない。

「お梅どん、早ようそのじょろにたっぷり水汲んで、ほれ、あの四隅のクスノキ目印に線引いてよ」

お菊とお安は手早く縄跳びを繋いで、お梅が引いた四角いラインのちょうど真ん中。サイドライン外側の樫の木の下枝に、両端を括り付けている。

「お梅どん、次は大きめの石ころ、コートの外へ放りだしてね」

まあ、着々と要領のいいこと。近くで鬼ごっこで駆け廻ってたおきみの弟、一つ違いの仙太やその仲間、長吉、幸太たちも寄ってきて、石拾いを率先したり、それはそれはかいがいしい。あっという間にいささか小ぶりだがテニスコートの出来上がり。


「今日はサーブは順番の約束よ」

お千代とお菊のチーム。おきみとお安のチームが、真ん中ネット代わりの縄の紐を挟んで向かい合っている。

これまではいつも、まずお千代からのサーブと決まっていた。そしてつい先日までは、「サーブをするのは私だけ」と言って、ダブルフォールトでゲームを取られて、コートチェンジをしても、絶対他の誰にもサーブをさせなかった。

おきみやお安はいいレシーブをして、たまにゲームを取るのだが、それでもお千代の打ったサーブや、打ちそこなったボールを拾い廻ってるばっかりの印象で、何だか面白くない。とにかくサーブは代わりばんこでないと、もうテニスはしない、と、この前宣言したばかりだったのだ。

さすがのお千代も相手がいないのではテニスを楽しめない。自分から、今日はサーブは順番でいいから、と、折れて出た。

「さあ、サーブはじゃんけんで一番を決めよう！」

おや、おきみが勝った。

「では、サーバーはおきみ姉ちゃん。プレーボール」

頼みもしないのに審判役を心得た仙太が、真ん中のネットラインのところで大声を出すと、長吉や幸太もバックライン付近で、線審よろしく神妙にボールの行方に目をこらしている。そしてお千代やお安が空振りやミスをしようものなら、一球ごとに、すぐさま「オレにラケットを貸しな」「オレにまかせろよ」と、一斉にかまびすしい。一ゲームの終わりを待つまでもなく、お千代と仙太、お安と長吉。あっという間に、こんな組み合わせのチームができて、今でいうミックスダブルスの試合になっている。

さあ、やっぱり男の子が加わると、だんぜんボールの勢いや打つコースも様子がちがう。お千代も一番敏捷で、ボールセンスの良い仙太と組んでいるので、サーブもすっかりまかせて安心しきっているようす。

お江戸の昔、お城の殿様の跳ねっ返りテニスボールが、ふと町中にこぼれ出たとしたら、子供たちもこんな楽しみ方をしていた……かな。

芸妓のテニス

おっ、今日は矢絣の着物に、ハチマキ、袴。足ごしらえは旅道中の後掛け草履。さすがやなあ。おまはんら、座敷でもエエが、こんな外遊びでも、ちゃんと姿かたち決まっててなあ。さっきから、まあピーチクパーチク無礼講で賑やかなことやが、お母はん先頭に、小照や福鶴、豆丸、ほか仕出しの子供まで、みんな歩いてる姿勢もばっちし。新町の新地から、履きなれん後掛け履いてるのに、大したもんや。

さあさ、やっと靭公園に着いたで。みんなこっちゃへおいでんか。二郎八、茂七も一緒に聞いといてや。今日はみんな初めてやろが、ここウツボに大きなテニスコートできたと聞いてたから、こらいっぺんどんなもんか、見てみたいし、みんなにテニスなるもんも、さしてやりたい、と思うたんや。さあ、暑なし寒なし、エエ時候やし、わしはこのベンチで、菊鶴大姐さんとお母はんの三人で、ゆっくり見物さしてもらうで。

えっ、何心配してるねん。テニスやなんてみんな初めてやのに、うまいも下手もあるかいな。今日は一日存分に楽しんだらエエのんや。

ほら、そこにえらい男前の若い兄ちゃん居てるやろ。紹介するで。今日一日みんなのテニスの相手してくれはる、コーチの綾織圭一センセや。ふだんは、自分の孫の代には、ぜひ世界で通用する選手を育てなあかんと、小っちゃい児の指導で定評のあるお方や。

今日はワシの顔で、ぜひこの姐らにもいっぺんテニスなるもん、さしたっとくなはれ、と無理言うたんやけど、まあ、しっかりと遊ばしてもらいなはれや。

「綾織です。よろしくお願いします。今日はこんなきれいなお姐さん方とテニスやなんて、ホンマに夢みたいです。よく来てくださいました」

「ほんなら早速、とりあえず怪我だけはせんように、コートのちょっと横のほうで、軽く準備体操から始めましょか。みなさん、あっ、そんなにひっついたらあきません。もっと離れて離れて。両手いっぱい横に広げても、お隣と当たらんように立ってください」


みんなコーチの動きを懸命に真似してる。


「あれあれ、豆奴はお転婆やなあ。そんなたんと足上げたら膝小僧まで丸見えやないか。あかんがな。オイ、コーチ喜ばしてどないすんねん」

「あれ、小菊もやないか。かなんなあ」

「旦さん、すんまへん。あの子らなあ。朝から大はしゃぎで嬉しいて嬉しいて、えらいことだしたんや。着替えの最中もぴょんぴょん跳ねるやら、ボール打つかっこするやら。菊鶴や他の姐さんにもせんど怒られてまんねんやが、ちょっとおとなしなったか思うても、すぐまたキャッキャや。まだ入りたてのホンの子供でっしょってに、ちょっと目つぶったておくれやす。あとでちゃんと言うて聞かせますよって」

「さあ、とりあえずまずは一杯いきまひょか。新町のうちの家から、ずっと歩いて歩いてやよって、のど渇いてはりまっしゃろ。二郎八っあん。あんたに背負うてもろたその風呂敷包みから、卵の出汁巻きと、卯の花、旦さんの冷やのアテに出しておくれやす」

「さっ、菊鶴、旦さんに一杯ググっといってもろてんか」

「そんで、茂七っあん。ボチボチみんなにラケット配ってあげておくれやす」

「さあ、みんなラケット持って、このネットの前に縦一列で並んでください」

「えッ、ラケットの握り方？　そら正式にはきちんとしたモンありますけど、今日は初めてラケット持ちはって、自分に一番ピタッとくるとこ、そこでけっこうです」

「さあ、僕が軽くボールを出しますよって、まずは打てるボールを、思うように打ってみてくださ い」

「飛ばすところ？　そんなん気にせんでもどこへでも。できるだけラケットの芯に近いとこに、ボール当たってたらそれでいいのです」

「あれ、あの若造、どこへでも飛ばせ、言うとるぞ。わしらが旦さんからボール拾いしたってや、と頼まれてんのん知っとるのんか。この広さであの四隅の金網まで飛ばされたら、こら、二人で走り回らんならんで。帰りはまたラケットとボール担がんならんし、今日はいったいなんちゅう厄日や。よっぽどポチはずんでもらわなんだら割に合わんがな」

さあ、太鼓持ちの二郎八と茂七がぼやきながら、コートの周りを走り回った秋の一日でした。が、普段、お座敷では、ツンとお澄ましで鳴らしてる芸者、子照や福鶴も、時に大口開けて楽しそうに笑うておったぞ、と旦那さんは大のご満悦。

帰り道は、姐さん芸者には、人力車を用意しはる心配り。二郎八と茂七には「さあさ、どこへでも寄り道してうまい酒たんと飲んで帰りや」と、さすがは船場一の大旦那。気っぷが違います。

時は明治の半ば前。まだこっちはコートできたばっかりで、テニスなんどホン珍しいて、わしもテニスコート見るのんも今日初めてやけど、異人さんの多い東の港町、横浜なんかでは、ボチボチ日本人も交じって、一緒にゲームして楽しんでる、いう話も、風の便りにちらっと耳にしてる。けどなあ、芸者衆にテニスさしてやった言う話はまだ聞かんから、きっと日本でワシが初めてとちゃうやろか、と、旦那さんは大満足のご様子。

もし靭のコートがこの頃にあったとして、こんな旦さん居てはったら、テニスコートもさぞ華やかやったことでしょう。

Ⅶ　逝ってしまった

さようなら恵子ちゃん ——実妹看病記——

平成十二年四月六日、私はこの日の横浜市立市民病院前の満開の桜並木のトンネルを、タクシーの窓から眺めた予期せぬ突然の花見を、決して忘れはしない。この日は図らずも実妹三島恵子ちゃん四十三歳の誕生日。彼女が内科の外来で診察、即入院をした日だ。翌七日には、十日ほど前から他の病院で済ませていた種々の検査結果と、骨髄液検査の結果で、原発がどこか特定できぬが、全身の骨まで転移した末期ガンで、余命一か月を宣告されたのだった。

＊

「あの、貞二さんから電話がかかってきて、恵子が入院したんやって」

「えっ？　何でやのん」

「何でも腰が痛うて起きられんようになって血液検査してもろたら、ヘモグロビンが普通の人の三分の一しかなかったんやって……」

「そう言えば、こないだ心斎橋のお米ギャラリーの仕事で、大阪へ来たんは二月二十日やったけど、えらい細かったなあ」

「三月はうちは商売忙しいけど、二十九、三十日ぐらいなら何とかなるか……」

三月二十五日、夫貞二さん（四十六歳、会社員）と、長男隆一郎《リュウイチロウ》君（高校一年生、リュウちゃん）、旭美《アサミ》ちゃん（中学三年生、アーちゃん）の核家族で横浜に住む恵子ちゃん騒動の発端は、この実家の母からの「横浜行きに付き添ってほしい」との電話であった。

三月二十九日に、大阪から母と私が見舞いに来ると知った恵子ちゃんは、一両日後、「単なる検査入院ですぐ帰るから、見舞いなんかいらない」と、母に電話をしてきた。

「もう宿もとったし」と、私は八十歳の母と新幹線で横浜へ向かった。

新横浜より電車を乗り継いで、十日市場駅の、私立の大きなＹ病院に着いたのは、四時頃だったろうか。受付で教えられた個室では、春休み中のアーちゃんが付き添い、恵子ちゃんが腕に点滴の針を刺して、ベッドの横でさかんに足踏みをしていた。

五時から大腸の検査で、内視鏡を入れるため、前日より食事を抜いて、何百ＣＣもの下剤を飲んでいるのだが、お腹は一向にぐるぐるとも言わないし、排泄の気配がまるでないので、運動をしているのだという。二月に大阪で共に食事をした時より、さらにスリムで疲れている感じ。腰の痛みは、とりあえず座薬でおさまっているという。

何度も看護婦さんが、検査の時間が迫っていると告げに来る。

そのたび、「まだ便意すら起こらない」と答えつつ「ね、大っきい姉ちゃん（実姉が二人、兄が一人いる恵子ちゃんは、物心ついてよりずっと私のことをこう呼んでいる）二年ほど前、大腸の入口一五センチぐらいの所の小さなポリープ、とったことあって、半年前にカメラで調べてもろたら、跡かたもなくきれいになってたねん。入院する時、いつも何かと運勢を観てもらうG先生に電話して聞いても、何もない、言いはったし、もうええはずなんやわ。昨日胃カメラ飲んで、胃も何もなかったし、この間、骨のCT撮りに設備のある近くの病院へ行って、その結果はまだや言うて聞いてないけど（思えばこの時このレントゲンには、すでに骨までの転移がはっきりと出ていたのだ）。腸にはきっと何もないはずなんやわ。しやから大腸カメラはしんどいし、いらん言うてんけど、どうしてもその検査ははずせん、と担当の先生がおしゃるねん」

ほんに、人間の体は機械やないもん。二十四時間前に分量の下剤を飲んだから言うて、きっちし計算通りに排泄できるか言うたら、それはちがうやろ。人間は感情の動物。いやがる気持ちが強ければ、当然下剤も効き目が薄いだろうし、と素人の私は単純に思い、傍目にも弱っている妹が不憫で、何度目か直接担当の先生が病室に顔を出された時、つい、「あのウ、妹もとてもしんどそうですから、どうぞその検査は、せめて一週間なりとも日を空けて、もう少し体力がついてから、というわけにはいかないでしょうか」と、言ってしまった。

突然の部外者の言葉に少しとまどわれたようだが、どうしても排泄がなければ、後の人と順番を代えて、時間を一時間ほど遅らせて浣腸をして検査に入りたい、と言われる。

返事に窮する恵子ちゃんに、母と二人、これ以上この部屋にいて、素人が病院の方針と違うことを思っていても、恵子ちゃんが困るだけと思って、とりあえず待合室で時間を過ごそうと、二人で病室を出た。

三〇分ほどして戻ると、「お母さんは検査室へ行った」と、アーちゃんが留守番をしていた。終わる頃を見はからって、今度は病室に母を残し、アーちゃんと二人で検査室の前で待っていた。出てきた恵子ちゃんが、手押しの寝台で病室に運ばれる様子は、一瞬ふと、このまま棺桶に入っていても不自然でない、と、不吉な思いがよぎるほど顔色も悪く、疲れ切っていた。

病室に戻ると「麻酔がよく効いて、痛いことやしんどいことはなかった」と言ったが、かわいそうに、検査検査と、病人の体調の良い時にするならいざ知らず、弱り切っている時に、病院のスケジュールに病人の体を合わせるなんて何ということ！　と憤りが走ったが、立場を変えて病院側になると、一日何人もの予定の検査を、患者の様子で変更が重なると、それはそれで収拾がつかず、大変なのであろうと複雑な思いがした。

昨日から何も食べず「お腹が減った」を連発する恵子ちゃんに、ちょうど夕食が出ているし、長居をしてよけい疲れてもと思って、母と私、アーちゃんの三人は、明朝来ることを約束して帰ることにした。

しっかり食べてよく眠ったことと思って、翌朝少し遅めの一一時頃病院に着くと、なんと入口で貞二さんが待っていてくれた。もう退院の用意をして私たちを待っていたのだという。聞けば、昨日の大腸検査はカメラが半分しか入らず、残る所を今朝検査すると言われた。それで昨夜はまた夕食をさっさと引き上げられ、何も飲まず食わずで、とうとう恵子ちゃんは「もう絶対いやだ」と切れて、朝六時頃、会社へ出勤前の貞二さんに電話をして、病院の意向に逆らって退院を申し出たのだという。

「そうよ、そら検査入院言うたかて、そんな毎日続けてやられたら、ほんとに弱っている時には大変。一度退院して、少し体力つけてから、落ち着いてまたやればいいのよ」と、今思えば私も無邪気に、自宅に帰れる恵子ちゃんを喜んだ。

　ただ貞二さんは「レントゲンで骨に影があって、医者はガンを疑っている」と、浮かない表情であったが、母も私も、そんな重大な事態だとはつゆ思わず、レントゲンとて何かの拍子にカゲの出ることもあるかもしれんし、素人考えで、疲労からきた単なるきつい貧血だとの思いしかなかって、よもやもう手のつけられない末期ガンだなどとは、想像すらもしなかった。

　帰る道中おすしを買い、家で留守番をしていたリュウちゃんも一緒に昼食をとった。家に帰って心からホッとしたのであろう。食事中の恵子ちゃんは、病院での病人顔《ヅラ》などどこへ行ったかと思うほど、いつもの日常のいい顔に戻っていた。

　昼食を済ませ、午後から会社へ出勤する貞二さんを、門を出てまがり角まで共に歩いて見送りつつ、医者からかなりはっきりガンの疑いを告げられたのであろう貞二さんは「近いうちにもう一度どこかの病院で、レントゲンを撮ってもらわねば」と、沈んだ顔であった。が、私はまだ「レントゲンとて一〇〇パーセントの信用などできない」と、まっこうからガンだなどとは夢にも思いたくもなかったし、思えなかった。が、帰りの新幹線の車中、一抹の不安をぬぐい切れず、帰るとすぐに『ガンを食べ物で直す法』『ガン消去法』といった自然食の本を、夢中で本棚から捜した。

　貧血の体に元気がつくよう暖かい色、真赤なベストや、腰痛にびわ葉温圧の道具など、我が家に眠っていたものを宅急便で送ったが、ガンの本だけは貞二さん宛として封をして、恵子ちゃんの目にふれないようと気を遣った。

＊

三月三十日に機嫌よく別れて、いよいよ四月四日は、今の住まいよりさらに風光明媚な高台の、念願の新築の家への引っ越しだというが、入院さわぎで、荷造りや用意など何もできていないという。引っ越しなんて普通でもきついし、ましてあれだけ体力なく弱っていて、体にさわらねばいいがと思い、新居に落ち着いたらもう一度ゆっくり検査をしてもらう病院を探せばいいわね、と大阪へ帰ってからボンヤリと思っていたら、四月五日朝八時過ぎ、引っ越しを済ませ、新宅で一晩寝た恵子ちゃんから、

「大っきい姉ちゃん、朝トイレに行ったら、腰から左半身の背骨までしびれて、痛うて立てんようになった。もう動くのも歩くのもこわいし、どうしょう」という電話。

寝室は二階だが、一夜明けたら「もう階段もこわくて上がれない」と言う。

四月五日午前八時。この時の電話から、口惜しくも六月十三日夕七時前、息を引きとるまで二か月と八日、私の中で一日とて恵子ちゃんが気にならぬ日はなかった。いや、私のみならず、家族はもちろん、近しい者は誰もだと思うが……。

この二か月の間に私は七回横浜を往復することになった。

姉妹とはいえ、私が高校入学時に生まれた恵子ちゃんとは、年齢が十六歳も離れていて、実家にいた時には、ほとんど何の接点もなかった。彼女が物心つく幼稚園児時代は、私は自分のことしか眼中

にない大学生。姉妹らしい交わり、姉妹げんかなど覚えがない。大学を出てからの実家での私のすごし様も、全く自分本位で、ずっとお手伝いさんがいてくれたのをいいことに、恵子ちゃんの下に生まれた年子の妹、基代《きよ》ちゃんも含めて、何がしかの面倒をみた記憶もない。

ただ母が「お前は長女のくせに妹の世話をしたことがないし、猫ばっかり可愛がって、妹と猫とどっちがかわいいんや」と、当時家にいた猫を引き合いに出して、よく怒っていたのは記憶にある。「そら、猫に決まってるやん」と、ぬけぬけと口にした私。その頃、弟や妹に限らず、ゴチャゴチャとよく泣く赤ん坊や幼い子供をかわいいなどと思ったことはない。子供は大きらいだった。

彼女が小学六年生の時に私が岸和田へ嫁に来ているが、恵子ちゃんの中、高校生時代の記憶も皆無。私が結婚して五、六年の頃だもの。子育てに夢中で、実家に帰るヒマもない。子供は嫌いだが、自分の子供だけは別のようで妹のことなど眼中になかった。

彼女の若い頃で一つ記憶があるのは、たしか一浪で立命館大学へ入り、応援団に入った頃と思うが、夏に十日間ほど、夫と二人のカナダ旅行で家を空けることがあった。昼間はお手伝いのおばさんが来てくれるが、何せ、一歳半、三歳、五歳、六歳と続く子だくさんの我が家のこと、ベビーシッターで泊まってくれないかと頼んだことがあった。

「そんなら大っきい姉ちゃん、お給金は前払いでお願いします」と、ちゃっかり宣言して、お手伝いのおばさんと上手に我が家の留守を守ってくれた。

卒業時、コピーライターが志望であったので、夫が自分の大学時代の友人を介して、K百貨店の宣伝部へ世話をした覚えがある。

二年ほど後、縁あって、当時外資系コンピューター会社勤務の三島貞二さんと結婚して、十八年になる。その間一男一女を授かり、住まいも貞二さんの転勤に伴い、名古屋に満十年、現在の横浜で五年。子供たちもすくすくと順調で、昨年、長男リュウちゃんが、慶応大付属高に受かった時は、本当に手放しで喜んでいた。また、夫婦や家族で出かけた外国旅行も、ほとんど毎年。仕事で海外出張が多い貞二さんの飛行マイルを積み立てると、家族旅行の航空運賃は無料になり、恵まれていた。

また恵子ちゃん自身も、子育てに余裕ができた名古屋時代にフラワーアレンジメントを習い、横浜へ引っ越す時には、すでに何人かのお弟子さんを教えていたという。

横浜でのフラワーアレンジメントは、一からの出直しであったようだが、自宅や友人宅が教室となって、少しずつ輪が拡がっていったようだ。まだ日の浅い横浜で、親子ほども年齢の違うお花の大家K先生が何かとお目にかけてくださったご縁で、手広く文化教室の講師も務めさせてもらっていたようだ。

昨年夏からは、大学同期のM氏経営の企画会社を通して、大阪御堂筋のアメリカ村入口にある「お米ギャラリー」のウインドウを飾る、フラワーデザインの仕事で、季節の変り目ごとに大阪へ来ることになった。目と鼻の先の島之内の実家へ、前夜から泊まる恵子ちゃんを、母はもちろん、私も、守口に住む妹紀久ちゃん（恵子ちゃんには姉）も大歓迎。こちらに友人の多い恵子ちゃんだが、でも、うち何回かは、母を囲んで姉妹で食事ができると喜んでいた。これも昨年秋と、今年の二月、二度かなっただけで、あっけないこととなってしまった。

さて結婚後の恵子ちゃんとは、十年以上互いに年賀状以外便りのないのが無事の証拠、の過ごし様であった。が、恵子ちゃんが横浜へ引っ越したのと、我が家の末息子、陳彦《ノブヒコ》が中央大学へ入学したのが同時期で、にわかに関東にご縁のできた我が家は、恵子ちゃんが身近な存在となった。陳彦の中央大学多摩校舎を見たいと、母と二人恵子ちゃん宅に泊めてもらった時は、積もる話に花を咲かせた。

陳彦も時に恵子ちゃん宅に泊めてもらったり、最近では、一度岸和田の我が家の次男のレストランへ寄ってくれたのを機に、ドライフラワーのリースや壁掛けを小まめに送ってくれた。お米ギャラリーの仕事では、三男直也が仕事の合間に、恵子ちゃんの一日現地アシスタントを勤め、いろんな人から学んだことも多かったろう。

今は我が家の子供たちにとっても、歯に衣着せぬ、時には辛口の人生の良きアドバイザーである。この年齢になって、つくづく姉妹ってありがたい！ と、心から思っていたのだ。

＊

四月五日、この日は実家の母と紀久ちゃんと三人で、京都吉田神社近くにお住まいの、Sさん宅へお伺いする約束をしていた。

昼前に京阪電車北浜駅で待合わせた私たちは、車中ずっと、朝の恵子ちゃんの電話のことが心配で、その話ばかりであっという間に時間が過ぎた。

Sさんは七十歳近いが、とてもそう見えない才媛で、ご自身非常に信仰厚く、霊感も感じられる。困ったことや悩み事のあるたびに、母も私も紀久ちゃんも、とても信頼し、お目にかかると心安らぐ、心底あたたかいお方である。そのお嬢さん（四十歳前後だろうか）も四柱推命の勉強を深められ、いつも何かと一緒に相談に乗ってくださる。御子息と貞二さんが早稲田大学の同級生で、恵子ちゃんを引き合わせてくださった。二人の仲人さんでもある。

この日三人とも、それぞれに心にかかる悩みを抱えての訪問であったのだが、もうそれどころではない。恵子ちゃんの病状や運の流れ、いい病院をとひたすら話し込むうち、「そや、横浜やったらNちゃんや」と、お嬢さんが頓狂な声。

小・中学校時代の同級生で、慶応大医学部を出て、今横浜国立病院におられるという。早速分厚い年賀状の束より電話番号を捜し出し、電話口でつかまえてくださった。

「ボクは、四月二十日にはまた慶応大に戻るので（引き受けはできないが）」と言われつつ、お嬢さんを通して適格な病院をいくつか教えてくださった。あとは早急に、できればコネを捜せれば、と話し合う。

事は急を要す。とりあえずコネがあろうがなかろうが、当たって砕けろ。明朝私が、できるだけ早い新幹線で横浜に行き、どこの病院であれ、外来で診察即入院ができるように、懸命に努力してみよう、ということになった。

この夜私は心配しながら、恐くて恵子ちゃんに電話をかけられなかったが、この間のいきさつ、手はずは、何度か直接Sさんから貞二さんに綿密にとってくださったに違いない。

四月六日朝一〇時前、新横浜駅に着いた私はすぐにSさん宅に電話をした。

「横浜市立市民病院消化器内科の小松先生あてに行ってほしい」と、お嬢さん。朝七時前新大阪から電話をした時は、「今まだ病院を探している最中で、新横浜に着く頃にはどこか決まっているだろうから、着いたらもう一度電話してください」と言われていた。

昨日から今朝にかけて、ただひたすら恵子ちゃんに心を砕いてくださる。なんとありがたく、あたたかい方々であろう。小松先生はN先生の慶応大での後輩だと言われた。

すぐにタクシーを拾って「市民病院へ」と告げる。五分ほど走ると、病院の玄関に通じる見事な桜のトンネル。なんと！　思いもかけぬ満開の花見が、どこか悲しく、落ち着かない思いの私であった。

玄関で少し待つと、貞二さんの運転で恵子ちゃんが着いた。痛み止めの座薬を入れて、歩くのに支障はなさそうであったが、待合室で待つ間、少しのすきま風や冷えも、背中や骨にひびくという。外来は大変な混雑であったが、N先生のご紹介のおかげで、そのわりに早めに貞二さんが付き添って、診察室へ通された。

出てきた恵子ちゃんは、初対面の小松先生のことを「もの静かで落ち着いたいい先生だ」と言ったので、いい印象で信頼ができるのだと嬉しく思った。

つづけて採血の待合室へと指示された。何だかだと病院へ着いてから一時間以上はたっていただろうか。恵子ちゃんはもう腰がだるくて、待合室の椅子にまっすぐ座るのはつらそうだ。顔色も他の患者さんが通りすがりに振り返るほど土色が強く、よくない。

名前を呼ばれた恵子ちゃんに看護婦さんが、椅子での採血だと貧血で倒れては困るからと、ベッドを用意してくださった。

「エーェ？」と、不思議がる恵子ちゃん。私も一瞬そんな大そうな、と思ったけど、採血後やはり即入院ということになった。

とりあえず個室が空くまで、南病棟四階の六人部屋の空いているベッドで待機を、と言われたが、そこへ上がるのにも、ストレッチャーを用意してくださった。

貞二さんは入院の手続き、入院用品の買物など用事が多いし、よくぞ私も大阪から駆けつけてきたことと、恵子ちゃんの様子が、わずかな時間も一人切りにするには心もとないものと思った。

個室が空いたと、若い看護婦さんが三人がかりで、恵子ちゃんが寝ているベッドそのままを運び出してくださった。

個室では婦長さんが「ポータブルの便器を部屋に入れましょうか。楽になることだったらどんなお手伝いでもしますから、遠慮なく言ってください」と、言われる。

恵子ちゃんはちょうど生理が始まったばかりだと言ったし、トイレは部屋のすぐ前だから、当然歩いて行くものと思っていたのだが「ベッドから下りる時は必ず看護婦を呼んでください」と、申し渡された。

それから大きなクッションだとか、ドーナツ型の座ぶとんを、「床ずれ予防に」と持ってきてくださる。

「床ずれって何？」と不思議がる恵子ちゃん。私も同じく「何でやのん？」と不思議な思いであった。この時、先生や婦長さんには、もうすでに、あらかたの余命の予測、これからの闘病の様子は、はっきりと予想がついていたのだろう。

個室（恵子ちゃんの終の部屋になろうとは）に落ちついたのは、二時半頃だったろうか。昨日朝からただバタバタと……。Sさんやお嬢さんのお骨折りでやっと落ち着けてホッとする。周りの空気が何とも温かい病院だ。

「大っきい姉ちゃん、今晩はどうする？　大阪へ帰る？」

「予定はいろいろ済ませてきたから、どっちでもええけど……。あしたはアーちゃんの高校の入学式やなあ。アーちゃんさえイヤでなかったら、姉ちゃんが出てもええけど……」

「うれしいわ。ぜひお願い」

「ほんなら姉ちゃんでエエか、アーちゃんに聞いてみるわ」

今どきのガングロ娘っぽいアーちゃんは、恵子ちゃんより十六歳も年上のダサイおばちゃんは嫌がるかと思って、家で留守番のアーちゃんに電話をすると、「いいよ。おばちゃんでいいよ」と、くったくのない声。

その夜は恵子ちゃんの新築の家に泊まったが、家族みんなの念願かなった途端のおめでたい引っ越しの翌日に、一家の主婦の入院とはいったい何ということなのだろう。

四月七日、アーちゃんの入学式には、貞二さんから小松先生にとことづかって、前の病院で撮った恵子ちゃんの骨のレントゲン写真を持って出席した。父母席について入学式が始まる前、大きな紙袋の何枚もの写真をそっと覗いてみたが、カゲがどれだか素人にはわかるわけがない。

新しい制服姿で高校生になったアーちゃんと病院に着くと、すぐに詰所に写真を届けた。

他の検査結果も、前のＹ病院よりすべて届いていると聞いた。

この日は二時から病室で骨髄の検査だという。邪魔になるので部屋を出てロビーで待っていると、小松先生が通りかかられた。アーちゃんを「三島恵子の娘です」と紹介、ご挨拶したら、「今日中に全部結果が出るので、今晩にはすべてお話しできると思います」と言って、足早に去っていかれた。

だいぶんたって検査の終わった部屋へ戻ると、恵子ちゃんは「麻酔がよう効いてたから……」と、落ち着いておだやかであった。その顔に少し安心し、五時頃の新幹線で大阪への帰途についた。

その夜遅く貞二さんから電話があった。

「余命一か月。手遅れで病院では打つ手がないから、自宅療養が良ければいつ退院してくれてもかまわない」と言われたと。

我が耳を疑い「エッ？」と絶句した。

貞二さんも気が動転し、「本人に告知しますか？」と医者から問われても「二、三日考えさせてほしい」と言うのがやっとであったと。

＊

さあ、どうしょう。奇蹟が起こらないか。『ガンは治る』なんて本が、いっぱい巷にあふれてるじゃないか。あと一か月と言われてもあんなに頭は冴えて、しっかりし、食欲もあるし、お通じも順調、検査結果も、骨はどうとか言われたが、胃も腸も、他の内科も、検査で何も悪いとこ出なかったじゃないの。うそでしょう？　そんなはず、あるわけ……なのだろうか。

そう言えば、この間検査入院を見舞った時、恵子ちゃんは「去年の十一月頃、お花の展覧会の準備をしていて、重い花材を持ち上げようとした時、腰に激痛が走って、一瞬気が遠くなった。すぐ直ったけど」と言ったなあ。

その頃から疲れやすく「今年になって、地下鉄のあざみ野駅から家までの坂道、以前は休憩なしで一気に上がったのに、途中で休まんと歩けんようになった」とも言うてた。やっぱりそれが自覚症状の始まりやったんや。

それからざっと半年。けどフラワーアレンジもとても充実して忙しそうだったし、日々の家事や子供の進学、新築の家のこと。忙しいて腰痛もすぐ直ったら、そら病院なんか行ってられんかったやろなあ。貧血って言われても、ふつう疲れがたまってる、ぐらいにしか思えへんやんか。

四十二歳。いくら理想を並べられても、仕事を持つ働き盛りの主婦の健康管理なんて、まず満足にできるわけがないのよねえ。恵子ちゃん！　三月下旬、腰痛で立てなくなるまで、八面六臂の活躍は、きっと勢いがついて止めることはできなかったろうし、やっぱりそれはそれで良かったのよね、などと一人自分に言い聞かせてみる。

でも現実は私にとっても大事な恵子ちゃん。いったい私はどうしたらいいのよう？

食事療法、自然食、健康食品、もっともっと軽い、ごく初期のガンの人がやれば、あるいは効果のあることもあるのでしょうね……嗚呼。

四月十二日（水）、この日恵子ちゃんは外泊で家へ帰った。新築の家の地鎮祭もしていないということで、京都のSさんのお知り合いの、偉い神主様が来てくださる。わざわざSさんのお嬢さんも、また事態に驚いた実家の母や弟夫婦も、この日横浜にかけつけた。

外泊は二泊でも三泊でもかまわなかったらしいが、やはり疲れたか、次の日は病院に戻っている。この時、主治医の先生は「もう今しか外泊できることはないだろう」と言われたらしいが、本当に三日後の四月十五日には終日の点滴が始まり、まもなく尿も導尿になっている。

四月十四日（金）、心配した私の夫が、身近な人が飲んでガンが治ったという、中国の健康食品を取り寄せて恵子ちゃんを見舞った。夕方「元気で、トイレにも歩いて行っている」と、明るい声の電話であったが、十五日は、「朝病院へ行ったら、二十四時間の点滴や言うてるねん」と、くぐもった声であった。

カナダに永住した実妹と疎遠の夫は、恵子ちゃんと馬が合い、ひときわかわいかったようだ。いや、恵子ちゃんが「お義兄さん、お義兄さん」と、上手に合わせてくれていたからかもしれないが……。

四月十八日（火）、紀久ちゃんと一緒に横浜に向かった。三年前胃ガンで、夫充《ミツル》さんを亡くした紀久ちゃんは、その看病の経験から恵子ちゃんの容体が手に取るようにわかるようで、特に血液中の血小板が減ってきていると聞くと「恐い恐い、体中でいつ何が起こるかわかれへん」と、心配した。家に高齢の舅、姑をかかえる紀久ちゃんは、今夜一泊病院で恵子ちゃんに付き添い、私は明日から三泊する予定。

いくら完全看護とはいえ、二十四時間点滴と導尿の恵子ちゃんを、夜一人にするのはあまりにかわいそうだ。本人は「なぜ?」と気丈だが、着いた早々、看護婦さんに、「今日から交代で、夜泊まらせてもらってもいいですか?」と言うと、待ってましたとばかり、すぐに寝具を持ってきてくださった。

明くる朝紀久ちゃんに「ほんまに安心できて、よう寝れたわ」と喜んだというから、いくら睡眠剤を飲んで寝たらいいだけ、とはいっても、その実不安で淋しかったにちがいない。この先、限られた命と告げられているのに、できる限り淋しく、悲しくなんて思わせないゾと気負ってしまう。

四月十九日(水)は、昼過ぎに紀久ちゃんを送り出し、いよいよ私が付き添いだ。そうよ、そのために四日間の予定を空けて、恵子ちゃんのためならと、夫も子供たちも機嫌よく送り出してくれた。赤の他人の婦長さんですら、仕事とはいえ開口一番「楽になるのだったらどんなことでも……」と言ってくださってる。

「大っきい姉ちゃんこそ、ほんまにこの三日間、恵子ちゃんのためならどんなことだってするよ。そのためだけに大阪から来たんだもの」と心の中で言って、何げない風で世間話をする。

夜寝ずらくなると困るから、と、昼間はベッドの背中が当たる部分を立てて、決して横にならない恵子ちゃんだが、体を動かすたび、腰や肩やの骨が痛いようで、少しの身動きも一人ではままならない。入院時すぐに持ってきてくださった大きなクッションを背中に当てたり、バスタオルを畳んで腰や肩に入れたり、姿勢を変えるたび、介助の手が要ることになる。夜寝る時も、ベッドにペタンと背中をつけてのびのびと、という姿勢はとれない。バランスよく大小のタオルをどこかに入れて、ベッドと体の間に空間を作らないとダメなのだ。

部屋に持ち込んだポータブル便器で用を足すのも大仕事だ。ナースコールを押すたび看護婦さんが来てくださるが、便器に座るにも、そばの誰かが手を添えても痛がる。すべて本人がソロリソロリと、ベッドの手すりにつかまりながら、自分のリズムでやるしかない。

「あんたが大将！」と、ベテランのチーフ看護婦岩崎さんが、恵子ちゃんのソロリを明るく温かく見守ってくださるが、冗談でも言わなければ、暗く沈み込んだらお終いだ。

ここ二、三日は、体が少しでも楽なようにと、寝たまま差し込めるものを用意してくださったそうだが、それでは全く便意はなく、三日ほど便秘だという。この日は比較的体調も良く、何かと陽気に話すうち、「あっ、大っきい姉ちゃん、今やったらそこへ（ポータブル便器）座ったらウンチが出そう」と恵子ちゃん。

ベッドから便器に下りるのも三日ぶりらしいが、堅すぎも軟らかすぎもしない、いい匂いの（素人には病的でないと思える）便がたくさん出た。

「そうよ。またといったら大層だから、あるだけしっかり出しておけば……」とか、そばで私も言ったものだから、少し便器に座る時間が長かったか、お腹はすっきり気持ちよくなったらしいが、腰に負担がかかっていたのだろう、明くる日は「しんどい」を連発した。

四月二十日（木）、前日と違って天気も悪く、重く低い雲がたれ込めている。こんな日は病人には特にこたえるのだと、看護婦さんは言った。体調の悪い日の付き添い人は忙しい。

朝からさかんに堅く絞ったあつあつのタオルをビニール袋に入れて、両足や膝頭、腰に当てる。一瞬「あーいい気持ち」と、とても喜んでくれるが、すぐに冷めてしまう。看護婦さんに頼めば、電子レンジでチンと温めたタオルが来るが、そうたびたびはと気兼ねする。部屋に熱湯が出るので、そこで絞るが、急なこととてゴム手袋もなく、手の平が真っ赤になる。

ゴム紐と紐通し、針と糸も必需品だった。パジャマのゴム紐が、市販のままでは、きつくてお腹や腰骨にさわる。また、これまでの恵子ちゃんのパンティもお腹につらくて役に立たない。

「大っきい姉ちゃんの、ガーゼのLL寸のパンティはいてみる?」と着替えさせると、今の恵子ちゃんなら二人分くらい入りそうだったが、「ラクでいい具合だ」と喜んだ。

後日、夫はゲラゲラと笑って、これが良くなる病人であれば「恵子ちゃん、病院で大っきい姉ちゃんのデカパンはいてたんやってなあ」と、オシャレな恵子を思いっきり冷やかすことができるのに、と残念がった。

窓からのすきま風や部屋の匂い、空気、周りの音にも非常に敏感だ。

今「何か食べたい」と言っていても、冷蔵庫を開けたとたん、何か意にそわぬ匂いがふっとしたら、パッと吐き気がしたりして、もういらないと言う。入院と同時に貞二さんが祈りを込めて持ち込んだアガリクス茸の錠剤やプロポリス、しっかり飲んでほしいとすすめても、時に飲めても、時には半量も喉を通らない、と言う。

食事でも薬でも、少しでも体力が回復するようしっかり食べて(飲んで)と思うと、付き添いたるもの四六時中恵子ちゃんに神経を集中して、パッと調子のいい時をとらえて、素早くスッと口に運べるようにする。そのタイミングをとるのが勝負のような気がしてきた。すぐ気がそれたり、嫌になったりするから、敏速でなければならない。別に気ままを言っているのではなく、体調が目まぐるしく、時々に身体が受けつけないのだから、恵子ちゃんが悪いわけじゃない。

その日は何度か急なムカつき、吐き気に襲われたが、軽いものなら、そォーっと背中をさすると納まる。吐くと体力も消耗するし、極力おさえようとしたが、とうとう吐いてしまった時、

「恵子ちゃん、小さい時住み込みでウチにいた、お手伝いのアーマ（名前は忘れたが家中でこう呼んでいた）、覚えてるでしょう。天理教の熱心な信者で、よう言うてたねん。『なってくる理を喜べ』って。何のことか、その時分は何も思わんかったけど、最近わりとこの言葉思い出すねん。いろんないやな事が起こっても、なってくるにはきっと『理』がある。それを喜ばねばと思って、心落ち着けること多いねん。今吐いてしまったのも、きっとそのほうが今の恵子ちゃんの身体の理にかなって、喜ばしいことなのよねえ……」

やっぱり誰かがそばにいてくれると、いやなことでもすぐ紛れる、と喜んだ。

四月二十一日（金）、明くる日学校が休みの週末の夜は「私が泊まる」と、アーちゃん。子供たちも、貞二さんからははっきりと余命を聞いているので、学校の帰りには毎日立ち寄り「どう？」とお母さんを気づかう。子供心に何かと役に立ちたいと思っているのだが、何せまだ十五、六歳。放課後の疲れで、病室の長イスに横になりうたた寝。椅子から落ちぬか、風邪をひかぬかと、恵子ちゃんが気づかっていることも多い。今までの日常のリズムでは、習慣的にお母さんに頼ってる。そうよ、つい

二週間前までは、無条件に甘えられる保護者だったのに、一転あなたたちのほうがお母さんの保護者になるのよ、と言われても、とまどうよねえ。

恵子ちゃん自身も、子供たちが来ると、ベッドの上でしっかりと母親してる。私や紀久ちゃんには、自然のままにしんどさを出すが、子供たちや貞二さんがくると、元気に見せよう、心配をかけたくないと、無意識のガンバリがありありとわかる。またそれがハリとなって、顔つきもその張り切りで全くちがうのだ。家族ってなんと大きな支え、生きる力なのだろう。

仕事が忙しい貞二さんが病室に来るのは、夜九時の消燈時間前になることも多かった。朝の出勤は早く、夜は遅い。ハードな仕事が日常であるのを知っている恵子ちゃんは、貞二さんが夕方七時頃病室に現われたりすると「今日はどうしたの？　何かあったの？」と逆に心配する始末。貞二さんも「ボクが泊まると言ったら、恵子が何事かといぶかるに違いない」と、医者の余命の宣告を、少しでも気づかれまいと心を遣う。

金曜夜から、土、日曜の時間こそ、ファミリーにとって貴重なものになる。アーちゃんに、三日間で私が気づいた細々の引き継ぎをしていると、「旭美に大っきい姉ちゃんほどのことができるかなあ」と、恵子ちゃんが心配顔。

内心私も、病人の恵子ちゃんの負担のほうがとか気にもなっていたが「旭美、ちょっとそのタオルを絞って」とお母さんに言われて、彼女が絞る様子は手早く、力強い。

「アーちゃん上手！」

一事ができたら万事ができる。安心して帰り支度をと廊下に出た時、担当の若い看護婦さんと出くわした。

「来週から三日ほど誰も泊まれないのですが、ぜひよろしくお願いします。今度来るまできっと生かしててくださいね」と言うと急に涙があふれて止まらなくなった。

泣くとすぐには病室に戻れない。だいぶんロビーで時間をすごし、部屋に入っても涙を見せまいと自信をつけてから、「大っきい姉ちゃん帰るけど、また来るからね」と、明るく荷物を持ち出した。

＊

余命一か月の宣告が当たると、ゴールデンウィーク後半が危くなる。週明けからの恵子ちゃんの様子は、横浜からの電話に一喜一憂をする状態。今日は調子が良くても、明日はコロリと悪いとか、変化が大きいようだ。最後となる（であろう）ゴールデンウィークは、家族水いらずの貴重な時をすごしてほしいと思うと、ぜひそれまでにもう一度、少しでも元気な恵子ちゃんと一緒にいたい。夫も私も、大阪にいて心配ばかりしているよりも、ちょっとでも恵子ちゃんに近い所にいるほうが気が落着くと、四月二十六日水曜日、仕事を早めに切りあげて夕方の新幹線に乗った。面会時間も過ぎていて、その夜はホテルに泊まるだけであったが。

四月二十七日（木）、朝病院に行くと、恵子ちゃんは顔色も良く、体調良く思えた。瞬間、これは昼間一人で大丈夫と思った私は、昨夜からの計画を即実行に移すべく、「大っきい姉ちゃん、ちょっと東京の知り合いに用事があるんで、昼間出かけるわね。夕方早くに帰れると思うけど」と、そそくさと病室を抜け出した。夫は浅草の観音様や川崎大師におまいりをしてくると、一足先に病室を出ている。

スワ！　恵子ちゃんにも誰にも何とは言ってないが、実はこの週初め、大阪の実家の弟（恵子ちゃんには兄）や、その子供たちと一緒に恵子ちゃんを見舞った直也が、その日は体調のいい日だったろうが、「恵子ちゃんは食欲もあって何でも食べられるし、頭もしっかりして、元気に笑ってるやないか。そやのに痛み止めと点滴だけで、ガンの治療は元がわかれへん言うて、何にもされてへん。自分の寿命も知らされんと、まわりがあと一か月とか言うて、オロオロしてるだけや。そんなかわいそうな」と憤慨していた。四月七日、余命一か月と宣告を受けた時、彼も即インターネットで、以前講演を聞いた漢方薬と気功で末期ガンの治療をされているY先生を捜し出し、貞二さんに連絡をしていた。ただ入院後、あれよあれよと増す痛みへの点滴やら輸血に追われ、原発ガンのつきとめのための新たな検査など、何もできない状態で、貞二さんとて漢方のことを持ち出すタイミングすらもなかったはずだ。

一縷の望み、ワラにすがる思いで、その日私は、直也がプリントアウトしてくれたメモを頼りに、国電を乗り継いで、東京東中野のY医院を訪ねた。病状を話して、もうダメだからと、薬をもらえなかったら、今日は本当に知り合いへ行ってきたと、何食わぬ顔で戻ればいいと、恐る恐る受付に行くと、「薬が飲める状態であれば、治る望みはありますよ」と。

Y先生の診察は予約六か月待ち。こちらも入院中でとても受けられる状態ではないが、本人の写真と、詳しい病状の報告で、薬だけ二週間後に発送してくれるという。とても一週間も十日も待てない。明朝写真を持ってくるから、夕方には何とか薬を処方してほしいとお願いをして病院に戻った。

実はこの日、私はもう「薬すら出せない」と言われるのではないかと、内心非常に恐れていた。それなら初めから誰の耳にも入れないで、一人で行動しよう。行って薬が出るんだったら、それから皆に話しても遅くないと。

夕方病室に戻ると、学校帰りのアーちゃんがいた。さりげなく部屋の外に誘って、「実は……」と、Y先生の『末期癌治療承ります』の本を前に、漢方のお薬がもらえること、それには病人の写真がいること、本人への告知も条件であること、などを話した。

アーちゃんは、恵子ちゃんを納得させて写真を撮るのは、まだたやすいが、告知は、「今お母さんが余命なんて言われたら、きっとメチャメチャになっちゃうよ」と言った。私もほんとにそれはそうだと思った。

入院の始めは、「お花の教室やお稽古は、一か月だけ休みを取った」と言ったが、月半ばには、「大っきい姉ちゃん、今度の病気長引いて、半年くらい休まなあかんかもしれへん」と言った。そんな、余命半月や一か月なんて、誰かが口をすべらそうものなら、もうどうなるか思っただけでも恐ろしい。日々の体調の良し悪しはあっても、本人はひたすら前向きで懸命なのだから。

明くる日夕方、漢方薬と気功の「気」の入った布や、体の「つぼ」に貼る布ももらって病院に戻る。毎日体を拭いたり、着替えをさせてくださる看護婦さんに、恵子ちゃんは「つぼ」に貼られた小さな布を「おまじないがいっぱいなの」と、明るく笑って話していた。煎じ薬は、家で煎じたものを、毎日学校帰りにリュウちゃんやアーちゃんがペットボトルに入れて届けた。初めて口にした時、「子供の時に飲んだなつかしい味やわ」と言った。

そう言えば恵子ちゃんの小さい時は、母がずっと漢方薬を愛用していて、特に恵子ちゃんは、風邪引きでも普通の医者の薬よりも、漢方を飲ませるとすぐに治ったのだと母が言っていた。とりあえず口に合ってホッとした。

主治医の小松先生は、「ボクは漢方は一切信じません」と恵子ちゃんに笑いながらおっしゃったそうだが。

ゴールデンウィークが明けるともう会えないのか……。

四月二十九日土曜日、この時の横浜からの帰りの新幹線車中は、片時も恵子ちゃんのことが頭を離れなかった。

五月七日の日曜までたっぷり九日間のゴールデンウィークは、もうどんなに容体が急変しようとも、貞二さんがずっとそばにおられる状態だと思うと安心だった。が、特に後半は電話のベルにピリピリ、ひやひやする日々であったが……。

家族の支えってなんと素晴らしいのであろう。恵子ちゃんは、五月六日には導尿の管をはずして、車椅子を看護婦さんに押してもらい、病棟内の散歩に行けるまでに調子がいいという。

＊

さあ、薄氷を踏む思いのゴールデンウィークを無事過ごした。医者の宣告の一か月を過ぎて、車椅子で散歩までしているという。なんと嬉しいこと、奇蹟が起こればいい。

　ここから先は何としても元気な私たちが、少しでも力を添えなければ……。貞二さんは恐縮するが、改めて本格的に付き添いのスケジュールを組んでみる。さしずめ家の都合をつけて動けるのは、私と、弟の嫁ヨシエさん、紀久ちゃんの三人。みんな大阪で、一度動くと新幹線代も高いし、一週交代で、月曜から金曜日まで付き添い、週末は家族が泊まるという段取り。ただし紀久ちゃんは舅姑の介護で長くて二泊しか家を空けられないので、私の娘晴子が自分の仕事の都合をつけて残りをうずめ、都合四人で繰り合わせる。

　横浜行きの交通費も、たび重なると大変だからと、諸々も含めて、費用のほうは母が受け持ってくれている。病室では恵子ちゃんが、私たちに「余分なお金を使わせて……」と気兼ねをしたが「ううん、お母ちゃんが出してくれてるから」と、安心させた。

　実際母はこの時、実家の商売の跡継ぎをしている弟と相談をして、父の代からの、ゆくゆくは恵子ちゃんにと予定をしていた大阪近郊の土地、一五〇坪を手放している。貞二さんも恵子ちゃんも、よもやこんな病気など予定になく、家を新築したばかりで、何かと出費も多い時のはずだ。この先長引いてどれほどの入用になるかもしれず、弟にも、「今こそ、こんな時こそ恵子のために役立ててやらんと」と、何の迷いもなかった。

　母は「えらい重病で、自分の身動きもままならんのに、その上金の心配などかわいそうでさせられへん」と言った。貞二さんや恵子ちゃんはもちろん、別にいつも、誰もが何も頼むわけではなかったが、苦労人の母が、常に先々と目配り気配りをしてくれる。何か事があると、いまだ八十歳の母の世話になってしまう。母の健在も私たち姉妹の大きな財産だ。

母も何度か大阪と横浜を往復した。その行き帰りとホテルでの一泊は、必ず誰かが付き添わねばならぬので、これから先私たちは、全力を恵子ちゃんに注ぎたいし、母には「頼むからお金の面倒だけ見てくれたら、後はじっとしてて」と、ムシのいいことを頼んだ。それでも、往きは付き添いの交代の時誰かと行き、帰りは「一人で帰ってくるがな」と、一度でも回数多く恵子の顔を見ていたいと言った。

「道中転んだり、何か事故があったりしたら、今私らは恵子の付き添いとお母ちゃんの介護の両方せなあかんようになって、結局恵子がかわいそうなことになる。頼むからじっとしてて……」

恵子ちゃんの目の放せない病状と、各自家庭の都合のやりくりで、勿体ないが、母への付き添いというもう一仕事は、この時機とても私たちに余裕がなかった。

頭ではわかっていても、母もいてもたってもいられない思いが強かったことだろう。

＊

ローテーションのトップは私。五月九日火曜日、数えると五回目になる横浜行きだが、この日は格別に嬉しかった。余命一か月と言われた恵子ちゃんが、頑張っている。チーフ看護婦の岩崎さんに聞くと、血液検査などの数値は決して良くなっていないらしい。が表面体調はいいようだ。健康食品や漢方薬、点滴や輸血、家族の支え、もちろん本人の生きようとする力、諸々の相乗効果で、少し落ちついているのだろう。

病室に着くと、二十四時間の点滴、輸血は変わらないが、導尿の管が外されていて元気そうだ。あんなうっとうしいもの、外すと少しでも気が晴れ、気分が違うよねえ。こんな時はわずかずつでも体力回復のチャンス……。

車椅子に座れるのだったら、部屋の椅子にも座れるはずだと、ベッドの上だけで一か月を過ごし壁易していたから、わずかの時間ではあったが、椅子に座ることに挑戦。座れたのである。

「大っきい姉ちゃん、今度はせめて部屋の中ぐらい歩いとかんと、足腰の筋力が落ちて、退院の時に困るよねえ」

と、次なる目標にも意欲的だ。そしてさらに、

「本読んだら目が疲れてあかんねんけど、入院中、今まで何一つ知らんかったけど、お経でも覚えてみよか。こんなたっぷりの時間、何か勉強せな勿体ないわ」

「そら恵子ちゃんすばらしいわ。大っきい姉ちゃんもお経は全然知らんねんけど、うちでは義兄さんが熱心やし、金曜日にまたここへ来るから、その時いろいろと聞いてみたら……。でも恵子ちゃんとこは何宗やのん？」

「さあ……」

貞二さんの両親は健在。広島県福山市で、大きな織物工場の旧家の長男だが、事業は継がず、結婚以来両親と同居の経験もない。仏事にはほとんど縁のない気楽な夫婦だ。

貞二さんが早速お母さんに電話をしたら、「真言宗」だと。

「あれ、ウチと一緒やわ。ほんならこの際、姉ちゃんも恵子ちゃんのおかげで勉強できるし、うれし

いわ」

さあ、いい目標ができた。不信心で何も知らぬ私も、恵子ちゃんと一緒にぜひお経を覚えよう。福山のお母さんから読みやすいお経の本が届く。

五月十二日（金）、夫が見舞いにやってきた。大きな字の、分かり易いお経の本持参である。いざと言っても、耳についてない経は、二人とも本を見るだけではどうにもならぬ。夫のリードで、理趣教の中の、ごく短い『延命観音十句』だけでも覚えようと、たどたどしい勉強を始める。時間にしてホンのわずか。体調のいい時だけであったが。

五月十三日（土）、朝から夫と共に浅草観音様にお詣りをして、小さな掛け軸や念珠を病室に届け、大阪に戻った。

次の週五月十五日（月）から二十二日（月）はヨシエさん。この時彼女は、往きは母を連れて病院へ。その夜は母とホテルで一泊、明くる日昼過ぎには病院から母を駅まで送り、電車に乗せてから病室に付き添ってくれた。そして家族が泊まる金、土曜日は、千葉県に住む実姉夫婦宅に泊めてもらい、日曜夜はまた病院に戻ってくれ、月曜夕方到着した晴子に引き継ぐと、大活躍であった。

ヨシエさんの実家は、お母さんが内科の医者で、自身も多少医学の知識もあり、お母さんが病気で入院していた時、ずっと付き添い、手慣れていた。よく気がついて、看病にはうってつけだと恵子ちゃんが喜んだ。

五月十八日（木）、ヨシエさんの付き添い中に恵子ちゃんは、そんなに大量ではないが、吐血をしている。

ちょうど一週間前、私の付き添い中にも、調子良くポータブル便器に腰かけ、スムースに排泄できたため「良かった、良かった」と、恵子ちゃんと共に喜んだ。

その時恵子ちゃんには気づかせなかったが、便器の中が赤くて不思議な気がしたので、片付けにきてくれた看護婦さんを部屋の外に追いかけて尋ねると、「あれは血便です。もう体の中の組織が壊れてきているから」と言われて、涙があふれてしばらく部屋に戻れないことがあった。あの時はお経を覚えようと、調子良く意欲に満ちていた時であったが、この週はガラリと体調が悪かったようで、毎日ヨシエさんからの報告にヒヤヒヤしどうしであった。


五月二十二日月曜日からは、週の前半が晴子、後半が紀久ちゃん、私はその次の週の五月三十日、火曜日にしか動けない。

この時期に血便、吐血となると、やはり奇蹟は願えないだろう。神様はあと何日生を下さるのか。どうぞ私の行くまで生きていて！　それまで、離れていても何か少しでも励ませる事を！　そうだ、葉書を書こう。毎日書こう、と思いたち、習ったばかりの一筆画も添えて、早速絵葉書作戦を開始した。

五月二十日（土）発——月曜日から晴子が応援団で登場します。学生時代チアガールの恵子ちゃんのような華やかさはないが、よろしく。三島恵子関西応援団より——。

五月二十一日（日）発——約束のお経の勉強はいかがですか。恵子ちゃんのほうが時間があるからうらやましいなあ——。

とか、毎日の病状報告を聞きながら他愛のないものであったが、家中が寝静まった真夜中に、明日投函する葉書を書かねば寝られない一週間をすごした。

五月二十五日（木）、紀久ちゃんが付き添っている時に、かなり大量の吐血をした。この時は本人は相当のショックであったのだろう。明くる朝早く、紀久ちゃんの電話で病院にかけつけた貞二さんの顔を見るなり、ワッと泣いて泣いて泣きくずれたと言ったから、それまでの、家族には少しでも元気に見せて心配をかけまいとする気張りも余裕もなく、素直に、こらえきれない不安を貞二さんにぶっつけたようだ。

貞二さんもこの時から、これまでの恵子ちゃんと全然ちがって受け止められたようだ、と紀久ちゃんは言った。

恵子ちゃん、よくぞ今まで頑張って。もう貞二さんにも、リュウちゃんやアーちゃんにも、無理をしないで素直にしんどさもぶつけ、誰の前でも泣きたい時には思いっきり泣けばいいのよ。もう良妻賢母をかなぐり捨てて、存分にみんなに甘えたらいいのよ。

夕方遅く紀久ちゃんは大阪へ帰ってきたが、その夜恵子ちゃんは、夜中も泣いていたので、当直の若い看護婦さんが、しばらく病室に付き添ってくださっていたと、明くる日、岩崎さんが電話を下さった。

もう一晩も目が離せない。五月二十八日、日曜の夜は、西宮在住の貞二さんのお姉さんが病室に泊ってくださった。貞二さんは二人姉弟。福山のお母さんの体調がすぐれないので、恵子ちゃんの入院以来、お姉さんは、都合をつけて、新築の家のほうを見てくださっていたが、日、月曜の夜は私たちのローテーションの谷間になりやすく、この時は恵子ちゃんに付き添ってくださった。

＊

五月三十日（火）、やっと私が横浜に行ける。まだ恵子ちゃんに会える。一刻でも早くと、朝五時過ぎに家を出て、一〇時前には病院に着いた。病室に貞二さんと一緒で、また導尿に戻っていたが、落ち着いている恵子ちゃんの顔を見たとたん、ホッと、張りつめていた気が放たれたのだろう。何かと繰り合わせた前日までの疲れがどっと出てきて、体がだるく、看病どころではない。昼間恵子ちゃんはウトウトしないのに、私のほうが長椅子でいびきをかいてしまっていた。

「そんなしんどがられたら、アレコレモノを頼みにくいわ」と、恵子ちゃんに言われたが、この時はまさに気だけあせってて、ここ何日かの過密スケジュールの疲れや、自分の体力のことは何一つ考えていなかった。

しばらく私が来ない間に、リユウちゃんやアーちゃんが病室で付き添う様は、ついこの間とは見違えるほどにかいがいしく、ポイントを心得てる。この何週間かの子供たちの成長ぶりは、目を見張るものがある。スタミナ不足、年齢に勝てず、大阪から駆けつけるだけで精いっぱいの私に、この時この二人が倍ほども大きく、逞しく見えた。それでつい、「ねえ恵子ちゃん、もしものことがあっても、もうリユウちゃんもアーちゃんもあんなに逞しいんだから、何の心配もいらないわね」と、口をすべらせてしまった。

と、恵子ちゃんは、

「そんな、大っきい姉ちゃん、もしものことなんてあったら……。そんなことあったら、どないなるのん……」

と、ワンワンととめどなく泣き出してしまった。

「ゴメン、ゴメン」と、なすすべもなく謝ったが……。

実は前週、紀久ちゃんから報告を聞きながら、五月二十六日発の絵葉書に――ええい、私しゃ病人なんだから、万一のことがあったらあんたたちに何も言えなくなっちまうんだからと、一度開き直ってリュウちゃん、アーちゃんに、思いのたけ訓示をたれてみたら……。別にむずかしいことでなく、さりげなく言っておきたいこととか……。(中略)

私しゃ病気のせいでしんどいんだからと、貞二さんにも思いっきりダダをこねて、言いたいことなどあったら、全部言ってしまったら……。云々――と書いて送っていた。ただ夜の白むまで言葉を選んで、考えに考えたつもりであったが、日々刻々と変わる恵子ちゃんの様子とマッチするか、岩崎さんに、着いたら本人に手渡すかどうか、よろしくご判断を、と電話を下さった時にお願いをしていた。

病院に着いた時、「やっぱり口で言うならともかく……」と、恵子ちゃんを気づかって、そっと私にその絵葉書を返してくださっていた。

残り時間を、本当に恵子ちゃんにとって、より悔いのないものに、とずっと胸の奥につかえていた私は、ちょうど病室に貞二さんと三人だけであったし、自然に口がすべっていた。

その夜家に帰る貞二さんを部屋を出てエレベーターの前まで送る間、「さっき恵子が『遺言のはなし……』とか言いだして……」と、チラッと洩らされた。六月一日　木曜日のことである。

六月二日金曜は、私より一日遅れで横浜に着いた夫が、恵子ちゃんが食べたいと言った〝たこやき〟を、横浜駅近くで買ってきて、まだ温かいものを持ってきてくれた。「おいしい」と、ペロリと三つも食べて「やっぱり大阪の子やねえ」と自分で笑ってた。

この週は疲れ休めに、夫と共に熱海に一泊して、ゆっくり大阪に帰る予定である。

明るく「今夜は熱海にいるからね。また来るから……」と部屋を出たが、この時すぐに、病室のロッカーにジャケットを忘れているのに気づいた私は、あわてて部屋に取りに戻った。

ベッドに座って、さっきは淋しげではあったが、笑顔で手を振った恵子ちゃんが、眼に泪をいっぱい浮かべていた。私が不意に戻ったので、びっくりして慌てて淋しい泣き笑い。一瞬、私の目にもパッと泪がふくれ上った。夫がエレベーターの前で待っているから、すぐに部屋を出たものの、とっさに、明日はもう一度恵子ちゃんの顔を見に戻ろう。おそらく今度こそ多少なりとも元気な恵子ちゃんを見るのは最後になるはずだ。互いに泣き顔のままで一生の別れなんて……。そんなことできないよ。今夜は幸い熱海にいるのだから、明日は大阪へ帰るまでに、もう一度ここへ戻ってこよう、と心に決めて、ドアが開いたエレベーターに、夫の後に従って入った。

六月三日土曜日、熱海から朝の電車で、昼前に病院に着いた。病室のドアを開けると、恵子ちゃんと、そばに付き添っていた貞二さんが、「エッ」とびっくりしたが、「カーテンのかげに、洗ったパン

ティを干したままで忘れてたんで、取りに戻ってきてん」と、さりげなく部屋に入って、

「義兄さんは、もう何度目かになるから、新横浜の駅の近くの碁会所にお連れができてね。そこで夕方の新幹線の時間まで碁打ってるから、大っきい姉ちゃんは、ここで三時頃までいさせてね」と。

恵子ちゃんは昨日昼から、小松先生に勧められ、自らも納得して飲み始めた安定剤のおかげで、研ぎすまされた神経の高ぶりを抑えられ、この日は珍しく昼間でもウトウトと横になっていた。この時機、もう痛いというよりも、体中が鉛を抱えたように重だるいと言ったが、そのしんどさからも、薬のおかげで自然に解放されていたようだ。

たっぷり三時間は一緒にいて、病室を出る時、

「また来るからね……」

と大きな声をかけたが、恵子ちゃんは眼をつぶったまま、両眼の端にうっすらと泪をうかべて、うつらうつらとしていた。

「また来るからね」と言われたって、鋭い恵子ちゃんは、この時もう私には会えないことと、はっきり悟っていたに違いない。

私もそれしか言葉がないから言ったものの、前日岩崎さんに、採血検査の数値から「もうホントに来週が危ない」と言われていた。前の日はじめに病室を出た時から、もう今度がきっと最後の付き添いになる。生きて会えるのはこれが最後、と腹をくくっていたのだ。だから互いに明かるく別れたが、パタンとドアを閉めた途端に、恵子ちゃんの眼からあふれていた泪。聞くすべもないが、彼女もきっと同じ思いだったに違いない。

それにしても、言葉ってなんと嘘つきで、不自由なものなのだろう。古《いにしえ》より〝眼がモノを言う〟と言うが、この時もやっぱり、方便な口よりも、互いの眼のほうがはるかにしっかりモノを言っている。

次の週はローテーション通り、前半は晴子が、後半はヨシエさんが付き添い、その交代の時にはホテルに一泊して、母も最後の見舞いを果たしている。

＊

六月十二日月曜日夕方、容体が悪いので、と連絡があった。

十三日朝一〇時前病室にかけつけた時、貞二さんが大きな声で、「大っきい姉ちゃんが来たよ」と耳近くで言ってくださった。

酸素吸入の管を鼻に入れて、大きな息をしている恵子ちゃんの表情は、変わらぬように思えたが、そばにいたアーちゃんが、一瞬、「あっ、わかった」と言った。

彼女は、お母さんの、どこかホンの微妙な変化も見逃さず、私が来たことを、恵子ちゃんがわかった、と言ってくれたが……。

昼過ぎには母と紀久ちゃんが到着し、病室には、この日会社や学校を休んだ家族三人と、貞二さんのお姉さん、合わせて七人が揃った。

四時頃から酸素吸入の管がマスクに切り変わる。息はハーハーと荒かったが、規則正しく、無知な私には、まだまだしっかりした確かなものに思えた。それで夕六時、恵子ちゃんに夕食が運ばれてきた時、それを潮に明るく、「ほんなら私らもお腹空いてきたし、お母ちゃんも疲れてるやろし、いつでもここへ戻れるから、いっぺん家のほうで休ませてもらうわ」と、母と紀久ちゃんと私、それに車で四〇分はかかる家まで運転してくださる貞二さんのお姉さんの四人は、病室を出た。

朝から代わる代わる、少しずつ力なく、冷たくなってくる恵子ちゃんの手や足を、必死でマッサージしていたが、だんだん、はっきり言って、もう間近かであろうが、いつかわからぬ〝その時〟を、みんなでただ待っているような、ヘンな気になってきて、私はその場の重苦しい空気に堪えられなくなっていた。

恵子ちゃんは、家族水入らずになるのを、ひたすら待っていたのかもしれない。私たちが部屋を出た間もなく、最愛の貞二さん、リュウちゃん、アーちゃんの三人にしっかりと看とられて、安らかに永遠の眠りについた。

「ありがとう」
「自分の思うように生きてね」
「死んだら解剖してもらってね」
さらに、
「もしお父さんが、誰か新しい女の人を好きになることがあったら、きっとその人を大事に、親切にして、その人と仲良くしてね」

直前の一週間に付き添った晴子やヨシエさんから、最後までしっかりしていた恵子ちゃんが、病室で、貞二さんや、リュウちゃん、アーちゃんに言っていた言葉だと、洩れ聞いている。

医者に余命を宣告されてから丸二か月と八日。家族はもちろん私たちも、各々家庭のやりくりをつけて、互いに精いっぱいのことをやり通してきた。

恵子ちゃんも、自ら自分の余命を悟った時、かろうじて言い遺したいことは、はっきりと言っている。悔いはなかったことと思いたい。

明くる日、小松先生より解剖の結果、「原発は胃ガン」と聞いた。

ただし、胃の中では五円玉ぐらいの大きさより拡がらず、リンパ腺を通って奥へ進み、骨髄がすっかり侵されていた、と説明を受けた。

そう言えば、もう最後の付き添いの時だったと思うが、何げない話の中で、ふと恵子ちゃんが言っていた。

「三年ほど前やけど、昼間一人で家にいる時、急に胃が痛う、堅うなってきて、辛抱できんで、自分で救急車呼んで、病院に運ばれたことあってん。その時胃カメラで検査してもろたけど、何もないと言われて、結局胃痙攣やろうかということになったねん。その次の年も、冬の寒い時に急に胃が痛なって、（注、たしか彼女は固まった状態と表現したが）また検査してもろたけど、何もないと言われて、その時もすぐに直ったから、そのままにしててん。今年は腰痛やけど、また暖かくなったら良くなるね、と、お父さん（貞二さん）と話してたとこやねん」

ガンの兆しは、この、救急車で病院に運ばれた、という頃だったのだろうか。離れていたし、そんな話は一度も聞いたことはなかったが、原発は胃ガンだと聞けば、その信号は早くに発せられていたのだ、とつじつまが合ってくる。

その都度胃カメラを飲んでいた、というのに……。胃の内壁の、ヒダの奥のほうであったら、胃カメラには写らぬこともよくあるのだ、と先生は言われた。

四十三歳。韋駄天のごとく、あわただしく倖せな人生を駆け抜けて、逝ってしまった。

思えば恵子ちゃんとは、病院から帰る時はもちろん、二月に実家でみんな揃って食事をした後も、「さよなら」は言ってない。

二月の時は、夏前にはまた大阪へ来る予定であったから「またね……」と楽しみに別れたし、病院からの付き添いの帰りは、必ず、相言葉のように「また来るからね」であった。

今、この稿を終えて、改めてはっきりと言おう。

「さようなら、恵子ちゃん」


編集部注・現在は「看護師」が正式名称ですが、本稿では当時の時代背景を尊重し、平成十二（二〇〇〇）年当時の名称である「看護婦」を用いました。

母の思い出

ねっ、佳クン。ちょっとしばらくそばで聴いててよね。

実は大阪島之内の実家の母のことなんやけど、亡くなってもう三回忌も終わって。それで母のことも早いこと書いときたいのに、何かちっともお神輿が上がれへん。せめてホンの始めだけでも誰かそばで聴いててくれたら、スーッと進みそうな気がしてね。

享年九十八歳やったけど、いつもにこにこ、ほんまにエエ笑顔で、短期宿泊デイサービスのホームで、前の日までカラオケ楽しんでて、それが夜中に急に吐き気がした言うて、しばらくもたもたしたふうやったが、すぐ眠りに入って、そのまんま大往生やったって。ホーム近くに住む弟夫婦が、異変の知らせで慌てて駆けつけ、臨終に間に合うて、「お母ちゃん」と、大きい声で呼びかけたら、パッと目を見開いて、あとすぐに眠るがごとく……だったんやって。

特に最晩年は、古稀を過ぎた弟の後添いで、年の差二十近くの嫁ちゃんがほんまにようしてくれてたから、家の中でもいつも、「ありがとうございます」が口癖。そんで四十歳過ぎた頃からは、家近くの中寺町にある菩提寺の、どの行事にも熱心で、京都の本山に勉強にも通って、五十四歳で得度。法名、清水妙照を頂いていた。それから補導、権講師、講師、権大講師、大講師から、七十四歳で権僧都になっていた。

本当に信仰心厚い人やったから、ホームでもお世話してくれはる人に、いつでも感謝感謝で明け暮れてて、私も、いつもその屈託のない顔見てたら、何の気にかかることもなかったし。

また私は、二十七歳で結婚して岸和田でもう五十年を超えている。その間の母の細々はあんまり深く知らんし、まあ、とりあえず子供時代からの印象に残ってる母を拾ってみるわね。

何時の生まれか、って?

大正九年四月十八日。もう、昭和、平成も終わって令和の時代やし、えらい遠いことよねえ。

母、照は、奈良県は磯城郡田原本町の農家で、父西岡真治と母タミ江の、三人姉弟の長女で生まれてる。地元の高等小学校では勉強はようできたらしいし、また高学年ではバレーボールの選手してて、試合に行って勝ったときなんか、帰りに顧問の先生がみんなにご馳走してくれはって嬉しかった、と、そんな話をよう聞いた。担任の先生から女学校に進学したら、のアドバイスもあったと言うてたけど、普通の農家の子が女学校なんか行ってたら笑われる、と親や親戚が言うたとかで、行かしてもらえんかった、て。

そんでたしか家がこぢんまりとお豆腐屋もしてたと聞いてるから、高等小学校を終えると、しばらくは手伝うてたんやろが、いつからか、大阪八尾市で大きな歯ブラシ工場を経営して、地元の代議士としても活躍してはった、伯父の家へ行儀見習いに出てる。上女中も下女中も何人か居てたらしいが、ほんまに伯父さんも伯母さんもエエ人で、そこで和裁の仕立てなども仕込んでもろたんやろう、いっつもようしてもろた、と喜んでた。

＊

何年ぐらいお世話になったんか、昭和十五年、二十歳の時に、兵庫県三田市田中の、森本卯之助、小雪夫婦の七人兄妹の次男坊、大正二年一月二十二日生まれの澤治と結婚してる。私の父になるこの人は、十五歳から大阪船場の和楽器店に住み込み奉公をして、そこで満十年。二十五歳の時に、その真面目な仕事ぶりが買われて、東区（今の中央区）博労町に住んでた得意先の琴の師匠、明治五年生まれの清水マス（芸名、菊増シゲ）の養子になった。照はそれから二年後にのれん分けしてもろて、独立して琴三絃店を開業したばかりの、二十七歳の清水澤治と見合い結婚している。

そう、どういうご縁やったんやろ、と、ちょっと気になるよね。私の生まれる前のことやし、詳しいことは何も聞いてないけど、物心ついてからのいろいろを総合したら、どうやらきっかけは、その頃博労町と目と鼻の三休橋筋で大きい小間物卸問屋してはった、杉田さんの御寮人《ごりょん》さんからのお話やったと思う。三休橋筋は衣料品店や小間物問屋の多い通りやったらしいけど、そこの大店の、杉田さんの御寮人さんに、私のおばあちゃんにあたる清水マスが琴と三味線の出稽古に行っていたとは聞いてるから、その杉田さんの歯ブラシの仕入れ先が、母の伯父の歯ブラシ工場やったはずや。そこしかご縁のきっかけないと思う。ちょうど行儀見習いで住み込んでた母が、御寮人さんの目にとまったか、または伯母も面倒見のエエ人やったから、伯母のほうから、「えっ、お師匠はんがお嫁さん探し？　そうだっか。それならお師匠はんのご養子さんに、エエ娘《コ》いてまんねんけど」と切り出したんかもしれん。時代は昭和十五年。日中戦争も泥沼状態になって、太平洋戦争も勃発の前年で、世情もなんとなく戦時色一色に染まった頃やった。御寮人さんもお師匠さんの息子はんに早いことええお嫁さんをと思うてくれてはったんやろ。その御寮人さん仲立ちで、お見合いの運びになったと思うねん。父はその時、開口一番「どないなるのも運命や」と言うて、六十歳で亡くなるまで三十三年。竹を割ったようや気性言うのんはまさにお父ちゃんのためにある言葉みたいや、と母はよう言うてたわ。

そんで結婚したんもその年。その明くる年十六年六月十日に私が生まれて、その五十日後に父は召集されて朝鮮の平壌、マニラ、台湾、ニューギニアと転戦してたから、その留守中の母は……。

まず生活の手立て。七十歳過ぎたおばあちゃんと乳飲み児の私を抱えて、どないしたんやろ、思うけど、おばあちゃんは、その頃、船場の大きい繊維問屋やった岩田さんに三人のお嬢さんがいてはって、その出稽古にいつも人力車が迎えに来てた、と聞いてたし、家でも何人かのお弟子さんが来てはったから、その月謝や、また母がご近所から頼まれた着物の仕立てして、何とかほそぼそ暮らしてた、と言うてた。

ほんでその住んでた家は、岩田さんの借家やったんか、毎月番頭さんが、家賃の集金に来はるねんけど、「申し訳ありません。主人が出征中なもんで……」と、いつも同じ言い訳しかできへんかったのに、いつでも嫌な顔一つせんと、「そうですか」言うて帰ってくれはったと聞いてる。

さあ、そんで、だんだん空襲警報が頻繁に出るようになってからは、「おっしょはん、浜寺の別荘空いてまっしょてに、そこへ疎開しておくれやす。こんな町の真ん中は、いつ爆弾が落ちてくるかもわかりまへんし」と、岩田さんのお家《え》さんが、何べんも勧めてくれはったんやけど、お父ちゃんの留守に宿替えなんかしてたら、もし戦地から何か連絡あった時には、どもならん、と思うて、博労町を動かなんだ、言うてた。

そう、思い出した。私が大学生やったから、これは戦後の昭和三十五、六年になってからの話やけど、父と母と私の三人で、その時芦屋の山手の、もうご子息の代の、岩田さんのお住まいに、グランドピアノをお届けにあがったのんを覚えている。

その時母は、あの戦時中、一度も家賃払えんとお世話になってた、そのご恩に、ホンのお礼の気持ちだけや、と言うてた。

＊

さあ、博労町の時代は、昭和二十年三月十三日真夜中の大阪大空襲で、母が二十五歳で焼け出されてるからそこまで。

えっ、何か空襲のことで覚えてること？

この頃の夜はどこもかしこも灯火管制とかで、家じゅうの電球の傘に黒い布かぶせて、窓からの明かりも漏らさんように、どの家も頑張ってた。そして空襲警報のサイレン聞いて、母と、七十三歳のおばあちゃん、私の三人は、町内の人と一緒に三休橋筋の角にあった、ライオン歯磨きの地下の防空壕に入ってるねん。

警報が出たらそこへ入ると決められてたらしい。解除になるまで絶対に外へ出たらアカン申し合わせやったらしいけど、父が、そう、父は昭和十九年に南方ニューギニアから、明日前線へという前になってひどい高熱出して、マラリアと疑われて、輸送船で日本に送り還されてた。けど、よう似た症状の普通の熱やったらしいけど、除隊になってたらしい。

その日は町内の警備か何かで走り回ってて、今日は今までの警報の時と全然様子が違う。防空壕へ入ってたらかえって危ないと、町会か何かの申し合わせを無視して、もう北から御堂筋の両側が燃えてきてる。今やったら心斎橋のほうへ逃げられるから、早よ出て逃げな！　と、必死で通報に来たらしい。

うちの家族と、父の言葉を信じた何家族かがそこを出たらしいけど、案の定壕に残った人は全員焼死やったから、あとで母が、あの時清水さんが呼びに来てくれはったよって助かった、命の恩人や、と何人もの人から手を合わせて感謝された、とよう言うてた。

父はマラリアが疑われて、戦地から還されたけど、その時輸送船三隻のうち、父の乗った真ん中だけが帰り着いて、前と後ろは、魚雷か何かで沈没させられた、言うてた。前線へ出た同僚もほとんど戦死らしかったから、よっぽど強運を持ってたと、今になって思うわ。

えっ、あと？　そやなあ、この日のことは、真っ暗ななかを、毛布や何かを纏った、たんとの人が、当時木レンガやった御堂筋の広い道が燃えてるなか、東側の歩道をてんてんと歩く（逃げる）様子はぼんやり覚えてて、こんな暗いのに何でみんな歩いてはんねんやろ、と幼いながら不思議に思うた記憶はある。私は昭和十六年六月生まれやから、あとで年を数えたら、三歳と九か月。

普通はこんな年齢の記憶はないと思うけど、思いっ切りの異常体験やから、何でか覚えてるんやな、と思うてる。

それでその焼け出された深夜、ちょうどまだ地下鉄の心斎橋駅の一番北入口のシャッターが開いてて、とりあえずそこへ逃げ込んだんやって。もうちょっと遅かったら、ホームに火が入るから、いうてシャッターを下ろされたらしいから、ホンマに運がよかったんやわ。

どのくらいの時間駅でいたのか、梅田行き電車が入ってきたから、それに乗って梅田まで逃げた。そこから今度は、父の実家のある国鉄福知山線の三田へ行くのに、その始発列車を待ってる間、水浸しのように濡れてた地下鉄梅田駅のプラットホームで、おばあちゃんと私が、布団を敷いてもろて寝てた記憶だけは、ぼんやりとあるねん。

父や母の様子は全然覚えてないし、時々何でおばあちゃんだけ覚えてるんやろ、と思うことあるんやけど、私は初孫やったから、えらいかわいがってもろうた、と母がよう言うてたし、物心ついた頃から、私はおばあちゃんが大好きやった。そやからなんかおばあちゃんだけが、おぼろに頭に浮かんでるんかもしれんけど。

今思うたら、弟が昭和二十年六月、この三か月後に生まれてるから、母はこの時妊娠七か月。もうお腹も目立ってたやろし、生きるか死ぬかの瀬戸際、その時の母の心中……。完全に平和ボケしてしもてる今の私らには、到底想像も出けへんけど、幸運にも母はこの非常時に、父と一緒やったことが心底心強かったに違いない、とは思うてる。

＊

この大阪大空襲の時の地下鉄のこと、ずっと後になって、平成九（一九九七）年七月十日の毎日新聞朝刊、大阪版の〝社会、事件、ひと、話題〟ページに、『空襲下「救援電車」は走った』の大見出し。「五十二年前〝幻の戦後史〟に光」の小見出しで、大きい記事が載ったんやわ。記者は松本泉氏。戦後五十二年もたって、うわさにはあるのだが、ほんまかどうか疑わしい、の記事やった。

あっ、これ、まさに私らが乗せてもろうた電車やんか、と思うた。これは、絶対に幻でも何でもない、それで助けてもろうた者として、ちゃんと証言しとかなあかん、と、すぐに編集部の松本さんあてに手紙書いてん。そや、それで今でも記者の名前まできっちりと覚えてる。

コレコレ、ちゃんとその時の新聞と一緒にほら、私の手紙もこのスクラップ帳に挟んだある。この間から母のこと書かな、とずっと思てたから、大きなスクラップ帳から、母の関連のもんだけピックアップして、この小っちゃいのんに挟んでる。

そう、それで私は当時四歳、と書いてるし、今の住所の下に、五十二年前の住所、大阪市東区博労町三丁目三〇番地も、初めにきっちりと書いてる。これ書いとかな焼け出された家から、地下鉄心斎橋駅までの距離もわかれへんしね。

「前略、七月十日朝刊に掲載された、空襲下救援電車、で助かった一人として、現在七十七歳（当時二十五歳）の母に、新たに当日のことを確認してみました。

新聞記事中の「空襲の最中に心斎橋駅に避難。地下鉄に乗って梅田駅まで逃げた」のは、まさに私たち一家もです。母によると、三休橋筋角の防空壕を出た時は、東は中橋が燃えていて、南は順慶町、北は南久宝寺が燃えており、西、つまり三休橋から御堂筋の方へしか出られんかった。それでも難波方面向いて、御堂筋西側の難波神社もぼうぼうと燃えてたし、木煉瓦の広い車道も炎の川やったから、まさに御堂筋の東側の歩道だけ、そこだけが南へ歩けたそうです。
（中略）地下鉄心斎橋駅に避難。切符など買った記憶は無い。また駅員がいた記憶も無い。電車は比較的空いていて、軍人さんなど誰も乗っていなかったそうです。（中略）今、つくづく母と、あの日、あんな真夜中に、よくぞ電車を走らせて下さったものだ、非常時だし、記録などあっても無くても、きっとどなたか偉いお方が決断して走らせてくださったのだろうなあ、と話しています。（後略）」

この後、平成九年七月二十一日の、毎日新聞朝刊大阪版社会面に「私は乗った　救援電車」の見出し。「大阪大空襲下　体験証言相次ぐ」の小見出しで、約四十件の情報が寄った報告の記事。それから三か月後の十月二十三日の朝刊も。この頃には、情報が八十件を超してたようで、「救援電車の謎を解く」の見出しで、その情報を分析した記事。そのうち半分は心斎橋から梅田行きに乗った、時間帯は十四日の午前三時から四時頃の証言。後は、五時頃と、二つに分かれている、と。

さあ、これで記事は一応分析も済まして、この三回きりであとはなかったと思うねんけど……。これって平成九年の夏のこと。こんなこと、ここで一件落着して、あとすっかり忘れたままでいてたのに、ホラ、次のページに、
「フジテレビジョン、松竹芸能、ワイズビジョンの共同企画、大阪大空襲の夜、地下鉄は確かに走った！（仮題）62年前の真実」の企画書挟んであるやろ。平成十九年六月二十五日、取材に応じる、と鉛筆書きしたある。へーえ、そうなんや、まる十年も経ってたんや。夏前のある日の昼過ぎ、外出か

ら帰ってきたら、家の門の前に、中年の男の人が、名刺持って立ってはった。

テレビ局の制作会社の名刺やったから、何事かとびっくりしたら、いや、おたくが十年前、毎日新聞に出しはった手紙のことやけど、今度あの地下鉄救援電車をテレビで放映するにあたって、あの手紙だけは放っとくわけにいかん、という編集部の強い意向で、何回か電話させてもろうてましてん。けどお留守ばっかしやったんで、今日は直接来さしてもろうて、留守なら待たしてもろたらエエと思うたんですわ、という話。

えっ、もし旅行とかで留守やったらどうするのん、とも思うたけど、まあうまいこと会えたもんや。

ちょうどその時、秋川雅史さんの、〝もしも私が死んでも泣かないでください♪〟、といった内容の、たしか「千の風になって」いう歌が流行ってた時やった。フジテレビ放映で、その年のお盆前に、たしか「命」についての企画のなかの一つで取り上げたい。それであの大戦下に、この地下鉄で救われた命の特集を撮りたいんで、ぜひ協力してほしい、いう話。

そや、テレビに出てくれ、いうことやんか。

それなら当時のことなら、私より、あの時二十五歳やった母のほうが、はるかにしっかり覚えてるはずやから、母の住んでる島之内の実家へきてほしい。母と一緒なら出てもええ、言うたんやわ。

それで、この時企画書も見せてくれはってネ。

そこには、制作会社名やプロデューサーをはじめとする主要スタッフ名の他、放送予定日などが記載されてて。

番組の企画意図は、一九四五年三月十三日から十四日にかけての大阪大空襲。記録には二七四機のB29が大阪の街を焼夷弾で焼き尽くしたとあるが、その時地下鉄が動いていたという公的な記録はどこにもない。しかし、空襲の夜に、少年たちの運転する地下鉄に乗ったおかげで命拾いしたという証言を本や新聞で目にする機会があった。戦後六十二年、今残さなければ、この真実が永遠に失われてしまう。この話多くの人達に知らせたいと考えた……といった内容やってん。

＊

さあ、五月二十五日取材に応じる、と、その企画書表紙に鉛筆書きしてるよって、きっとその日、私は大阪の実家へ行ってたはず。

昼過ぎやったかな、今の中央区（昔の南区）島之内二丁目に十階建てマンション建てて、その八階で生活してる母の部屋に入って、道路に面した窓から外見てたら、あれ？　カメラ担いだ人が、マンションの周辺を写しながら、一階の入口前ではさらに念入りに撮ったはる様子。

へーえ、あの時は船場の博労町で焼け出されたけど、現在の島之内の様子まで撮影して、ていねいやなあ、と感心したん覚えてる。

それで八階へ上がってきはってからは、アナウンサー氏の質問を私が受け込んでも、隣で母がしっかりと答えてくれて、やっぱり母と一緒で良かったと、思うた。

この時の映像をＤＶＤで見たら、母は落ち着いた紫色の一重の小紋で、涼しげな楚々とした佇まい、若い時から普段もずっと着物ばっかりの人やから、この時八十七歳やったけど、背筋もしゃんとして、落ち着いた受け答え。後にも先にも映像でしっかり母の声も聴けて言うのんはこれだけやから、今となってはエエ記念やと思うてる。

＊

あっ、ありがと佳クン。ここまで一緒にいててくれたら、あとは何とか一人でやれるかも。頑張るわね。

さあ、先に戻って、あの地下鉄で助けてもろた明くる朝、一家四人、大きな農家やった三田市田中の父の実家にどうして辿り着いたんか、その時の母の様子はどんなんやったかは、またまるで記憶ないけど。

父の実家の二つの離れのうち、一つは、どういう知り合いだったたか、大阪船場の歯医者さん一家が先に疎開してはって、少し狭いめか、もう一つのほうに世話になってたよう。

それでここでの母は、舅姑、夫の兄夫婦と、そのまだ小学校低学年の娘二人。それに父の妹、つまりは小姑二人に囲まれて。これまで師匠師匠と立てられてた、気位の高い姑も一緒の疎開やし、何かと日々気の休まる時はなかったと思うけど、その姿も何も浮かばない。父はここから何べんも焼け跡の片付けに博労町へ行っていたらしい。

でも母からこの疎開時代のこと、あとで愚痴ってるのんも、嫌なこと言うてたんも聞いた覚えもないから、国の非常時に身内の人はやっぱり温かかったやろし、また母、祖母ともに、父の出征中のタケノコ生活に比べたら、頼れる家があったのは、何はともあれありがたく、まず感謝の気持ちが先にたってたんだろね。

この三月半ばからどのくらいお世話になってたのか。リヤカーに山盛りの荷物を積んで真っ暗などこかの峠を越える時、送ってきてくれた父の兄も一緒に休憩して、みんなで茹でた栗を食べたのは、うっすらと覚えてるから、秋のはず。ちょうど半年ほど世話になってたかな。けどこの時も母の様子は何も記憶がない。

元の博労町へは、戻れなくて、また、母が行儀見習いさしてもらってた、八尾の伯父さんを頼ったんだろう、その家のすぐ近くの四つ辻の角、こぢんまりした二階建ての家に落ち着いている。

ここで私は幼稚園に通うてるから、二年近くは住んでいただろうが、やっぱり母の印象はこれ、というもんがない。ただ、玄関横の道に面した大きな窓のそばで、博労町で空襲警報が出たら、窓からB29がよう見えて、それ思い出したらゾッとする、言うてたんだけハッキリと覚えてる。

そう、この頃母はおとなしいて、お姑さんにも、主人にも口答えなんか一切なし。粛々と家事に没頭してたんかなとも思えるけど、五、六歳やったこの頃の私には、何も深いことはわからない。

＊

この八尾時代、父は造船会社のサラリーマンになっていたが、昭和二十三年四月、私の小学校入学式の前の日に、南区八幡筋近く（今の中央区）に、間口四間余奥行かなり深い土地買うて、その前の三分の一に、琴と三味線を扱う店と住まい兼用の家を新築して、引っ越しをしてる。それで、明日は入学式やから言うて、先に学校見に行こ、と、歩いて行ったことははっきりと覚えている。初めての土地で一人で行ってるわけないし、母と一緒やと思うけれど、さあ、その時も父やおばあちゃんと一緒やなかったはずと思うから、消去法で母かな、と。

そう、ここに引っ越しと同時に、また琴と三味線を扱う和楽器店に戻ってたから、焼け出されて新たな商売初め、父母共に遮二無二働いていたに違いない。

そして二十四年の三月、七十七歳になってた祖母が、、軽い風邪ひきをこじらせただけで、一週間ほどで、あっという間に亡くなってしまった。

ここでは、いつも住み込みのボンさん（店員さん）、お手伝いさんも切れたことがなかったが、父の方針で、食事はメニューも何も、すっかり家人と一緒。店の休みの日に、ボンさんが遊びに出ても、「メシは必ず帰ってから家で食え。外で食ったらいらん金使うし」と、言ってきかなかったから、お手伝いさんがずっといてくれたとはいえ、母の気の休まる時はなかったと思う。

昭和二十六年には、終戦の年に生まれて六歳になってた弟の下に、妹も生まれたから、母はほんまに忙しかったはず。

この頃家族でピクニックいうたら、決まって箕面の滝だったのは、よく覚えてる。夏の暑い時、母は日傘をさして、大きい格子柄の夏の着物で、その前に、五歳ぐらいの野球帽を被った弟。母の横の父の前には、小学校三年生ぐらいの私が写ってる写真が一枚、今でも古いアルバムに残っている。

小学校低学年の頃の母は、この写真での記憶ぐらいかな。

いや、そう言えば小学校六年生の時、珍しく母が授業参観に来てくれて、あと、担任の先生にちょっと、と呼ばれて、「実は、最近のトモ子さん、授業中は何の問題もないけど、放課後に屋上でソフトボールしてる時などは、相手キャプテンの池上さんともども、えらい言葉が乱暴で」と母が注意を受けて帰ってきたことははっきりと覚えてる。

そう、ソフトボールの試合しよう思うたら、人数が要る。それで、私は自分がしたいから、勝手に出席簿作って、仲良しの池上さんに六、七人のチーム、私のほうにも六、七人。六時間目の授業と掃除が終わると、すぐ三階の教室から屋上にみんなを駆り立てて、閉門のサイレンまで、球審したり、ピッチャーしたり、走り回ってた。

そん時の言葉は、特に相手チーム池上さんのことは、「オイ、池氏、はよ走ってチェンジせえ！」とか、「そこで打たんかい！」とか、それに屋上やったから私や池氏のジャストミートしたボールは、下の運動場に落ちることもたんびで、「そら、上田ッ」と指名して誰かを走らしてたり。まあ、たしかに言葉は滅茶苦茶やったなあ。今思うとなんと勝手なこと、と思うけど、みんな仲良しやったから、誰かがセンセに泣きついた、なんてこともない。ホンマに運動苦手な子は初めから名簿に入れてないし、そこは別に教室では何のわだかまりもなしに、みんな団子の仲良しクラス。何十年後の同窓会でも、あの頃はなあ、と皆で懐かしみあうエエ思い出。

その参観の時、私より後に帰ってきた母から、「先生がこんなこと言うてはったで、ちょっと注意せな」と言われたから、「いや、私だけと違うて、池上さんかてや」と口答えしたのを覚えてる。けど、その時の母の表情など、何にも浮かべへんし、叱られて怖いなどと思った記憶もない。
小学校時代の母のことは、この一事ぐらいしか思い出すこともない。

＊

それで、この頃の父は、「何で夜なんかあって寝なあかんねんやろ、夜がなかったらもっと仕事ができるのに」が口癖らしかったし、母も、「仕事でお父ちゃんのしはること、何でもかんでも第六感がぴたりと当たって、まるで神さんみたいや」とよく言うてたんは知ってるから、ひたすら父の内助だけしか頭になくて、自分を主張することなんか、いやする必要なんか何もなかったんかな。夫婦喧嘩も見たこともなかった。

そういえばこの頃、店もだんだんボンさんも増えて忙しなってきてたと思うけど、お琴や三味線の演奏会は日曜日に集中してたから、父を先頭に、朝早くに何か所かの会場にみんなが出て行った後、昼間店へ来てくださる得意先のお師匠さんの応対は、自ずと母の役割やった。お琴の糸締めやそんな荒くたい？　男仕事はすることもないが、三味線の糸や撥、琴の爪などの付属品や楽譜なんかのお役立ては、母でも充分やったと思う。

奈良や京都からの遠方の先生方には、必ず昼食には電話で、宗右衛門町近くの料理屋「川喜」のお寿司を注文していた。出前配達の店と違うし、出来上がった頃を見計らって受け取りに行くのはいつも私の係。吸い物作りはお手伝いさんと決まっていた。今のようにインスタントがあるわけもなし、母は、毎朝だし汁だけは、いつも真昆布と、かんなの削り箱でかいたカツオのだしを、欠かしたことはなかったから、お手伝いさんでもすぐに拵えが可能だった。

また、先生方は、来られるたび、いつも不二家のケーキとか、時々に美味しいお菓子を持ってきてくださるので、嬉しかった。

そんな日曜日は夕方になると、あちこちの演奏会の会場から、番頭やボンさんが疲れて帰ってくるから、母はたいていすき焼きの用意をしていた。子供たち家族も一緒やったから、鍋は少なくても四つはあったかな。

いつも美味しかったから、このすき焼き鍋のことはよく覚えている。

＊

さあ、中学校の時は、二年生半ば頃。勉強のことで一つだけ口酸っぱくして母に叱られたことがある。

あの時分、テストは一学期に中間、期末と二回あった。普段の勉強は宿題ぐらいはしてたはずやけど、子供部屋なんてなかったし、家族が晩ご飯終わって、後片付けも済んだ八時過ぎから、いつもその食卓で教科書を広げてた。そんな遅くもならずに寝てた記憶やけど、試験の時だけは、一夜漬けの勉強やから、夜中の一時、二時になってしまう。

その頃、ちょうど目が近眼になりかけで、度数がどんどん進みだして、眼鏡をかけるようになったタイミング。さあ、勉強なんかより、目のほうがよっぽど大事や。二言目には勉強するな、と言われて本当に困った。

「勉強せえ！」と叱られるのは、誰に言うて通用すると思うが、「するな！」なんて。えッ、どんだけ勉強してるのん。そんであの成績か、とか思われそうで、友達やセンセに言うわけにもいかんし、こんなに辛いことはなかった。

とうとう、別に勉強なんて特別に好きでもなし、何でするのか、と考え込んでしまってた。

昭和三十年頃、今の大阪ミナミのアメリカ村の真ん中にあった南中学校やけど、一学年十一クラスあって、学年全体で六〇〇人を超えている。それで、テストごとに毎回上位五〇人の名簿が掲示板に張り出される。その名簿はだいたい常連の名前で埋まってるし、やっぱりそこで順位落としてるいうのんは、カッコ悪うて許されん思い。勉強せな、と思うんは、突き詰めるとこういうことか、と、改めて気づいたけど、まあこの時は先生にも誰にも言われへん情けなさ。忘れられへん。

今思うと、母は、真夜中の勉強は、目のためにもやめなさい、と言いたかったと思うけど、当時の私は、昼間は明るいから、学校帰ってまだ外でもしたいことはできるし、そんな時間に勉強なんか勿体ない。宿題は絶対するし、試験勉強もするのんは当たり前やから、夜で充分。それで、みんなが寝鎮まった真夜中が一番集中できて良かったしね。

＊

それから、私の高校時代の母のこと。昭和三十二年、天王寺区の夕陽丘高校の入学式の日。この日母は同じ天王寺区の聖バルナバ病院で、二人目の妹の出産で入院してた。入学したての学校の近くやったから、帰りに気楽に病院に寄った。けど、病室で何かを手伝った覚えはないし、生まれたばっかりの妹は別の部屋やったか、何の記憶もない。けどこの妹の出産後、母は肥立ちが悪いというか、昔、たしか血の道とかいう病名があったのか、後の体調がすぐれず、苦労をしていた覚えがある。が、この時は二年後昭和三十四年一月に、末っ子の妹が生まれて、そう、それでまるで憑き物が落ちたように気分スカッと、体調が戻ったと喜んでいたのは記憶にある。その時私は高校卒業前で、大学受験のこと以外ほかに何の関心もなかった時だったが、この時の母の喜びはやっぱり嬉しかった。今でもはっきりと覚えている。

この妹二人が幼稚園児やった時、家に猫が二匹いたから、母が、「もう、あんたは長女やのに、妹の世話は何一つせんと、猫ばっかり可愛がって、妹と猫とどっちがかわいいんや」と言ったことがあった。

その時も、「そら猫のほうがかわいいに決まってるやん」。今思うと、つくづくえらい勝手もんやったかな。

母は島之内に住まうようになって、ずっとお手伝いさんがいたから、鷹揚に家事のことは任せていたし、子供の目にも日常細々のことで、母が手張ってるようにも思えなかったし。また私自身も家事は大の苦手やったから、妹のこともちろん、何かにつけてお手伝いさんサマサマ。いつも家中みんなで大事にしていた。

そう、この頃、弟が高校に入学して、店にあった五〇CCの単車が気に入って、時に乗り回して、勉強や運動はあまり好きではなかったから、母が何かと心配をしていたのも思い出した。が、その時「あの空襲で逃げ惑った時、お腹の中にいてたんやから、胎教も何も、無事に生まれてくれただけで充分。家中、国中が落ち着きなかったんやから、少々落ち着きの足らん子でも仕方ない」と、自分で自分を慰めてもいた。

私が神戸女学院大学卒業の時には、母は卒業式に列席してくれた。日常ずっと和服で過ごしていた母が、色無地の一つ紋に黒地に漆入りの紋羽織だった記憶がある。

式の始まる前、私が少し早めに学長室に挨拶に伺った時、母も一緒に行ってくれたのもしっかりと覚えている。

私の入学時は、ちょうど六〇年安保騒動真っ最中の年で、四年間自治会の新聞部に籍を置いた私は、三年生で部長をしていた時、月刊の学生新聞発行直後、何度か学長室に呼ばれて、いろいろと注意や指導を受けていた。さあ、それでもう卒業させていただくわけだから、ぜひお目にかかって直接にお礼が言いたかったからだが、この時母が私の脇に控えて、丁寧に、楚々と御礼を述べてくれたのは、小学校入学以来十六年間の学校生活で、一番印象に残っている母の姿だった。

＊

あと、母は、高校時代から、女の子は四年制の大学に行かせたら、婚期が後れてしまう。いつでも在学中でもええお話があったら、お嫁にいかなアカン。来し方自分の経験からも、女は早くに結婚するが幸せ、と信じて疑わん人やから、四年生になった頃から、なんだかんだとお見合い話を用意していた。

それで家には、母がずっと和服の人だったし、娘四人もいる家だし、振袖だ何だと、いつも決まった呉服屋が奥の座敷に来ていた。何でも、いっぺんに支度こしらえんのは大変やから、と、留袖や喪服なんども、妹たちの分まで早々と用意してきてたらしい。たまに座敷で鉢合わせると、決まって私は、もう、そんなとこにお金使うんやったら、山行きと、スキー行きにちょっとでも援助してくれたらどんなに嬉しいか、こっちのほうが微々たるお金ですむやんか、としか思えなかったので、いつでもあまり見もしないで、ぷっとふくれていた覚え。母に、アンタは欲のない子や、と言われていた。が、あっ、お母ちゃん。この時の嫁入りに持たせてくれた着物。実は晴子が日本舞踊するから、今でもあちこち着て歩いて、五十年も前のもんやのに、何の見劣りもせんと、みんなに褒められて喜んでる。お母ちゃんありがとう。

それで大学卒業後も、正式に職に就いたら、結婚話が決まった時、やめにくかったら困るからと、きちんとした就職は許してくれなかった。長女だし、当時父の店は猫の手も借りたい忙しさだったから、よく店を手伝ってくれ、と母は言ったが、私はその頃、内気で、引っ込み思案、商売には向いていないと思い込んでいたので、時々のご縁で、ソーシャルワーカーや、雑誌編集、産休教師など、好きにさせてもらっていた。

ちょうど卒業後一年目、何度目かのお見合い話がまとまって、結婚をすることになった。相手は税理士。阪急沿線、緑の多い所に新婚用に広い庭付きの家を用意してくださるいいお話であったが、結納も済み、式の一か月ほど前になって、どうにも相手についていきたいと強烈なものを感じなくなって、婚約破棄をしてしまった。その時は、すでに親戚や取引先から戴いていたお祝いをお返しするののに、母がずっと一緒につきあってくれた。いや、私個人への祝いというより、家どうし、店のお付き合い中心のお祝いも多かったはずやから、今思うと、母も準主役でもあったはずやけど、お母ちゃん、ゴメンナサイ。

その一年後ぐらい。またお見合いで結婚をしたけど、その二か月後には離婚をしているので、この時も母はずいぶんとつらい思いをしただろう。

相手は一流企業勤めのサラリーマン。が、普段わずかの時間のお付き合いなら気づかない程度の、ごく軽い精神的な疾患があるのを隠しての挙式だった。

大学時代、神谷美恵子先生（精神医学者）の講義でいろいろ習っていたし、また先生の紹介で、大阪府庁の予防課精神衛生係で、しばらくソーシャルワーカーも経験させてもらっていたから、やはり気づいてしまう。何かと逡巡してて、母に一番に相談したかったが、自分の心がまだ迷いの渦中の時は、話すと最後、一途にそれだけを考えてくれるから、時に贔屓の引き倒しが怖くて、これまでも中途半端では母に相談できなかったこともよくあった。この時も思い余って、つい先に父に話をしてしまっていた。

父は即座に「トモ子、そらアカン。そんなことではとても一生もたん。恥も体裁もあれへん。すぐ帰っといで」と、言ったものだから、盛大に式を挙げてもらって二か月。私のほうが、まだそこまでは思ってもいなかったし、えッ、いいの、と戸惑ったけど、あと、嫁入り道具一切を番頭さんや店員に引き上げさして、家だけでは置き場所がなかったので、その番頭さんの離れ座敷に預ける手配まで、あっという間にしてくれた。

その時私は、病気での入院歴やそんな大事なことを隠されてたというだけで、相手に何の引き摺られるものもなかったけど、母には、もう大変な出来事やったはず。

この時母は四十八歳。私が二十六歳。今と違うて当時のバツイチは、母にはとても嫌なことだったろうが、当の私は、さあこれで浮世の義理はいっぺん果たしたぞ。あとはしっかり人生自分のもんなんや、と妙に晴れ晴れ。あれもしたい、これもしたいと、いっぺんに夢が膨らんでいた。女は早く嫁にいくことが幸せと一途に思ってる母には、ずいぶんと困った娘だっただろうけどね。

＊

この時分も店が大忙しだったし、母は、頻りに今度こそ店を手伝ってくれと言った。が、やはり私は、自分の好きなこと、小さな雑誌社の編集者を選んで、母の意には副っていない。が、ここで初めて職業人として生きることの厳しさを、身をもって知って、その貰う給料では、とても独立して自分一人の生活すらもままならないことがよくわかった。

さあ、二十七歳の歳までやれ教師がいいの、編集者がいいのと、夢ばっかり追わせてもらえてたのは、いったい誰のおかげ、とハタと気づいて、これはちゃんと父や母にそれなりの恩返しもできんようでは、この先私の運なんか開けるわけはない、と目から鱗。ちょうどちょっとしたきっかけがあって、雑誌社を円満に退社できたので、それからは父の店で、昼食の時間も惜しいと思うほど、目の前の仕事に没頭をしていた。

この頃は、島之内の細長い土地、前半の店舗部分も倍以上の広さになっていたし、中庭を挟んで三階建ての居宅。その居宅の後ろにあった琴創りの工場は、八尾の飛行場跡に買っていた土地に移転していたから、その奥は倉庫と住み込みのボンさんの部屋を作って、目いっぱい使っていた。母は、新築や改築、増築、何やかやで数えると、一二、三回普請をしたと言っていた。父は前を向いての商売しか頭にない人やったから、こんな普請のたび、出入りの人への心遣い一切母の役割だったはずで、何かと気遣いも大変だったことだろう。

そう、この頃、もう店も株式会社組織にして久しかったと思うが、営業で手いっぱいの父に代わって、税理士さんとの打ち合わせや、銀行関係へのお使いは、ずっと母が果たしていた。父母とも、戦後の焼け跡の何もないところからの立ち上がりで、質素倹約は当然のこととしてひたすら真面目に商売に打ち込んでいたので、銀行との付き合いといったところで、むつかしいことは何もなかったはず。

戦後すぐに土地を買って、建物を建てた時には、借金もいっぱいしただけに、そのしんどさが忘れられず、以後の建て増しや八尾他の土地購入の時、また普請の時には決して借金はしなかったと言っていたから、充分母でその役割を果たせていたのだ。

＊

さてやっと私は自覚を持って店で働いて、充実していて昼食の時間すらも惜しく思っていた。が、一年もたたぬ間に、また母が熱心に通うお寺からの縁談があった。再婚で六歳と三歳の男児二人の子持ちの人だと聞いて、父も母は、うちの娘にはとても務まらないと、すぐにお断りをしていたそうだ。が、今お墓参りにお寺に見えているから、すぐ来てほしい、の電話。

えっ、あの話ならもう終わってるはずやのに、と言いながら、母は店にいた私に声をかけた。

「なあ、私先に行くけど、とりあえずすぐ後から来てね」

他ならぬお寺のことやしと、私も少し遅れて着いたのだが、縁《えにし》の不思議、その時の出会いが今年金婚式を迎えている。再婚のあと、一年おきに三男一女を授かって、末息子の時には母は六十歳近くになっていたはずだが、その出産の時にも、初めての子や二番、三番目の子の時と同様、病院に付き添って、細々と世話をしてくれた。

私だけに限らず、すぐ下の十歳離れた妹が三人、その下の妹が二人と子宝に恵まれているから、母はどんなことがあっても付き添っていたと思うし、初めての子の時は、お宮参り頃までは、私も妹も実家にゆっくりとさせてもらっていた覚えも。

母はあの、下から二番目の妹の出産の後の不調のつらさが忘れかねていたのだろう、「お産の後は、絶対無理はしたらあかん。日にち薬で、日一日とちゃんと力付いてくるのんわかってるんやから、とりあえずゆっくり休まな。産後無理して変なことになったら一生難儀せんならん。こんなこと男の人にはわかれへんよって」が口癖で、本当によくしてくれた。

母が四十八歳の時、やっと私も再婚をして落ち着いたのだが、実家の商売を継いだ弟もこの二、三年後に結婚をしている。そして、その新婚早々の時、それまで病気とはまるで縁のなかった父が、何かと不調でいろいろ検査を受けると、末期のすい臓がんだと言われて、母はもちろん、私たちも大慌て。実家はこれまでみな健康に恵まれて、お医者様とはほとんど縁のない家だったから、国立大阪病院の内科医長先生から、いきなり余命一か月を宣言された時は、びっくりした。この頃本人にはガンと知らせない時代だったから、母も父には何だかんだとはぐらかしつつ対していたが、看病の傍ら、ひたすら日々仏壇の前で、仏様にお願いはもちろん、お寺への帰依もさらに熱心になっていた。

母の願いが少しでも通じたのか、生命力の強い父はそれから五か月永らえた。が、その間に、母は父の依頼で、戦前の商売初めにお世話になりながら、召集されて戦地に行き、戦後のまる焼けでお礼のしようもなかったお方や、気にかかるお方の消息を調べて、充分に礼を尽くしている。またどうしても行方のわからないお方には、お寺で永代供養のお願いもしているからと、父は母の渾身の看取りで心安らかな眠りであったことと思う。

父との別れは、母が五十三歳、私が三十二歳の時であった。

＊

さて、弟夫婦も新婚当時は店の近くに別居をしていたが、一男一女の二人目、下の女の子が生まれた頃は、母と同じ敷地内の別棟で過ごしていた。

弟は父亡き後しっかりと商売に打ち込んでいたが、ただ嫁さんとは、だんだん性格の不一致が顕著になってきたようで、ついには離婚して、小学校高学年になっていた二人の子供は弟の元に残された。

上のお兄ちゃん、下の妹とも、屈託のない子たちだが、でもお母ちゃんがいないというのは……。特に女の子の思春期頃は、いろいろと難しいことにもぶつかって、また母は新しい奮闘を強いられていたようだった。が、ずっと後、この娘が結婚して女児二人の親になって、その子（母にとっては曾孫）が中学生時分、母は九十歳を越していたと思うが、この孫は母のありがたさが身に染みていたか、おばあちゃん、とよく気にかけて晩年の母を訪れ、また亡くなった時も、通夜を一人で買って出て、母のそばを離れなかった孝行ぶり。

「さっちゃん。おばあちゃん本当に喜んではるよ」

さあ、父の死後十五年たって昭和六十三年、母が六十七歳の時、この島之内の土地に十階建てのマンションを建てて、一階駐車場、二階店舗、三階以上は賃貸として、八階は母の住まい、九、十階は、再婚していた弟夫婦の住まいとなっている。

当時大阪市内、特に中心部の地価は右肩上りばっかりの時。地上げ屋といったか、あちこちの建築会社が、相続税対策としてもビルを建てろとうるさくて仕方なかった時。たまたま母がしっかりとお参りをする菩提寺の、京都の本山で知り合ったお方の、そのご主人様が、大手建築会社勤務の方だったので、一心に信心する仏様と、そのご夫婦から、懇切丁寧な親身のアドバイスをいただく良きご縁で、母は決心をすることができた。

ちょうどこの時期、弟の家庭が嫁さんとの間で、少し落ち着きのない頃だったので、私や妹ももろ手を挙げて賛成ではなかったのだが、母は、毅然と言った。

「親から貰うたもんなんか何一つあれへん。焼け出されて丸裸の中から、お父ちゃんと一生懸命にコツコツと働いてここまで来たんや。人間は裸で生まれて、裸で死ぬ。何も持って死なれへん。今ここで私が決心せなんだら、あと子供たちに重い荷物背負わすことになるし」

後の相続や家を継ぐ弟のことを充分に視野に入れてのことだったに違いないが、よく決断をすることができた。

ビル完成後しばらくして、弟と再婚のお嫁ちゃんは、二回りもの年の差があるのだが、その時の弟のプロポーズの言葉が、「俺のことはどうでもええけど、母だけは絶対大事にしてほしい」だったと。

父亡き後、また弟が前の嫁さんと別れた後、母と弟は、相変わらずお手伝いさんの力を借りながら、二人三脚で何かと補い合って頑張ってきたのに違いない。弟にも母のありがたさは身に染みていたのだと思う。

晩年の母は、菩提寺の行事には嬉々として参加させて頂き、その婦人会では、何かとてこに合うことを一生懸命させてもらっていたようだし、好きなお寺参りと、あと観劇の劇場通いを楽しんでいた。

そして、この弟の嫁ちゃんが最晩年の母に、本当によく尽くしてくれたことで、私や妹たち女姉妹も安心ができた。よく気のつく母は、このお嫁ちゃんに限らず、時々にお世話になった人たちに、心からの感謝の気持ちを、無理なく、自分にも納得のできる形にもして表して、悔いの残らぬようにしている。

さらに、この嫁ちゃんを、戸籍上も養女にしていたから、めでたくも私も妹も、還暦を過ぎてから、また妹が一人増えたことになっているし、本体のマンション土地建物はじめ、近郊の土地何か所かの相続も、はっきりと母の意思を示して、法律的にも不備のないようにしている。

若い時戦争で焼け出されて、無一物になった苦労はあっても、厚い信仰心とその時々の良きご縁。純真無垢な父への信頼で、すべてを乗り越え、長い入院とか大病もなかった母の一生は、何の悔いも残らない、まことに幸せな人生であったことと思っている。

あとがき

還暦を過ぎてから何年かたった時。私は十年一区切りで、何かテーマを決めた生活をしたい、と心していた。それでちょうど古稀の時、向こう十年は、「トライの年」に、と。

さあ、まずは手近に、長年のヘタの横好きテニス。その向上へのさまざまなトライをメインと決めたから、傘寿近くになっても、ボールを追ってウロウロと、外出の多い日々だった。

ところが令和二年の春、新型コロナウイルスの世界的な流行で、都道府県ごとに緊急事態宣言が出されて、私の住む大阪でも大幅な不要不急外出制限が続いた。

近隣都市の主なテニスコートも閉鎖が続き、自ずとコロナ籠りの自宅時間が豊富になって。

おおっ、すると、二〇年前に『若竹家族――再婚どうしの三十年』（文芸社）を上梓して以後に書き散らしていた草稿が、机の周りでやたらと目につきだした。

さあ、取捨をするのは今！


近年は詩人で文芸評論家倉橋健一先生に、熱く懇切丁寧なご指導を賜っています。また放送作家古川嘉一郎先生のきめ細かなご指導。それから、もういずれも故人になられましたが、藤本義一先生

（作家）、三井葉子先生（詩人）、本書に登場していただいた末次攝子先生、また神戸女学院大学での恩師、神谷美恵子先生（精神医学者）も、いまだ私の中で力強くお励ましくださり、この小書誕生の原動力となりました。

謹んで倉橋先生、古川先生はじめ、今は亡き諸先生方に心からの御礼を申し上げます。

また本編テニスの章に関しては、長年の盟友、粟田充子氏。折に触れ、何かと温かく叱咤激励くださる仁井田平子氏。両氏の編集ご協力に、深く感謝をいたします。

それにこの度は、社会の中核真っ只中の、五男一女、六人の子供たちそれぞれの立場からの、諸々のアドバイスも、目から鱗のことが多くて、いい勉強をさせてもらいました。

文芸社青山泰之氏、今泉ちえ氏にもいろいろお世話になりました。厚く御礼を申し上げます。

ありがとうございました。

令和三年四月吉日

増田智子

（あとがき）のあとで

巻頭「亡き母にささぐ」に、よりふさわしく、もっと母への思いを熱く深く掘り下げたかったのに、思いと裏腹、何だかスーッと、私の独身時代の母の思い出だけが先走ってしまってて。

〝あとがき〟を書き終えて気づいたのは、あっ、ごく身近にたった今、私の口の中だけをピックアップしても、五十歳代の、上下左右、部分入れ歯の誂えから、近年のインプラント治療まで、何だかいつも行きがかりで、母の世話になってしまってたなあ、と。そう、歯医者さんの紹介から、また「体のことは、絶対に一番ええもんしとかなあかん」が母の信条で、それ以外の選択肢はない人やったし。

そんで、「そうや、あんたとこのあのお祝い、まだしてなかったなあ。そんならこの歯医者の入用はその替わりやで」とか。また、子供たちも、学業を終えて社会人になるまでの間、別にいつも何も頼みはしなかったけれど、「あの資格は取っとかなアカン。合格した時の前祝いやから」とかとか。時々にすーっと、なにげに母の世話になってたことも多かった。

また私の小学生の時、母の買い物によくついて行った、大阪空堀の「昆布の土居」（後年あのテレビアニメ「美味しんぼ」にも登場）から、結婚して以来ずっと、盆暮には欠かさず、北海道道南、川汲浜の真昆布を送ってくれた。おかげで毎朝、鰹節、椎茸、煮干しを合わせただしを取って、我が家の子供たちは、一切のインスタントやだしの素使わずに育った。これなど、もううちのごく普通の日常になり切っていて、殊更に母を思い出すこともなかったこと、とかにも今気づいて。

そう、それからモノを大切にすること、これも近年の母の暮らしぶりを同居していた弟のお嫁ちゃんから聞いて、さもあろうと、大いに納得をしたことだった。

「お姉ちゃん。私が嫁に来た時、普段もずっと着物のおばあちゃんが、『あんたもちょっと針持つこと覚えといたら、便利やから』言うて、私におばあちゃんの足袋の継ぎ当て、教えてくれはってん。足の親指のとこや、足袋裏かかとのとこなんか、よう穴空くやん。それの繕いやねんけど、まあ、丁寧に、何度か破れても、その都度そこに針かけて、ホンマに大事にしはるねん。ほんで、いつも私に修理代の代わり、言うてお小遣いまでくれはるから、そんなんやったらそのお金で、新しいのん買うたほうがエエのに、と、いっつも思うてたてん」

まあ、ホンマに母らしい。冥加のエエこと。食べるもんも、私が物心ついてからは、実家には住み込みのボンさん（店員さん）がいつもいてたから、炊きあがったご飯は大きなお櫃に入っていた。そのお櫃はお手伝いさんが洗うのだが、その前に、母はお櫃のまわりにパラパラと残っている米粒の一粒たりとも無駄にせず、お茶碗に移して熱いお茶をかけて、その上にいつも松前屋さんの細切り昆布を載せて、食べていたのもよく覚えている。塩昆布は松前屋さんが好きだったのだ。

母の子供時分、田んぼの草引きをよく手伝った話をしてくれて、「お百姓さんがどんだけ苦労してお米を収穫するかよう知ってるよって、勿体ないことはでけへん」とよく言っていた。一事が万事。母の普段は質素倹約が常で、華美なことや自分の身を飾ることなどにも、何の関心もない人だった。

これからも普段の生活のなかで、ああっ、と急に母を思い起こすことも、もっと出てくる予感、ですが……。

お母ちゃん、最後の最後まで不束かな娘ですみません。

おかげ様で、どこかしらお母ちゃんの強い信念を、弟妹はもちろん、その連れ合い、孫たちも、みんな無意識にも下敷きにしているようで、それぞれ元気に、まっすぐに、しっかりと地に足つけて頑張っています。

本当にありがとうございました。どうぞ安らかにお眠りください。

合掌。

カバーイラスト・増田憲治
カバーデザイン・増田智子
谷井淳一

著者プロフィール
増田 智子（ますだ ともこ）
昭和16（1941）年、大阪船場の商家に生まれる。
昭和39（1964）年、神戸女学院大学文学部卒業。ソーシャルワーカー、産休講師、雑誌『あまカラ』（甘辛社発行）、『甘辛春秋』（菊正宗酒造・鶴屋八幡発行）編集員を経て、昭和44（1969）年、再婚どうしで、6歳と3歳の男児をかかえる自営業の夫と結婚、令和元（2019）年に金婚式を済ませた。五男一女の母。大阪府岸和田市在住。

連載「なにわ甘辛エッセー」『大阪春秋』（136号～141号、新風書房、2009年10月～2011年1月）。
著書『若竹家族 —— 再婚どうしの三十年』（文芸社、1999年）。

にゃんやかんやで傘寿になって

2021年4月15日　初版第1刷発行

著　者　増田 智子
発行者　瓜谷 綱延
発行所　株式会社文芸社
〒160-0022　東京都新宿区新宿1－10－1
電話　03-5369-3060（代表）
03-5369-2299（販売）

印刷所　株式会社フクイン

ISBN978-4-286-22456-5